杨知寒
/ 著

独
钓

人民文学出版社

图书在版编目（CIP）数据

独钓/杨知寒著. ——北京：人民文学出版社，2024
ISBN 978-7-02-018713-3

Ⅰ.①独… Ⅱ.①杨… Ⅲ.①中篇小说-小说集-中国-当代②短篇小说-小说集-中国-当代 Ⅳ.①I247.7

中国国家版本馆CIP数据核字（2024）第111154号

责任编辑	马林霄萝　王永洪
装帧设计	黄云香
责任校对	杨益民
责任印制	王重艺
出版发行	人民文学出版社
社　　址	北京市朝内大街166号
邮政编码	100705
印　　刷	三河市博文印刷有限公司
经　　销	全国新华书店等
字　　数	142千字
开　　本	787毫米×1092毫米　1/32
印　　张	9　插页3
版　　次	2024年6月北京第1版
印　　次	2024年6月第1次印刷
书　　号	978-7-02-018713-3
定　　价	42.00元

如有印装质量问题，请与本社图书销售中心调换。电话：010-65233595

目 录

黄桃罐头 —————— 001

赴　约 —————— 030

早新闻 —————— 060

观　鹤 —————— 086

塌　指 —————— 114

寡　清 —————— 142

冷处理 —————— 169

独　钓 —————— 203

慢回身 —————— 230

黄桃罐头

1

江红玉每次去江福芝家的时候都要在楼下小卖店买两瓶黄桃罐头带着。江福芝是她姐，还住在一个小区里，按说每次登门不用这么客套，但江红玉坚持认为有这两瓶罐头，姐姐家的门槛才能放低，让自己好迈。这种坚持有两个原因，一是江福芝住着小区里最好地段的一幢楼，面积有一百二，南北通透，三房两厅。装修上压人一头，像宫殿像城堡，每个房间的墙面上都铺满了各色的墙纸，讲究四面不露白。后一个原因是江福芝是大老婆生的，她和弟弟江红军则是小老婆生的，虽说现在不论嫡庶了，可从小看惯了妈妈在大妈妈面前低头不言声，也就看惯了自己在江福芝面前低头不言声。

江福芝家在六楼，城市里刚起楼的时候，有钱人都选楼层高的买，说站得高望得远。实际上在那之前大家都住着大杂院平房，才有这番比较。江红玉提着两瓶罐头，一个台阶一个台阶往上爬，一楼是家做生意的，小区里很多一层都用来自家做小买卖，这一家用来做饭店了，油烟味儿爬到三层楼时还闻得见，真好闻。江家过去不算富有，父亲是个教书的，后来下场不好，很早便死了，母亲也不跟三个孩子多说，江红玉便只能记得住父亲的书法写得好，家里还留了几幅。后来这几幅字也换过粮食，不多，母亲就更不爱跟他们提起父亲了，说日子这么苦都是因为他爱写字儿。日子是苦，主要是饿得人发慌，嘴里都干苦干苦的，日子能不苦么？所以江红玉爱闻油烟味儿，每次爬到六楼姐姐家门口了，也总能闻见一股炸鱼炖羊肉的味儿。

这天又让她闻见炖羊蝎子的气味儿，从铁皮门后边一缕一缕勾魂似的飘出来，飘得江红玉慢慢提了一口气，吸满到肚子里。姐夫是个回民，回民在城里是大户，从清末就在这儿，几个家族几个姓氏都是有数的，数老兰家人口最多，老穆家势力最大。姐夫叫穆子清，在穆姓家族里排行老五，称五爷。穆家妈妈一生生了九个，个个念了大学，九个有半数在北京、沈阳，穆子清一年中也有一半的时间在北京工作。至于做什么,江红玉不知道,因为姐姐一次说一个样儿,问多了就显得自己不懂。只知道穆子清在北京挣了大钱,不然也不会有这么体面的一套房子,养了两个姑娘一个小子像公主王子那样过日子。江红玉喜欢孩子,尤其喜欢姐姐的三个孩子,他们个顶个儿漂亮,遗传了姐夫家族里高鼻深目的基因,个头挺拔。江红玉敲门的时候,是穆非来开的门,叫她老姨。小时候穆非没少让自己帮忙看着,和别的男孩不太一样,穆非不淘气不闯祸,让他坐就坐,让他吃就吃,只有一样不能夸他好看,一夸就哭。可穆非的确好看,一米八的瘦高个子,皮肤白皙还总爱穿件白衬衫,清爽腼腆。刚从医学院毕了业,准备进医院工作。穆非接过江红玉手里的罐头,回身给她拿拖鞋穿。非非,你妈你爸在家?江红玉一面换鞋一面问。穆非十八了,不喜欢人家叫非非,说一声都在餐厅呢,就回自己屋里去了。

　　穿过狭长的厨房,有一间面积比江红玉家卧室还大一倍的餐厅。穆家人平日在那儿吃饭,实木大餐桌,五个人五把椅子。餐厅的面积足够放下更多的东西,便有一个一米长的大鱼缸,养了苹果剑、红绿灯什么的,摇摇曳曳。鱼缸旁边是张单人床,小女儿穆婷假期从日本回来时,就在这儿睡。江红玉走进时看见餐桌上有三五个盘子，都拿盆罩着，就知道他们要么还没吃，要么吃过了。江福芝嘴里还嚼着东西，让江红玉直接坐床，江红玉一屁股坐着了个东西，穆婷急忙叫了一声，尖得很，说我的帽子啊老姨。她也有十七了，十六岁那年穆子清托关系想让儿子女儿去日本留学。穆非死活不去，穆婷倒是闯实，去了一年。这次中间回来，说歇歇还要去，那边好。这帽子是在东京商场里买的，驼色羊绒的，款式国内没有。江红玉连忙躲开，帽子坐瘪了，慢慢弹起来。穆婷拿回在手里盯着不放，似乎再晚一会儿，它就死活弹不回原来的形状了。

说几遍了你的东西好好放，不听又瞎咋呼。说话的是大姑娘穆雅，高中毕业后在钢笔厂上班，后来穆子清跟她说姑娘别干了，看清大势，赶紧下海，爸给你投钱。穆雅的胆子不比穆婷小，差距在心眼上。她说爸我想开个美容院，穆子清说行啊，可说好了就这些钱，怎么经营管理是你的事。我在家待的时间也不长，管不了你。穆雅于是在一马路租了门市，装潢起美容院来，像其他美容院一样承诺了种种能耐：文眉、文眼线、拉双眼皮、点痣、打耳洞。可临到装潢结束才发现身边没有能兑现这些能耐的人，请人的钱她想省了，这些手术她没做过也看小姐妹做过，便想学着自己来给人做。这就是差距在心眼上。开张第三天好容易来了一个人,说拉双眼皮。穆雅拉完第一只眼睛,感觉没那么难,于是很快拉好了第二只。女顾客疼得要命,拿镜子一看第二只眼睛果然拉毁了。穆雅觉得自己好歹拉好了一只眼睛,那只眼睛的钱就该付。女顾客没说什么,捂着眼睛给了钱。结果第二天还没去开门,站在街口就发现店被人砸了。

穆婷说你就是缺心眼,傻大姐傻大姐说的就是你。等我回来吧,跟着妹妹干。穆雅白她一眼,不说什么,自己干的事儿是个笑话,她也觉得,还经常和别人讲,把别人和自己一起逗得哈哈乐。穆雅对事业没什么大要求,现在这个阶段她心思都在感情上。对方是车辆厂的工人张勇,他们是高中同学,穆雅喜欢张勇会吹笛子,爱穿皮夹克。喜欢穿着皮夹克的张勇下了班来接她,专给她吹笛子。

最近张勇天天找她,穆雅天天心情不错,愿意替人主持公道,再说老姨对他们几个孩子,真是很好的,穆婷不该那么说话。江福芝看看丈夫穆子清的脸,对方还算和气,但她知道穆子清不喜欢江红玉过来,尤其不喜欢对方总是赶着饭点儿来。穆子清的理由不是小气,他跟妻子说过,嫁了我你就是回民,你妹妹和我没关系,她得忌口,不方便。江福芝是经过苦日子的人，没有穆子清，她还不知道锅包肉也能用牛肉做。于是每回妹妹来，她都抢着盖好菜碟子，指挥孩子们保持安静，能打几个嗝最好，千万别咽口水。穆子清则一动不动，大家气度地邀请江红玉多坐一会儿，别客气别拘束。然后抽着他从北京带回来的三五香烟，听听姊妹俩说什么。

　　江红玉心里算得没有错，两罐黄桃罐头是有用的，给他们吃多了荤腥的肠胃解解腻。穆雅已经把罐头提到餐厅来，用刀子撬开瓶盖儿，分给妹妹一个勺，自己拿一个，捞一块放在还沾着米粒的饭碗里，问母亲来不来一块儿。江福芝喝了一口罐头里的糖水，推开说不喝了，转脸向江红玉，你老姨呀就是太客气，每回都带。别说你带的她们就还爱吃，我也买过，没人吃呀。奇了怪了。江红玉说，这个牌子是老牌子，桃嫩。江福芝用手拨弄下瓶子，转过商标来说，那我得记住。江红玉说，姐你喜欢我下次多买几罐。江福芝说，嗨，哪儿还用啊，你自己过也不容易，有那闲钱儿自己买点儿好吃的，别舍不得。江红玉笑着点点头，在姐姐和两个外甥女吃罐头的时候，视线兜了又转，去看吞云吐雾的穆子清。姐夫也是快五十的人了，看着比她认识的任何同龄人都精神，还是气质不一样。头发茂密得像年轻人，微卷，眼珠是褐色。鼻子又高又大，架着眼镜不说，镜片儿的颜色还和别人不一样，是红镜片儿。不知道平时看人是不是人脸都是红色的，挺有趣儿。她这么一个人笑着，发现穆子清也对自己笑，又和蔼又稳重，真羡慕姐姐找了这么个男人。

这么多年姐夫虽说没帮衬过，可也没挤对过她，江红玉有句话憋在肚子里太久了，晚上在床上睡不着，翻来覆去地想，想到最后只有姐夫能帮自己这个忙。九个兄弟姐妹，家家开枝散叶，穆家得有多少人。穆子清掸掸烟灰，坐着没什么意思了，要江福芝让个地方，他起身去客厅看会儿电视，你们聊。江红玉忙双脚点地，向前躬了下身子说，姐夫我有点儿事。你再坐会儿，我今天来就是想跟姐姐和你商量这个事儿的。

穆子清想再坐回去还得让江福芝让地方，有点儿费事，便一同坐在了单人床上，和江红玉隔了距离说，啥事你开口。说完用余光瞥江福芝，妻子脸色开始暗沉了，连穆雅和穆婷都察觉，勺子双双放下，桃不吃了。唯恐是借钱。江红玉低着头，说，姐，我这几年身体也不大好，有时遇个事你和红军离得远，也难帮。我想让家里添个人，帮帮我。江福芝松了一口气，妹妹一辈子没结婚，年轻时长得不好看，个子矮小，腿也有点儿残疾，才没人要。现在岁数大了，倒耐看些，找个人过日子是应当的，也不难。穆婷有点儿憋不住想笑，其实大姐穆雅也想笑，毕竟老姨一把年纪了，还有这个心思。穆雅绷住了笑，热情地说，老姨早该往前迈一步了，我帮你想想人。穆子清不让孩子起哄，刚准备找找自己有哪些年龄相当的朋友可以介绍，就被身旁江红玉一双热望的眼神盯牢了。江红玉一心一意地求他，姐夫，我不要老伴，我想要个孩子。我一辈子给别人看孩子、带孩子，就想有个自己的。能跟我说说心里话，给我养老送终。要个男孩，像非非那么大最好，要已经懂事的。

　　鱼缸里时而响起水泵运作时的呜呜声，一条红鱼在追逐一条黄鱼，它们共同追逐的是一只线虫的尾部。踢球一样用鱼嘴拱着，谁也吃不着。穆非穿过厨房走进来，说，谁叫我？他发觉老姨将本来挂在父亲身上的眼神，倏然挂到自己身上，有点儿眼泪巴巴。江红玉吸了一下鼻子，叹了一口气。心想姐姐命怎么这么好，这么顺，能让非非叫自己一声妈该是什么感觉，一面耐心等待姐姐姐夫对这件事的答复。江福芝说，你们几个没事别在这儿待着了，回屋去。穆雅穆婷都走了，穆非还在。他问母亲有件蓝衬衫去哪儿了，淡蓝色的，要出去见朋友穿。江福芝说穿白的好，那件旧了，扣都快掉没了，找不着。穆非没说话，扭脸走了。江红玉抬头看着穆非的背影，又想起八九岁时的他，天天让自己宝贝着，他什么习惯她都清楚。忍不住想跟姐姐说非非从小就不爱穿新衣服，因为学校里有孩子笑话过他，说他是新郎官，就这么回事儿。话到嘴边又咽下去，那不是自己的孩子，她现在正跟别人求孩子呢。

求一个穆家孩子。穆子清知道江红玉的心思以后，不单不笑，话也不说了，都让江福芝去说，他已经表过态了。

2

夏天天亮得早，四点半江红玉起床，五点出门去早市，时间掐算刚刚好，摊位上肉菜禽蛋都还是最新鲜的。她以前能一直逛到早市收摊，把每一家卖猪肉的不同部位不同价钱都记牢了，再出手买下最称心的，现在因为腿疼不能这么买了。也是因为手里宽裕了，自己也能劝上自己，没什么舍不得花的。再说，买了是为儿子小涛，为他能在家里多吃回饭。卖肉的摊位边上有一家卖早点的，飘来发糕的香味。江红玉站了站，儿子早餐只吃牛奶和桃李面包，她则爱喝米粥，发糕没买过，也没想过去买一块，今天却突然由发糕想起了过去一件事。她走到早点摊前，先看看油条，又问了豆腐脑，最后才问你这发糕怎么做的。卖发糕的顾着跟之前的顾客找钱，看江红玉转了半天不买，说，按做发糕那么做的。江红玉瞪着对方，嘀咕了句怎么这么说话，也回不出一句更厉害的了。想走，又回头看看对方没说别的，市场上都是她这个年纪的老头老太太，拥拥挤挤，话都挤散了，像早上的俏货里脊肉，稍纵即逝。她就再没找着那个卖发糕的早点摊，拐着腿拎了二斤猪肉回家。

　　小区离早市不算远，穿过公园过两条马路，一拐就到。江红玉看了一眼手腕上的红梅表，才五点五十，小涛起不来，步子放得更慢，也慢慢想起来发糕是用黄米做的，放了枣和红糖，小时候过年看母亲做过，还有青红丝在上头，很好看。刚才早点上卖的是用大米做的，雪白暄腾，看得见发酵时膨胀的气孔，能嚼出无尽的甜味来。多少年了她不敢想发糕，想了就走不动道，因为左腿特别疼，小时候就因为发糕腿才被母亲打坏了。一点儿预兆都没有的事。公园里有三五个老太太聚在一块空地上练太极剑，剑把上的红穗子随着手势上下纷飞，动作时而缓慢时而轻快。江红玉就坐在她们练剑的旁边的椅子上歇脚，边看边揉腿。

母亲下手真狠呀，她一定气疯了，气得不认识自己的孩子了。那时候父亲和大妈妈都已经去世，江福芝和他们两姐弟从此有了共同的母亲，江红玉记得，那天下午母亲发现裤兜里五块钱没有了，让他们三个并排站着问话。十三岁的江红玉豆芽菜一样发抖，说不是我真不是我。母亲看了这个看了那个，最后还是死盯着自己。似乎她只能盯着江红玉，因为另一个是独苗弟弟，另一个是大房留下的姐姐。

那天晚上，她在炕上疼得睡不着，左右睡着姐姐和弟弟，江红玉在当中。母亲和三个孩子隔了一堵墙，墙壁后头传来她累极了的呼噜声，能盖住江红玉的哼哼。江福芝转了个身，江红玉知道姐姐没睡，就去推她，说，姐我怕是要残废了。没有回话，这时候江红玉听见转过身去的姐姐打了一个低沉的嗝儿，有点儿米酒味。江红玉凑近了闻，说，姐你吃啥了？江福芝说，没啥，胃酸，然后把头蒙在被子里，继续低沉专注着打嗝。腿疼得越来越厉害，江红玉也越来越困，人在疲乏和痛楚间撕扯着意识，看它帮谁。最后它帮了理智。江红玉缓缓从炕上坐起来，转过头冷冷看了一眼蒙在被子里打嗝的姐姐。她虽然胆小，但知道委屈，知道自己实打实被冤枉了。可知道江福芝拿了那五块钱买了八块发糕，看了一场电影，在外头打了半个小时的嗝儿才回家，还是姐姐结婚当天的事。当时江福芝穿着红旗袍搂住自己哭个不停，一句一个对不住，别人都以为是新娘子舍不得家里人。到了那种情境下，江红玉也只能跟着哭了，说姐，你记得我的好就行。江福芝忙点头，说你嫁人的事儿姐包了，有好日子过一定帮衬你。听见外头穆家人来迎亲了，江福芝擦一把眼泪，拍拍脸蛋，由门外弟弟江红军送出门。江红玉要跟着送，江福芝回头说，你腿不好，他们不知道，先别出来。

热好牛奶，江红玉回家都两个多小时了，江涛房间里才有动静。他没洗脸刷牙，看见饭桌上摆了牛奶，就喝了半口放下，头发又长又油，睡得都飞起来了，张牙舞爪。江红玉在看早间新闻，主要是听，因为她注意力都在儿子身上，而且注意的和别人都不一样。她看不见他的邋遢和懒，只看见他的忧郁和瘦，江涛初中毕业，在家待业七八年了，之前说有他的计划，能带江红玉去海南玩，还能买台轿车开。到现在无所兑现，也越来越不爱说他的新计划。江涛抬起头，嘴上一排牛奶沫，说，你总盯着我看干吗？江红玉说，别老用手挤疙瘩，脸上到时候落坑，一个一个的，还容易感染。你要是愿意，跟妈去看看中医。他说，这也用你管。江红玉说，我是你妈，你啥我都管。江涛没再言声,半晌怪笑了一下。江红玉感觉头皮有点儿麻,被一小股电流不注意接通了,震得血管也酥颤起来,她平时几乎不生气,小涛也没少说混账话,就是这一笑,比他说什么还让江红玉受不了。她在沙发上呆坐了半天,坐到天气预报都播完了,小涛已经站在门口拿外套出门。她说,你是不是不想要我了?江涛看了看她,说,不是不想要妈,是我不该有个妈。有个妈在身上,做什么都管手管脚。她说,我心里就装了一个你,受不了你对我不好,你知道吗?江涛说,我知道,你比我亲妈对我好。可我没法和你一个样,按着你的思路活,我们命里不是一家人。江红玉抬起头说,我把你从十四养到二十四,十年石头也该焐热了。你也管我叫了十年妈,怎么不是一家人?你是不像我,我也想不明白你像谁。江红玉苦苦思索着,当初她一心要个穆家的孩子,小涛是穆子清的哥哥四爷留下的,最小的一个儿子。四爷生病死了,家里还有四个孩子都在工作,小涛上初一。他带江涛第一次到家里来的时候,这孩子穿得干干净净,和穆非一样不爱说话,但是五官扁平,个头很小。穆子清说,这小子随妈了,还小,没长开呢。长开了就和穆非一个样。江涛当时被江红玉搂在怀里,始终朝脚下铺的地板革看,不知道明不明白怎么回事儿。

江涛走了，江红玉一个人在家里打不起精神，早上发糕的回忆和后来关于小涛像谁的思索，让她平日里知足常乐的生活轨迹，发生小小的偏离。她擦了一遍地板，发现不行，又去楼下看邻居家小孩跳皮筋儿，发现也没用。于是上楼给姐姐家去了个电话，问现在方不方便去看看。问完了就顺路在楼下买两瓶黄桃罐头，涨价了，现在要八块钱一瓶。开小卖店的李姐给她装好塑料袋，说，其实这个牌子我们上货越来越少了，没人买。有个新牌子的更好吃。江红玉问多少钱，李姐说十块一瓶。江红玉提了塑料袋往外走，说，吃惯了，不爱换。拎着黄桃罐头依旧往小区前边儿江福芝家去，她心说自己从没吃上一口，哪个牌子好不好吃不重要。重要的是江家添了第三代，这才是她想去姐姐家看看的缘故。穆雅一个星期前刚生了孩子，女孩儿，长得水灵可爱，说像爸爸还是像妈妈都两可，因为穆雅的丈夫张勇也耐看，是个好小伙儿，笛子吹得好，人也温柔。就是姐姐江福芝不太满意，埋怨对方挣得少。

进门发现江红军两口子也在，并排坐在她平时来坐的单人床上，离远一看，像一对老耗子。江红玉清楚自己不好看，可还是第一回发现弟弟也一样瘦小，干枯，营养不良，到底是一个妈生的，许是在穆家人的对比下吧。江红玉放了罐头，问弟弟今天怎么没出活儿。江红军穿了一件羽绒服，绒都瘦了，洗坏了。衬衣领上一圈黑油，穿在砖红色毛背心下头。他现在靠拉三轮和给别人装修做泥工生活，妻子刘秀芳做缝纫，一起供独生女上大学。江红军让妻子往边上坐坐，给江红玉挤了个位置，说，今天都没什么事，来看看小宝贝。他说宝贝这两个字时不伦不类，咬得特别死，嘴咧开笑着。不一会儿张勇把婴儿车推进餐厅，女孩儿睡下了，呼吸很轻，睫毛长得绵密，像洋娃娃。江红玉不敢说话了，站起来悄悄跟姐姐说，我去看看大姑娘。江福芝拉住她的手，别去了，她好几天晚上没睡，她爸守着她呢。江红玉和弟弟弟妹看了一会儿孩子，张勇便把车推回卧室去，怕穆雅醒了见不着要急。江福芝这才叹出一口气说，可惜不是个男孩儿。江红玉劝，多漂亮的孩子呀，这你还不知足。江福芝说，你还没看她爷呢，手术室门一开说是个女孩儿，她爷就没影儿了。半天两手拎得满满的回来，有用没用一大堆，往地上一放，孩子看也不看。刘秀芳问，大哥这是为啥。江福芝说，他觉着攒钱没什么用了，不如都花了。订的明天车票，这就回北京。

　　穆子清过来，他都听见，对江福芝接着说，你别编派我，明明是你自己想要孙子。我也挺喜欢孙女的，再说穆非那边儿兴许就是个孙子,钱都花了,将来孙子花谁的?江福芝于是捂捂嘴,笑了一声,说真是这样。我就想要个孙子,女孩儿大了都是人家的。你看穆雅,现在就听张勇的话,养大了有什么好。江红玉看着姐姐这一家天伦之乐,羡慕也高兴,忘却自己那点儿难过,孩子美好的面貌留在她眼前,比什么都喜欢。她说,这孩子命好,托生这样个家庭里,众星拱月,男孩女孩有什么关系。这话说到江福芝心坎里,她拍了一下大腿,卖关子似的跟两个弟弟妹妹透露,说,这孩子就是生得好,生日好,跟我是一天。我的命就好,这孩子准保一辈子没灾没难,能富贵。

姐姐说这句话,江红玉和江红军一家是有点儿挂不住的。从江福芝家离开,三人一起慢慢下着六层楼时,江红军突然来了一句,狗眼看人低。江红玉知道弟弟跟江福芝有气,因为前年孩子上大学登门借钱,江福芝一分没给,还哭了半天的穷。但弟弟这么说,实在不好听,弟妹也劝他,人家家里有好事,说了咱们别来别来,你非要来看,来了又不高兴。江红军站在一楼的楼道里,一楼家的买卖又换了,换成了牙医,隔了一道铁门吱吱吱钻孔的声音像他每日里给别人家装修时,打孔机营造的氛围。他听了半辈子钻洞的声音,心里千疮百孔。江红玉在他面前低着头,一米五的个子，梳瓜皮短发，永远娃娃一样。他叹了口气，对姐姐说，这孩子看着弱，没到日子江福芝就使了红包，让医生硬给剖出来的。刘秀芳拉他胳膊不让他说，江红玉震惊了，问这是为啥。江红军甩开妻子，掏出一根烟点了，说，为随她的命呗。这都冒风险的事，不管大姑娘死活了。张勇后来知道了，在医院里差点没和她拼命。好在孩子没事，这要是有事，十个穆子清也保不住他姑娘这辈子能过好。

一出楼道，风就刮起来了，江红军想再续一根，怎么也打不着火。分别的时候，江红玉傻傻的，一直琢磨弟弟说的事儿。江红军以为她害怕了，走到她面前，仰脸看了看头上的六层楼，说，我这次来就是看看他们往后怎么跌的。真高啊，走起来也真累。姐，你来得晚没看见现在穆子清爬这六层楼有多累。他回北京不是去做生意，是去看病。你看今天他的脸，是不是鼻子更大了，眼窝更深了？江红玉说是。江红军说，快瘦脱相了。尿毒症，我跟穆非问了，他那傻儿子亲口说的。

江红玉回到家继续等小涛，等不来给小涛去了三个电话，都占线。到晚上六点半，电话响起来，江红玉一连声地叫，涛啊，小涛啊你在哪儿？却传来穆婷的声音，有点儿歇斯底里，说老姨你干吗呢，电话一直不通。江红玉问出什么事儿了。穆婷说，没出什么事儿，你来二院一趟吧，陪陪我妈，人手不够使了。江红玉说，唉。

　　二院是中日合资，在市里年头长，信誉好，江福芝三个孩子都在这里出生，江红玉每次来妇产科病房，也都是为姐姐。刚拐进病房走廊，想问护士是哪个房间，就看见穆子清一个人坐在走廊长椅上，红眼镜摘了用手抓着，眼睛看地。江红玉小跑过去，和姐夫抬头一对视，心里想弟弟说得没错，真是瘦脱相了，眼窝陷进两个黑洞里，不像外国人了像妖怪。她一时间不利索，预感到要出事。前头一片吵闹声，是张勇抽了医院病房门后的门弓子，一手一个，满走廊地找江福芝。路过穆子清和江红玉时，他一边儿哭一边儿骂，医生和护士就追在他后头，喊，再闹叫警察来了。

　　江红玉看到穆雅时，她还睡着，这一次是在医院病房了，昏睡着。穆婷站起来，跟江红玉说老姨你可来了，我妈躲张勇呢，我哥又去拦着张勇，就我看着我姐。可我是下午的飞机，得赶着回日本了，那边还有事。你来了就先别走了，多陪一会儿。江红玉注意到穆婷是带着皮箱过来的，穿了粉色袖口有荷叶边儿的连衣裙，睫毛黑密，扑闪起来像个长大了的洋娃娃，牵着人眼睛。江红玉看着这样的穆婷，就想到今天下午还在自己眼前的那个孩子，问孩子呢。她知道孩子死了，可还是想问一问是不是真的死了，是不是真的，啊？

怎么死了？江红玉自己在病房里守着穆雅哭，不敢大声，怕吵着病房里其他人。靠窗口床位上有个大姐，吊着瓶输液，看江红玉哭了半天没人来问，小声告诉她，自己听两个护士说，是流鼻血流死的。

3

三年过去，江红玉和江福芝一家几乎断了联系。除开穆非娶了老婆生了女儿还留在市里，没当上医生，开了个仁康大药房外，所有人都跟穆子清去了北京。去了北京也没出国，电话是可以联系的，但因为长途费用高，打了也说不上几句，姐妹俩就谁也没给谁打过。江红玉的生活又牢牢安回了轨道上，还是给别人看孩子。不过这一回，是给江涛看。去年到年尾的一天，有个操南方口音的女人抱着孩子，敲她的门。江红玉问，你找谁，这是302。女人看江红玉开了道门缝，就把孩子顺着门缝往里塞，江红玉不敢关门。是你家的，是你家小涛的。女人裹紧了围巾，怕认出来似的小声说。江红玉又开门打量了一会儿，高鼻梁宽眼皮，腰很瘦，头发是棕黄色的，染成小卷儿。是小涛喜欢的女孩儿模样。女人告诉江红玉，孩子是小涛让她送过来的。说完还进屋和不知所措的江红玉坐了一会儿，喝了茶水，说阿姨我过几天再来。晚上江涛回来，看见江红玉乐得傻乎乎地朝沙发上睡着的婴儿贴脸，轻声慢摇，一副别无所求的样子。

孩子是私生的，可有爹有妈，现在又有了奶奶，江红玉很幸福。好几次她拿起电话，翻开电话本，010都按了出去，还是想不好该不该说。这是个男孩子，姐姐姐夫盼了一辈子也没能得来的男孩子。穆雅和张勇离婚了，一直没找。穆婷挑花了眼，比来比去成了老姑娘。穆非生了个女孩，快上幼儿园了，会数数会背诗，就是不会站着尿尿。江红玉每晚都搂着小孙子睡，叫他乐乐。快快乐乐，乐乐是奶奶的快乐，几乎成了她的口头禅。乐乐一听这个就爱犯困，特好哄睡觉。乐乐睡觉的时候，江红玉守护在旁，有时一动不动，能看一钟头。她吃惊地发现，乐乐某些角度长得也像个小耗子，又反复自我安慰，像曾经相信小涛能长开一样，坚持说孩子妈妈还是很洋气的。江涛问她不就是小孩睡觉吗，没看过？江红玉想想自己还真没看过，小涛到她身边来就是半大小子，穆非也是。乐乐是第一个从婴儿时期就属于她的孩子，而且会永远属于下去，直到孩子妈妈回过劲儿来。江红玉发誓自此每年生日都许同一个愿望，祝愿这对母子永不再见，活多少年就许多少遍。有点儿恶毒有点儿虔诚，反正没人知道。

乐乐满月那天，小涛叫了几个朋友来家里，没一个是江红玉认识的。在厨房里炖着红烧肉时，听着外头儿子和朋友们谈论她听不懂的话，烟味儿顺着墙壁飘进来，叫她闻见，一时无限骄傲。饭桌上，那些和小涛年纪差不多的小伙子一个个巴巴抬着头，举满酒杯，争着和她碰一个，叫江红玉"老妈"。江红玉晕眩了，扶住小涛的肩膀，成就感冲击着她，被烟味儿呛得直哭的乐乐的存在冲击着她，忍不住有点儿眼泪，低头去抹。小涛站起来，跟所有人说，我妈养我这么大不易，我不算个孝顺儿子，让她一直为我操心，没挣下大钱，也没给她换个房子，这地方住了二十多年，邻居都换了两茬儿了。江红玉一口气喝下半杯，泪眼蒙眬地望着小涛，她没想过有一天能听见这些话，像梦中。江涛又给自己倒了一杯，面对着江红玉，说，妈，你也养我十来年了，往后让我自己养自己吧。江红玉忙跟小涛要碰杯，对方把杯子退了退说，妈，我的意思是下个礼拜和这帮哥们儿去海南闯一闯。闯好了，没几年就能把你和乐乐接过去。江红玉这才明白为什么喝酒，这些人为什么来。她说，我要是不让你走呢？江涛说，那我就把乐乐也带走。妈，你给我省省心。江红玉说不下去了，剩下的半杯自己跟自己在心里一碰，都流到外面去，嘴里更干苦。江涛扶她坐下，一面张罗大伙儿动筷子，一面掏心挖肺地说，其实吧，我不是妈的亲儿子。我是过继来的知道吧，妈养我这些年够意思了，我一个大男人怎么也得报恩。其他人都说小涛像样儿，是得往外走。江红玉还是有点儿没梳理明白，说，锅子上炖着肉呢，我看着去。这一起来，腿就没使上力，摔到了桌子下头。江涛忙去搀她说，妈你这是咋了。江红玉一把推走他，声音喊得人揪心，我不是你亲妈，往后你别叫我。

小涛走了以后家就有点儿脆弱，虽说平时他也不总在家，到底是个顶门立户的男人，现在只剩江红玉和孙子乐乐，没儿子加上没有退休金，日子就得较以往更节省着过。她得时刻警惕着有人抢孩子，还得时刻计算着怎么养孩子，这一年老得很快。人一开始老，就开始惦记过去，惦记亲人，江红玉上医院打听过尿毒症是个什么样的病，医生告诉她是个花钱的病。江红玉一时放心了，因为姐夫家不差钱。可她没问明白，是一张一张地花还是一摞一摞地花，她一辈子也没花过几摞钱，想不到。还是电话来了才明白，谁也没有花不完的钱。姐姐一家原来一年前就从北京回来了，还是在这个小区，始终也没碰上。江福芝说，不想让别人知道，跟着难受。他这病现在到哪儿治都是一个样了，在家里还能便宜点儿。江红玉问，姐夫现在在家不，我去看看。听筒里沉默了好一会儿，江红玉知道没掉线，因为能听见呼吸声，江福芝正在踌躇怎么说。怎么说都是人死了。江红玉紧着提了一口气，问，在哪儿啊，人现在在哪儿啊？

回民是不火化的，本市回民死了都先放在清真寺里，等候家人组织出殡。通知给亲友出殡的时间在第二天早上六点半，江红玉则是放下电话，把乐乐交给邻居嘱咐一番就去了。寺门西边有扇小铁门，围了几个高头大马的男人正聚堆商谈，腰上扎着白带子。江红玉拐着腿迎上去，一眼看出这长相是穆家人。来接她的是穆雅，好几年没见了，见面就抱着哭。说一句话哭一声，最后说一个字哭一声，气都上不来了。穆非给江红玉拿来一条带子给扎上，商量着把穆雅送回去。江红玉想姑娘都哭成这样，姐姐还不知什么样，扎好白就往门里走，被穆非拦住，说，老姨不是让你明天来吗，来这么早没用。穆雅也好像刚想起来，抽了下鼻子转身说，我去把妈叫出来吧。那几个站在门口的穆家人盯着江红玉看，叫穆非过去问是谁。穆非说，我妈的妹妹。有人问，那咋不给带进去。穆非说，哥你怎么糊涂了，她是汉民。有人说，又没人管着，想进就进。穆非的脸在北风里冻得纸白，今晚他得留下守灵，从早上救护车来到现在没坐下过，有点儿打晃。他说，我爸计较这个，依他吧。

江福芝出来了，这几年她在北京说实话是享了福的，穆子清和穆婷很能挣钱，父女俩胆大心细，都会讲排场，打眼一瞧就知是能人。而穆子清和穆婷再怎么能人，也比不上江福芝会管理能人。钱到了也都在江福芝一个人手上，一家人给钱起了个外号，是穆子清想到的，哑妈子。钱是哑巴，钱能管事，钱就是哑巴妈。江福芝不是哑巴，也很聪明，知道至亲是至疏的道理，这些话小老婆想不出来，只有她的母亲才懂暗自传授给女儿，指点终生。一年前一家人又回到六楼，穆子清已是重度肾衰竭，血也换了，透析也做了，除了换肾都是一摞摞烧钱，换肾则是烧一堆。穆子清对孩子们提出想换肾，三个孩子都去医院抽了血，穆非最匹配。到最后关头,江福芝把脸一拉,一个字一个字告诉穆子清,能活就好好活,不能好好活别作孽。穆非明白母亲的心思,他在壮年,肾得留着,兴许还能有个儿子。

江福芝把头埋在江红玉怀里号啕,清真寺那条街上,不算冷清,她哭起来的时候隔着街也有人站住看热闹,尤其是江红玉一米五,江福芝一米七,想把头扎进前者怀里,姿势很困难。江福芝坚持了一会儿,直起腰说,妹妹,你可来了。姐姐这一年苦呀,没法跟人说。江红玉也抹眼泪说,我也是。姐夫走了,往后我多陪你,人得往前看,都上了岁数了。江福芝说,真是啥也没有了,那钱流水一样花。现在人还没了,真是没什么盼头了。江红玉说,你还有儿子有孙女,有的是盼头。小婷能挣,都能养你老。江福芝仰起头叹了口气,像在努力认可这个说法,让它钻进自己脑袋里,根深蒂固。江红玉说,人拉到哪儿去?江红玉说,不火化,拿白布缠好了,也没棺椁,放在回民坟地里,每个坟下头都有个小墓室。江红玉想象了一下,说真好,一点儿不遭罪。江福芝说,是好,不火化不烧纸,干净。我死了也去那儿。说完有人叫五婶过来下,穆雅接替母亲握着江红玉的手,站了一会儿。江红玉想,自己以后葬在哪儿呢，没有丈夫，父亲的坟找不见了，母亲的坟倒是在，可总感觉母亲护不了自己。

你爸走时留没留下什么心愿？江红玉问。穆雅说，有一个，想换个楼层矮点儿的房子。六楼太高，他爬一层得歇五分钟。说完，穆雅又哭了，路旁街灯亮起来，江红玉才看清侄女脸上多了不少褶子。穆雅说不是买房的时候，手里没闲钱了。江红玉点点头，实在不好受。穆雅说，老姨你先回去吧，这不缺人。明天你再来。江红玉又看了一眼，只能往回走。到了家先去邻居那儿抱回乐乐，急忙给海南去了一个电话，告诉小涛这件事。也许小涛会赶回来，电话里，小涛只说会回去陪她烧纸。这孩子长得不像穆家人，可做事有点儿像。最后一句话，江红玉想了想说，你还是别给我换房子了，咱家住二楼挺好。

第二天穆子清的葬礼，占了清真寺一条街不说，还占了两个车道，形成拥堵。穆家人太多了，江红玉站在一堆高个中间，不断撞墙。出殡的过程里有念经一项，从寺里请了五个阿訇过来，在院子里坐好了，底下跪满了穆氏子孙，跪向一个浅绿色长箱子，箱面上盖着块蓝绒毯，印着"如梦方醒"四字。他们边跪边等待接经，由每家的嫡子嫡孙，依辈分传递。阿訇念经的时候，棉被上铺满了膝盖，有些膝盖跪不着棉被,就跪在青石砖上。十二月的东北,砖面冻得冷硬,渗进骨缝里。江红玉偷偷在一个小角落跪下来,她没资格接经,她只是想为姐夫跪一场。毕竟他现在走了,走之前给她带来了小涛和乐乐。江红玉那条病腿在低温中冻了四十分钟,又压着血管,起身时差点摔出动静。还是江红军扶了一把,扶的时候说,你是这辈子都不知道穆子清怎么看你。

江红玉知道了,是灵车载了被白布缠紧的姐夫向墓地开走后,除本家外,都步行去对面的回民饭店里等吃饭。江红军一个人来的,和江红玉以及其他几个不认识的,坐在靠门口一桌上。饮料先上来了,江红军给自己和姐姐倒了两杯可乐,说,你往前看看,前边那桌当中瘦长脸丹凤眼的那个,认不认识。江红玉伸下脖子,说不认识。江红军说,你看她和小涛像不像。江红玉说,不太像。她是谁?江红军喝一口可乐,龇牙咧嘴说是小涛的妈。哪儿像? 一点儿也不像。江红玉紧张起来,甭管像不像,那该过去打个招呼。江红军气急了,在她耳边连珠炮地说,那也不是亲妈。那小涛就根本不是穆家孩子。我装修的人家指名道姓告诉我和穆家四爷过去认识,那就是个四爷在外边儿留的野种。跟的女人不正经,是不是四爷的都两说,这才有孩子能过继给你。姐姐，小涛连个正经人家的孩子都算不上。

主家人送完灵回来，江福芝在子女搀扶下一进门就哭开了，穆家晚辈不分男女都上来劝着，直把江福芝劝到桌上。后厨开始上羊肉，是穆非亲自去选的一头羊。不加盐，只清煮，整只羊切成小块，给每桌都分了，骨头要吐出来由主家收好，差一块都不行，埋起来。算是替罪羊，穆子清一生便消罪，干干净净地走。收到江红玉桌上，是江福芝亲自过来的，她有话跟妹妹说，江红玉跟着到外面去。弟弟早走了，他始终更了解江福芝一家。江红玉盯住江福芝，对方用手绢按在眼睛上，说，红玉你回去吧，你和他们都不认识，这是招待穆家人的饭。再说都是牛羊肉，你也吃不惯。江红玉没说话。江福芝又说，妹妹，没别的意思，姐姐不管做了什么，都是因为眼前顾不上，你别挑礼。你的好，姐姐心里有数，都记着呢。江红玉一直到转身走了，也没说出一句话，说不出来。

下小雪，江红玉从清真寺往北走，穿公园，过三条街，老小区的物业没人管，路面只撒了融雪剂，雪堆一化，化成黑色的泥，还是堆在路面上。家里楼下有间小卖店，现在改叫超市了，还是那家人的买卖。江红玉走进去，店主也认识她,是过去店主的儿子,正在小屋里看巴掌大的黑白电视,嗑瓜子。江红玉指了指他身后货架上的黄桃罐头,人家去取,她摆摆手指了旁边贴着十块的那种,手指比了一个V字,要两罐。店主从身后货架上拿下来,用塑料兜提了,一脸笑模样,边收钱边对江红玉竖大拇指说,江姨有进步,还是送人?江红玉指指自己,掀门帘出去。雪开始下大,得赶紧回家看乐乐。走到一处化得最厉害的雪堆前边,江红玉随口吐了一块羊骨头。看它在泥里躺好了,才走人。

赴 约

我们约在周三见面，七点半，工人文化宫门口，不见不散。去之前她在软件上说，应该定个暗号，让我路上想想定什么好，决定再告诉她。我没想，觉得多此一举，不年不节的，老家没多少年轻人在，很容易彼此相认，抵达后发现我想错了。翻修过的俄式老建筑窗里漆黑，外墙散发有气度的黄光，台阶上都是抱狗坐的女人。我一过，人和狗齐着耸动，跟后头喊，纯种，聪明，便宜卖了。这已是最清净的地方。夏天夜晚的广场，被不同行业不同兴趣的人群分开，露天躺在按摩床上吃痛叫唤的男女，和一旁跳民族舞的文艺工作者们，声音相融，状态各异，呈同心圆散开的杂货大军，则被包围在当中。我在几个阵营里走来走去，恍惚进入了城市的过往，又疑心从来被这座城市真正的生活挡在了外头。一个摊前，落块儿蓝布，卖的是：

果蔬盐洗颗粒，女式头绳，几本旧书，摆在头里是《乔四全案》。摊主三十来岁，怕我不知道此书的珍贵，我翻页，他便抬手，来，我跟你说说内情，说完你再看。我说，你都说完了还看啥。他说，你就让我抖抖东西呗，憋肚子里十来年了。大桥老四，知道最后因为啥进去的？我问，因为你？他没话说，边儿上卖袜子的小伙紧着笑他，让你乐意抖。

崔莹在软件上发信息，说她到了，问想出暗号没有。我说你现在就是在广场放呲花，我也发现不了。咋这么多人？她说，工人文化宫正门，一堆卖狗的，你来这儿吧，我看中了条西施犬。头回见面，按说她告诉我喜欢啥，啥就应该作为礼物，买来送给她。可上来就要小动物，挑费大了，还容易牵连责任，毕竟是条性命。离几步远，我确定了蹲在狗贩子里的粉衣裳小姑娘就是崔莹。看身形，条件不错，头发盘着，颇有古典美。她怀里抱只懒洋洋的白狗，狗散着头发，当中扎红头绳，和崔莹气质搭配。卖狗的女人把我心理活动都说出来了，就该是你的狗。姑娘，多少天了，这孩子都不亲人，这见你了，多活泛。崔莹和狗四目相对，彼此无声，我想是时候说话，从后拍她一下，嗨，来了。她放下狗，整整脸边的头发，笑时候露出来的虎牙，给她在我心里又加了分。从青春期起，我便暗自发誓，要娶个长虎牙、不长痣的姑娘。标准定得太细，往后在爱情路上如走窄桥，凡是我不喜欢的，便拿这两点作尺，将对方卡住。崔莹的脸被我端详来，端详去，她笑得更灿烂，却也让眼角两只对称的小痣彻底暴露。

我俩都没握个手。她又蹲下，小狗找她。我跟着蹲，感觉落入奇怪的气氛，跟给我俩孩子开家长会似的，狗贩变成班主任，教导关心的女人和插不上话的男人说，你俩有啥不懂的，问姐，姐养狗都多少年了。我脸朝后转，去找地方坐坐啊？请你吃冰糕。崔莹说，这小狗太可爱了，跟我拜拜呢，会作揖。我让狗给我作一个，狗不作，恢复痴呆状态，两只圆咕隆咚的黑眼睛，盯远处看。崔莹不舍地捏它的白爪子，碰我说，看啊，多可爱。感觉再不问价，我就不是男人了。卖狗女人说，姑娘也诚心要，八百五，咱一口价。我说，抹点儿。崔莹跟着让抹点儿。女人说八百，不能再低，再低她对不起这狗了，家里其实吧，都舍不得。崔莹问，你看呢？我说真问我？她说真问你啊。我说人家不舍得，咱何必横刀夺爱。

冷饮厅和记忆里一个样，几十年了，挂着北极的招牌，店里白光冷瓦，和国营食堂差不离，没人招待，到柜前点单,店主也是店员,在白纸上画个号码,便扔给顾客。我点了四个冰糕球,给崔莹点两个,附加一块橙子味冰点。坐下后,崔莹郁郁寡欢,没给她买狗,我是个罪人。问她,除了那个把她骗到这儿、甩到这儿了的负心汉,Q市还有没有熟人。她摇摇头,除了你。你能算吗?我想想,其实不能。我俩今天头一回见,在软件上认识也才一礼拜,打过两回午夜电话,聊的都是闲白儿。记得上来我就问她,处不处对象?知道这样开头,挺得罪现在小姑娘的,让人下头,还有点儿什么来着,爹味儿,普信。可这就是我实在的诉求。打小我妈就告诉我,不知道说啥的时候,说实话最好。我认为彼此既然选择交友平台,无妨文火还是烈焰,终归想找个伴侣。我这样解释,崔莹没表达反感,问我两个问题。一,你更看重精神还是肉体?二,家有空房子吗?我告诉她,都看重。两者要是能拆分,就没人和人的区别了,是人和鬼的区别。空房子有,老小区,六楼,没电梯。崔莹说,想看看。我觉着她挺有意思,看房软件和看人软件都能搞混,怪不得能被拐到严寒之地,丢在了一个寂寞的夏天里。我忙说,乐意的话,带你见见房东。再乐意,咱俩相处,租钱给你免了。崔莹于是和我约定,周三面谈。此刻看着她拿木勺刮下冰点四周一层橘皮儿，规规整整，跟做手工似的，心里有了数。相比当她男朋友，现在和她聊房子，或许女方失望还能少点儿。问她，预算多少？她抬头看我，四百，我想拿那只狗。我说，房子，房子，不是狗的事儿。她说，房子啊。我得先瞧瞧，你看呢？

我回家拿钥匙，崔莹在楼下等。老六楼多些年没人住了，自我爷去世后，从那儿搬过几回东西，都是不急用，拿来也用不上的家伙什儿，放到现在住的家里，怎么都格格不入。沾了擦也擦不去的灰，跟从陵墓里盗出的东西似的，叫人望而生叹。进门我便看见从老六楼拿回来的两瓶胖肚子XO，被我妈摆在玄关上，琥珀色的液体，看着不满，也许曾被倒出来过，后来还是作为装饰，给恶劣的家装审美增添一笔。我妈独自蜷在洗脱色的红沙发上，盖毛毯，扭头冲我。电视里放着主播在新疆，房车出游的最新一期视频，男人从车里跑进跑出，掂对晚间用水，再节省用，也还不够。他最后坐到房车台阶上，仰望星空，干搓着手。我看我妈，又看电视，酝酿的时间够了，问记不记得六楼钥匙放哪儿。她说在你爸手，干啥？我说不干啥，过去瞅瞅。她喊我爸来，我爸没有搭理。显然，这是老两口一个泾渭分明又都自得其乐的夜晚。我妈沉浸在远方的家，山川原野里，我爸着迷的地方，则是游戏中荒芜星球上的荒芜大地，在那里他数十年如一日搬动敌方水晶，连沉默也变成了晶体似的，坚固的习惯。

他们都对我的婚姻抱持担忧，嘴上不说，碍于自己的还是我的面子不得知，总之碍着点儿什么。对此我能做的，是把对爱情的追求，展现给他俩。拿完钥匙，我带崔莹穿越老公园，又经过越来越熟悉的，我童年长于斯的旧街道。藏在深门洞后的六楼，如洞穴尽头一座让人必然失望的宫殿，被砖头围住的垃圾站在盛夏散发不灭的臭味儿，而十年间换过数张沙发睡在上头的流浪汉，始终守门口，作为六楼的卫兵，他忠心不减。卫兵不见老，贫困或许是最好的定妆，让一个人十年前怎么脏兮兮的，十年后依然如故，头发丝打绺的弧度都像上过了发胶，款式固定。崔莹拉我袖子，有点儿怕他。我说没事，精神不太好，但从不伤人，他挺厚道的。说着卫兵问候我，回来了？我说，回来了。离开六楼时，我不到十二，如今我带一个姑娘回来，其间没再来过，他不该记得我。打进了楼道，崔莹不掩饰对一切的好奇，她生长的环境和这里大概相似度不高，否则也不会拼命在我身后，想踩响早失控了的声控灯。她问，楼里一直这么黑？我说，是，你往后最好备个手电。她又笑了，小兔子等着进狼窝似的，既不安，更对可能得到一个免费住所怀有天真。

一层住三家，我家把东，很好认，还在这儿的住户，都换了防盗门，门上年年换新对联。我家从不贴对联，门也是老式的，一个铜锁眼，狭小隐蔽，感觉能窥见不少秘密。多少次梦里回到此地，以致现实中还有点儿恍惚，这儿是真实存在，还是沦为恐怖片的布景。没交电费，我打开手机上的照明，带崔莹简单转转各个屋。其实就算开灯，六楼也是暗的，变化似乎发生在某个突然时刻，再见不到六楼有自然光了。那些童年里飘散在阳光下的灰尘痕迹，成为杜撰，取而代之的是，当年讲究"四面不见白"的装修观念中，满室满堂的暗蓝色。实木地板在经年后，板与板的缝隙扩张，没被繁花图案的地毯覆盖的角落，那些纵深的沟壑，如地下河道，窸窸窣窣，爬过昆虫和细菌。崔莹抚摸着厅里一面黑色墙壁，发现是镜子，又发现镜子下头横立的不是一张桌，是盖了布的立式电子琴。她转头向我，多少年没住人了？我说十二年，差不多。她说屋子大是大，也真怕人。我点头，是啊。别说她了，我都多少回梦中惊醒，听见暗风过堂，被沉痛的喘息声席卷，从床上爬起来，开灯恍惚。眼前仍有扑棱蛾子似的纸钱翻飞，鼻子灌满灰烟。

崔莹扭捏着，怎么住啊，没法儿住啊，好害怕啊。我说情况就这么个情况，环境就这么个环境，一百四十平方米，一月八百，平时需要啥我都管看顾。她说，好害怕啊，好麻烦啊，好贵啊。我笑了，拽她下楼吧，到大马路上见见路灯，喝点儿西北风，所有麻烦都迎刃而解。其实租不租的，我无所谓，六楼租过几户，不是半路跑了，就是给房子本就脆弱的设施雪上加霜。我爸妈渐渐相信，房子本身风水有问题，怕耽误人，没提再租的事儿。我不信邪，只不过像崔莹这样的外地小姑娘，独自住下，顾虑也挺多。我提议带她吃点儿饭去，或者改天选个亮堂日子，市里好逛的地方，领你遛遛。你预备在Q市留多久？不行回吧，这儿没机会。她问，机会指啥？我说各种，全部。崔莹不说话了，路灯下和我像两个陌生人，等待一台最终接走彼此的拼车。我暗地骂自己，这么轴呢。还不知道人姑娘能不能看上你，老爷们儿，有点儿样子，给人把租免了，好成全彼此。刚想对崔莹提议我俩的下一步发展，她也做好一个决定，站到我跟前，眼睛往下看人。她意思是，五百，水电你先给交上。还有，要带个人一起住。

我问是先前和我说过的那个爱情骗子不？她反应了下，不是，一个女孩儿，我堂姐。说完回归扭捏，简直求着我，说她堂姐人特好。这趟俩人从家跑出来，到东北，一个为了爱情，一个为了事业，都不太容易。我顿觉网络是个凶险之地，萍水相逢，任你和对方在软件上聊得情深义重，现实全不知道，对面说的哪句是真实，哪句是故事。怎么还冒出个堂姐？我谨慎地问，崔莹，和我聊这些天的人，是你不？她说是不是的不要紧。反正我们现在认识，你也会认识我堂姐，今天太晚，见不着了，这样，你把钥匙给我，我们先搬来住。信不着，你再过来看。我觉得这岂止是欺骗，牵扯五六百的，都构成小型诈骗了。她却突然握上我的手。崔莹手心一层薄汗，体感潮湿，十指柔软，从我手心里缓缓掏出那枚黄铜钥匙，收信物一样含羞地笑，装进自己口袋。她最后说，生活用品就不要你带我买啦。我堂姐很精细的，会筹算，跟着她，过生活我不吃亏。你放心好啦，李哥。分别后，我在回家路上走，怎么也想不明白事情的道理。崔莹和她没见过的堂姐，好似一对聊斋人物，现身千里外荒郊古庙，似乎早打算好，要我协助，供献人间烟火，滋养她俩初来乍到的新修行。到家我才想起，钱呢？押金呢？女色果真厉害，我刚才甚至连表都默默上完了，记得明早九点前出门，把六楼水电续上。

认识崔莹前，我谈过两段恋爱，两段都动筋骨，当然我一方动，对方则似上过统一的培训班，将分手完成得大差不差，发张好人卡到手，兼贡献给我各执一词的缺陷或遗憾。我常怀念，却记不起她们的长相，也许和工作性质有关。每天我见形形色色的人，云烟过眼：诚挚的寒暄、酒后的真心、脾气上头的交恶、不咸不淡的礼貌用语，都托付于时间本身，变成电视上的热情广告，不剩啥深刻，能被保存在记忆洗刷后的黑屏上。我在台球厅给人摆球，有时照顾前台，帮着订桌送水啥的，看着清闲，其实忙起来也脚不沾地，耳边长年累月为彩球的撞击填满，没和人对杆的兴致，很会体贴自己。今天人不多，我和同事大眼瞪小眼，客人中，俩大哥是常客，一个外号建华区火箭，一个外号龙沙区魔术师，比比画画，臭手水平仿佛，胜负常年不分。摆完一局，火箭招呼我，老弟，我不跟他打了，他手法不行。咱俩来吧，你开。我晃出萎靡不振的样儿，说感冒了，别传染你。魔术师说，看明白没，除了我，世上就没人爱和你打。凑合得了，你还挑个人。俩人眼瞅又要撕巴，我手机跳出信息，软件上来的，对方是崔莹还是她堂姐，自那天后，再叫不准。信息说，你家是真有问题，空的话，过来看看。我回她，空。火箭在我身后开球，因受了刺激，突然气势如虹，一杆进仨，全和半儿都有。俩人撕巴继续，这把输的必须买烟去，塔山不行。

再进六楼，我得敲门，崔莹不在，开门的是崔静波，她上来就报了号，表情很寡淡。我问进门脱鞋不，她瞥我，你看呢？这句口头禅姐俩如出一辙，却属于两种气质。崔静波女士，我心里不由得端庄称呼她，没化妆，没打扮，一件黑色大卫衣，底下灰打底裤，比崔莹还显瘦，扎个马尾辫，脑门拔得精光铮亮。我点头，算是问候，感觉自己就像个水电师傅，站到人前，怎么客气怎么来。她伸出手，我俩握握。屋里白天的样子，终在我眼前重现。看到地毯全被卷了起来，让地板缝隙暴露明显，然而没见落灰。六楼的每个平面上，都干净无尘，整洁许多，似乎缺了不少东西，也没多添的家具。我发现崔静波更像个北方女孩儿，话少，表情硬，眼神又有点儿南北中都算少数的，常回避着人。她给我倒杯开水，啥也没泡，就白水，装在一只白瓷杯里。坐上沙发，我坐进了童年曾幻想的，长大成人后的时空中，摸着过去瘫过、骑过的一对扶手，发现它变硬了的人造皮革，触感竟是虚的。崔静波面无表情坐我对面，又让我联想起曾来家拜访的某个不熟悉亲戚，内心有所期望，然而谨慎小心。

我说，认识一下，我叫刘真。房子住咋样？崔静波扫视一圈，似回答了，不置可否。我问崔莹怎么不在，告知她找到了工作，在个传媒公司，报到两天了。我说挺好，真不错。还能说啥，不知道说啥，我讲实话。刚才消息是你发的吧？崔静波说是，她自己在家，发现了不对劲儿的地方。我说，有没可能，自己吓自己呢？我住到长大，要有毛病，早知道了。崔静波笑的时候，不露牙，所有露出来的皮肤都白净，别说痣，一点儿皱纹没有。论吓人，她才是那个，不悲不喜，无欲无求，活鬼一个，我对她第一印象相当一般。崔静波起身来，到之前崔莹抚摸过的整面茶色镜子前，站住说，在这面镜子里，我看到了东西。我挠挠头，啥？她料到我不会认账，直言相告，不看我妹妹，这房我真不住。我同意她的说法，不看你妹妹，我真不让你住。

她还那么怪模怪样笑，示意我抽烟。来一根吧，解解尴尬的气氛。我说不了，你抽行，注意用火安全，屋里木家具多。她点了一根，细支的，手法挺熟练。我俩又半天没话，其实这种处境下，还比较踏实，毕竟双方都不存交往上的悬念了，话说开，不必假模假式。我到底是房东，可以挨屋转转，不进门，尊重女性隐私，单纯想在白天里瞧瞧战斗过的地方。两间卧室是相对的，都开着门，爸妈过去带我住的那间，该被崔莹用上了，临近闻见香水味儿。我爷爷奶奶住的那间朝南卧，则属于崔静波，没气味儿，梳妆台上堆起一摞硬壳书，当书桌用，上头还有摊开来的笔记本。我问，你记账啊？她没明白，我解释说，看你写东西。她掸了下烟，手上烟灰缸是我爷过世前常用的，记得被装进一扇柜门里。看来，她对六楼的一切，确都侦查过。崔静波到我身后，说她该再介绍下自己。虽然认识快俩礼拜了，可对于她的真实履历，出于自我保护，叙述有假有真。在我的准备中，已全然设想过她可能是骗子，或各种将让我瞠目结舌的身份，可当崔静波告诉我说她是个作家，来寻素材，想借东北文艺的热风，给自己烧把旺火时，我还是瞪直了眼。

崔静波说，不是崔莹，是她，被一个老家在Q市的男友伤害过了，几年前的事儿，她念念不忘，觉得是个经历，也想来他和她常说起的老家看看，到底什么样水土养出这么样的人。崔莹其实是陪她过来的，怕堂姐情绪过激。我说，我代表东北男人跟你赔礼。咱别有执念，放下，重生。她说，你代表不了。我说，代表不了。能求你个事儿吗妹妹？我不知道咱俩谁大，你告诉我二十四，看你也就二十出头。崔静波说她三十了，虚岁。我挺高兴，起码没说错话。她问我求什么？我求她既然见过面，房子也租你俩了，以后就别再聊。没意义，放过我，东北人没都伤害过你。她在我身边站着发愣，紫烟腾旋四周，对于这种过去独属于爷爷的六楼气息，我难免心怀敬畏，愿意多吸进几口。她不懂我的怀念，眼珠半天不转，脑子里则迸发过世纪大战，人一时打磕巴。她继续震惊我，给你钱，咱俩算，不算崔莹。你帮帮我，聊这么久，我感到咱们精神上常能共振。你能三、三天给我讲一个故事，算一个月，那个，嗯，一千，一千吧，行吗？我准时付你，算起来一月十个故事，一个能挣一百呢，你挺、挺合算的。我预感到连着租房一起，包括如今让我讲东北故事，事情是一趟线地谋划过了，崔莹在其中，分量并不重，全是崔静波筹算。对了，崔莹说过同一个词，崔静波擅长筹算。

一切早有安排，除了个人问题上糊涂，崔静波或许是把所有聪明才智，都落在了不留心的人身上，戒备是天然的，也可能情感失落之后，迫切想抓住其他能证明自己的抓手，比如工作，比如暴得大名。和我印象里的作家一样，崔静波深居简出，来趟东北，对她有如深山探秘，冒险的代价，是必须有所收获。在我自己，靠抖搂肚子里的故事，就能挣钱，相当合算。毕竟这样的冤种和走运，一辈子又遇几回，我现在心甘情愿，成全自己的同时，不吝啬成全对方。在软件上聊的时候，崔静波（那时以为是崔莹）动不动引经据典，天文地理都有涉猎，话却不文，偶尔蹦两句俗嗑，人有贫嘴的一面。她告诉我，没少被东北文化熏陶。她生活的南方县城，一到过年，长辈推麻将，十来个一般大的孩子则相互谈论街面上的潮流，只有她，坐在电视机前等待赵本山和范伟，将他们开场念的打油诗拿小本记下。说不上为什么，她眯眼睛回想，就喜欢那种语言。我前男友开口也常说些俏皮话，让我觉得，他魅力极了。我说，你挺各色。她像听见老师说了个新公式的学生，追问，各色啥意思？我说，特别，你特别。她说谢谢，我当然是特别的。你现在知道不了，总有一日，你会和所有人一样，意识到我们有差距，我会走很远。我笑了，顺杆爬呢。看着挺文静一姑娘，说话真不谦虚。崔静波看表，不咸不淡聊快半个点儿了，时间宝贵，她的宝贵，一天的创作计划还没有开展。你今天就说一个吧，刺激刺激我。

　　我寻思着，平时话挺多的，可总给人留下沉默寡言的印象，做过总结，不擅长正式场合，别人对我有所期望的时候，我就会掉链子。想了几个道听途说的故事，网络上看来的，我爷跟我讲过的，地摊小报的旧闻，想起乔四、脑力克、郝瘸子，一干东北大哥，销户的销户，隐身的隐身。在台球厅我还认识几个和他们沾亲带故的朋友，真假不论，消息渠道挺多。讲给她了，尽力将午夜仇杀的气氛描绘得生动一些。她边听边按打火机，留意她的反应，她也真不会藏心里。崔静波说这种没意思。她写的是生活小说，不是生存小说，不是非得死个人。能给这么多钱买故事，她必然要有求，我接受，听崔静波诱导，爱看鬼片不？你家那个小柜子里VCD挺多的，都鬼片。你说说，什么样的鬼片最迷人。

她自问自答，日常的不对劲儿，最迷人。崔静波跷起一只腿，向前低下，香烟夹在她手里，轻飘飘的，自有架势。写小说关注的就是不对劲儿，是人和人之间说不清的关系，是命运现身的转折，是天机泄露的时刻，是你和我两个素未谋面的人坐在了对面，因为一个缘故，彼此赴约，这叫故事。我们越走越深，偶尔拐弯，这叫情节。我挺局促，失敬啊，崔老师。崔静波扬扬手，你可以继续到处走。这儿有你的过去，软件上说起过，你对六楼，感情特别。我想了想，好，你跟我来。我们到她现在的房间去，这里地毯还没卷起，屋里没光，发阴，和摆一堂乌木家具有关。我光脚踩上地毯，沿四边转圈。崔静波问，布阵？我摇头，就是转圈。她问转多少圈？我说不知道，看什么时候，太阳光从沙发背，照到沙发腿上。光的移动，代表时间流逝。我当时还没上幼儿园，不会看表，以此记时间，来骗爷爷，假装午睡。等光线一到，我就会睡眼惺忪推开门，说爷啊，醒了，想玩儿。

你记得那么小时候的事？她不太信。我说记得，四五岁前最难忘。十二岁前每一天，不敢说都有印象，但在记忆中，相当生动。也许因为一直留在一个地方，一直和一个人做伴。就是我爷。你看，他相片儿还在。电视机上摆的相框里，大鼻子男人和成龙一样，头发茂盛，没有银丝。那已是我爷六十来岁的时候。穿红格子衬衫，兜里露出白线，装的是三五香烟盒。我说小时候，不爱说话，词汇量掌握也少，但已经会骗人了。一进屋我便把被子弄乱，到枕头上翻来翻去，留下睡过的痕迹。再来地毯上转圈，干转太无聊，地毯圆心，就是你脚踩的地方，被我摆了只玩具熊。我围熊转，四周仿佛静止，只有我和熊存在，等待光线转移，漫长、发空，自得其乐。中间假装小便，我要出去一回，回来继续转，直到时间差不多了，能熬过一次午睡。有天，我正转呢，我爷进来拿东西。崔静波说，他看见了你围熊转？我说，他看见，明白了，没命令我再午睡。后来他问了我个问题。她问,啥?我爷不明白,如果不喜欢午睡,为什么不让他知道?崔静波说,你怕他不高兴。我说,怕给我和他添麻烦。崔静波叹息,性格的发展,从细节开始,细节的选择不同,让故事流向不同。她顿了顿,和我再握手,谢谢,刘真,你说的对我有帮助。现在我脑子里有个小男孩了,快走吧,咱们再会。

接下来两周,三天一次的频率,我见过崔静波四回。四个故事,都发生在六楼,发生在我不同的成长时段里。经她指教,我发现故事这个事儿,标准挺可乐。有些我觉得足够精彩,一波三折,崔静波忍无可忍,喊我闭嘴。有些我觉得日常无聊,她还大有精神,追问我更细的细节。我将梦里一些支离破碎的画面也讲出,她帮我一通分析。照崔静波的道理,就是电视上不起眼的广告片,也有仁者见仁的内涵,像一根电线和一根电线的交往,她这么打比喻,不知道会和哪一根发生电光石火的效果,你不知道你不是写故事的人。在台球厅,我继续我的漫游,也开始观察别人的动作,和动作后暗藏的性格。建华区火箭过去开出租的,龙沙区魔术师是他发小,俩人合伙干过买卖,自然赔钱,分文不剩,走入了他们的老年。现在俩人是老朋友,在家庭和事业纷纷暗淡后,约定来这儿,度过他们屈指可数的快乐时光。我下场陪俩人打，针对一次远台，机会不明朗，打算防守为主，做一杆球。小屋一时喧闹，几个看着脸熟的男的，都瘦皮猴似的走进来，吵吵巴火，问有单间没有。崔莹跟在后头，被男人围绕，她怀里还抱了只狗，白毛的，狗叫和男人声音一块儿响，都听着心烦。我放下架杆，跟火箭大哥说，得去看看。

叫住崔莹，我一直试图再联系她，可我俩唯一的交流渠道，已在那天我声明不会和崔静波线上聊天开始被堵塞住。实际每回去六楼，我都渴望见到第三人的身影。崔莹和我和崔静波不是一类人，她轻盈跳跃，野花似的，很美丽很浅薄，让我在头回见后，便矢志难忘，知道她正是我生活里新的亮色的来源。没想到会在我工作的地方重逢，当然灰心，毕竟摆球不是个体面行当，至少她自此不会在身份上幻想我，这就是命运的决定。我问她在传媒公司干咋样？哪家公司啊，工作日安排团建。发现崔莹比我第一回见时气色更好，相比她怀里抱的狗，也许就是广场上我没买给她的那只，在吠叫后，倒蔫头耷脑，眼屎糊了挺多。叫她的声音再传来，小莹，来啊。他们进了单间，门开着，很快飘出烟雾，彼此奉献巴掌。球寡淡的撞击声，宣告他们只是来这儿消磨时间，没比赛意识。

崔莹可怜巴巴说，生活太难了。好在有这只狗，可狗总是拉肚子，我感觉它要死了，到哪儿都得带上。李哥，你想想办法，帮我给它退了吧？卖狗女人你见过，你是男的，说话管用，退两百就行，我四百拿的呢。接过狗，我心里嫌弃，又感到珍贵，如崔静波说，是一根电线和一根电线迸发火花的机会，不能让它跑了。崔莹转向门里，笑容一时迸发，再转向我，凄风苦雨。她走后，我刚进门的幸福世界，随高跟鞋声撤退，也变得凄凉阴冷。一想起她，我那颗心啊，在身体里壮大跳跃，让呼吸和所有决定，都变困难，别说刚才，是又见到她了。困难化成隐痛，我和病狗面面相觑，一阵虚弱将我抓住，都有点儿四肢无力。给火箭和魔术师买了包烟丢桌上，见我抱了只狗，俩人打趣说，这么会儿工夫，新下的崽子？我点头，怎么侮辱我都行。

把狗放家，没理会父母大呼小叫，我简单交代，朋友的，女朋友的，你俩看着办。照顾两天，死了算我的。说完我出门儿到饭店去，自己喝酒，在中午，没人，包场，空落了的环境里，我一直思考，有关个人感觉的谜题。这究竟是敏锐，还是迟钝，为啥我总是在事情发生时，没预感它的影响，又总在过去后，认定它意义重大。我抓上酒瓶出门，穿过老公园和旧街道，疯男人坐在沙发上，正摆弄一只没人要的车胎，转方向，开他梦中的虎头奔。他用嘴朝我鸣喇叭，看道儿！我不打转向了吗？我错错身，到他面前，酒瓶挡脸上说，行人，绿灯。他一个急刹，对不住啊哥们儿，撞着没？我说，没事儿。你在这儿生活多些年了，有家没有？他挑衅地看我，像我问的是他是不是个中国人。他拉我在沙发上坐，指给我白日仍漆黑的门洞，门后就是六楼。你也许不知道，他说，这是市里起的第一座高楼。你说我有没有家，你说我住几年了。我俩靠上肩膀，他鼻子耸动，闻我酒味儿，估计在分析，什么牌子，喝了多些。我把剩的酒给他，疯男人一张黑脸，学我刚才的样儿，也到酒瓶后头看人。看着一个到处绿灯的世界，任他不守规则，快乐齐天。

我问崔静波，能不能也帮我一回。我看上小莹了，但今天发现她可能有不少追求者，挺刺心的。她正伏案书写，给我开门，中断了神思，因我不请自来还带酒气，没得到她客气的招待。环顾厅里白底蓝花的墙纸，我站到电子琴前，知道按钮在哪儿，电已通了，一个键响一个音，单调的《雪绒花》旋律，多年不忘，是爷爷教给我的。按半天，总是错，我自弹自唱，嗓音拉得很长。崔静波问，崔莹知道吗？我摇头，不到今天，我都不知道。以为不喜欢，以为总有机会。崔静波说，就像你宁可转圈，也不表态，不让你的难受有改变。你怕添麻烦。所以你得不到小莹，她也不吃你这套。我太了解小莹，她要快，要明确的结果。给她买狗赶紧买，那时没有买，以后你只能帮她退。她再领你的，就不是感情，是人情了。

她好奇地凑近电子琴，不用说，崔静波从没用过，崔莹也没这样的兴趣。我再按不下去，脑子里瞎转，就刚刚，崔静波和我说过的一大段话。咧开嘴，我像楼下那个疯男人，没准备地按住崔静波的腰，还抓住她一只手。卡西欧电子琴，正放着我小时候和爷爷奶奶大姑老姑一起，在没有随身听的年月里听过的背景音乐。节奏鲜明，可以跳舞，崔静波并不乐意，当我碰着她，发现后者腰身如此细，不盈一握，像任人摆的秋千。我三步两步，带她在过去有地毯花纹标尺的地方上，旋转，腾挪，彼此一丝不苟，都说不上话。地板咯吱发响，俩人肩膀摇晃，感觉成了两段没通上电的电线，纠缠可以，此外不能，直转到她房间里。在靠近床边，与墙相隔的距离之间，堆积有奶奶蓄下的半人高的十来床棉被。奶奶去世后，爷爷没盖过其中一床，有时起夜，会听见他隔了门的咳嗽声，每一下，都伤筋动骨。转到床脚，我将崔静波放在暗绿色的沙发上，过去，我就是在上面用光线记下时辰，也是在上面当蹦床，跳跃过漫长的童年。头转向爷爷照片，猜他大概怎么也想不到，我会到二十四岁才抓着一个女孩的手，来到他的亡灵前，而内心并不彼此相爱。崔静波颤声说，李哥，我会和小莹说的。你先把我放了。我俩僵坐着，光线转瞬即逝，有那么一霎，照耀过沙发。

和崔静波说，算了，你不要告诉她。说话时候，崔静波已不在我面前，到晚饭点儿了，她在我奶过去做饭的地方拧开燃气，白菜牛肉面，她喊，你留下吃一口，解酒。我心话，你是不咋喝酒。吃饭不解酒，反让身体机能加快运转，容易上脸，更容易吐。但我不能拒绝除了家人来自其他任何方面的关心。这感受如遇见奇迹降临，不珍惜，就不是人，我珍惜做人的机会。很快崔静波端来两碗面，问我餐厅里吃还是到客厅。我指指身后，就卧室。她说你是不是小时候经常在卧室吃饭，什么习惯。我吸溜着面，挂面，煮得偏硬，没和配菜一起下锅，汤面分离，吃着清透。崔静波说抓紧吃，你浪费我快一天了。我后天早上车，先回南方。这是你讲最后一个故事的机会。

我笑开，听闻崔莹不和她一起回，像姐俩一块儿来，也不为统一缘故,那么是崔静波已在东北取过真经,而崔莹的定论,尚来日方长。吃光面条,我对崔静波再三感谢。姐,什么时候,我也能跟着小莹叫你姐就好了。崔静波白我一眼,将碗收走,东北话她越来越娴熟,一声嘚瑟,言简意赅。她走后,五饱六撑,我到床上躺下,闻见种更奇怪的味儿,不来自崔静波身上的陌生,来自遥远时空,一个病人,在去世前夜,咳出来的药味儿和虚乏。眼睛闭了闭,酒力如沙滩上的海浪,经肠胃运转,再包裹住人,感到自己上下浮腾,意识绷于一线,交给了老天爷。

给不知道谁在跟前,我讲最后一个故事,当然有身影,此起彼伏,落在近处。我抓不住,不想费力,说我是我爷爷,死在这张床上。我死的当天,家里有孙子在。孙子迷上了刚入青春期,注定迷上的游戏和独处,他和我,各自沉默,守在两个时空。我叫他来,说刘真,爷不行了。刘真说,给你再添床被。我说,就是被压的,不要再摞,给爷掀开点儿,好能呼吸。被子一去,我在床上急力发喘,还叫人,没叫到任何人出现。记得孙子最后到我身前,观察我鼻息,我还逗笑,说自己不像他,没在装睡。那是刘真小时候的节目了。他装睡,不怕我说,怕给彼此添麻烦。他不知道,现在这样,才真叫麻烦。我想全告诉给他,一生秘密藏在哪里，我从何处转折，又在何处休息，扑奔之后，发现人生确如他人讲，怎么扑奔都空。孙儿，你给我叫台救护车。刘真说，别瞎折腾，再睡会儿。等我彻底不折腾了，他又过来，干坐我床头。死人的相貌对他没造成多大阴影，我在天花板上，看到一个男孩儿，先是叹息，后回到电脑前，点几下鼠标，最后拿起电话，给他父母说，事情终于结束了。

广场在冬天没来到前，夜复一夜，热火朝天。抱上崔莹留的狗，我比狗贩更像狗贩，来回走台阶，想找到见过面的卖狗女人，跟把孩子过继去似的，让看着给点儿。女人没在，至少我在的时候，她排班休息。工人文化宫前，则打出新剧的横幅：《奥特曼归来》隆重上映。我问小狗，知道啥是奥特曼不，跟你一样，眼睛有富余的东西，不透净。狗连朝我汪汪的力气都没，眼屎常擦常有，比新陈代谢快。不知道它啥时候走，也许就在我怀中。抱它，瞎等，干转，到上次的书摊前，发现老哥卖货很有恒心，还是果蔬盐洗颗粒，还是女式头绳，《乔四全案》不打头了，类型一致，包罗更全，现在是《黑省要案一网打尽》。我站下问，受累打听，卖狗一女的，在台阶前的，脸上一颗大痦子,啥时候来?男人认出我,哼笑,问我哪?我说,对,问你。你回答上,我买你这本儿《要案》。他四下看看,确保这回没人看热闹,说,嗨,就不告诉你。我笑了,挺佩服他,有记性,就有长进。走前再丢一句,大案要案,谁到小摊儿上看。家家有卫视,现在还点播。

我在广场游荡,抱病狗,又张望脖子,都能猜到我是干啥的。行人避开,避不开的舞蹈队,目不斜视,错过我直垫步,如错开一棵树。我身后,有穿新疆舞服的老头,将舞伴伸手勾连,结成阵营,感觉我是阻挠俩人搭上鹊桥的王母娘娘,小年轻不懂,也不礼貌,不知道这个岁数的彼此成全有多宝贵。这时,手机有消息,从那个挨千刀软件上来的,让我心扑腾跳,想只能是崔莹。好有缘,今天我又来广场,为她卖狗,还愿为她做更多。信息问,你到底想好暗号没有?我一手夹住乖巧的布娃娃似的狗,一手打拼音,想好了,比较浪漫。对方问,啥?我说,相见恨晚,现在赴约。发完我看着狗乐,后知后觉,总比不觉的好,你呀,小东西,最好长命百岁,给我当个媒人。知道吗,我不明白自己是不是那么喜欢崔莹。可觉得她出现了,跋山涉水来到我的城市,算是缘分,算千里相会。我继续抱狗扫视,一圈圈的杂货阵,从卖袜子裤头到卖港片大全。

黑夜渐来临，有条件的摊位支上灯泡，将会有主顾，本就缥缈的缘分，招呼得瓷实一些。这边走，那边看了啊，十元一盘带，质量都不赖。刘德华叶倩文，包你相爱爱得深。情深深雨蒙蒙，多少楼台烟雨中。买一盘，解朦胧，梦醒时分事事通。

我坐上台阶，等最后一阵，八点女人不来，我早回家，给父母编通解释，说狗是我儿子，要看孙子，就别挑理。我还等手机上的信息，单方面发了五六条，包含对方正干什么，吃饭没有，晚上什么消遣，要不要来广场，陪我一块儿，陪狗一块儿，好不好？信息终于回复，你放眼，别傻呆呆的。抬头见崔静波裹着老式背心儿，不融入一个夏天，局促步子，朝面前走来。她伸手跟我握，也面向狗，来了。我问，咋是你？她没言声，和我一起坐到台阶上，噪耳的音乐将人包裹，我失去判断，不知愣了多久。望她侧脸，此刻愤怒已不会为了新的理由，这姐俩，互相顶庄似的，将我伴随，围住，解她们自己的新鲜乏，似乐在其中。崔静波越过我，将狗抱怀里，一到她身边，狗睁开眼，尾巴上下摇动，随她摩挲，有欢腾的架势。我默默看她，她在和狗说话，嘴里叨咕：宫廷玉液酒，一百八一杯。狗囔囔声音：汪汪汪汪，汪汪汪汪。

她说，一直照顾它的人，其实是我。我说看得出来，你深藏不露，有份儿善心。可你咋知道我今天来？崔静波说她不知道。广场变得安静，似从她加入开始，收摊的收摊，关音响的关音响，逗留的舞蹈队中，男女双双凑近，商量下一步去哪儿聚会。我摸摸脑袋，想起她说明早上的车回南方。心结在北方解开过了，有许多素材可用，砌砖一样的，将搭在她现在不为人知，往后可能是万里长城的奇迹上。我还叫她崔老师，期待再见。她逗着狗说，你就这么怕我和你到网络上再聊？我说害怕。有时我会模糊你姐俩到底谁是真，谁是假的。我一普通人，不想老活在梦里，请你理解。在台球厅看人打球，杆是杆的，一杆进去，能算几分，也有国际条例。我不在行你的世界。虽然在六楼，你安慰我，说过去是人一笔精致的财富，但我没有看出来。精不精致，在人品味；是不是财富，凭常识就能判断。不是我的财富，可能是你的。别道谢，我喜欢小莹，所有你们家的账目，都可以在狗身上一笔勾销，不算我也行。崔静波扑哧一乐，你说话，总会让我想起他。

我起身，把狗抱回，和崔静波握手，嘱咐明早够呛起来，就不送了，你放心，小莹有我在，不论算不算有编制的，她事儿，我管到底。崔静波并没看我，望向广场正中，一圈不灭黄光笼罩在雕像身上,身后历历所有,尽化历史的天空。我提议送她,不知崔静波自己怎么来的,是坐车是打车,她给我预料中的回答,靠走。崔静波回去路上将我手握住,如握个革命伴侣,从她手里递过来的,还有一沓钱。我说,不要了。她说,故事钱,说好的,正好一千,你数一下。我哪儿有脸数,说一开始就在和你开玩笑。我们不会在乎这个,真的。交朋友很重要,讲故事其实对于讲的人来说,更重要。崔静波没坚持,也许一样害怕给我羞辱。我不知道说什么好。往六楼走,我一手抱狗,一手牵着崔静波,深怀哀痛。感觉人和人的灵魂,是越靠近,越疏远,越疏远,越想靠近。而我们迷恋的,总是最渺茫、最孤悬的启明星,它照不了孤单与恍惚,甚至照不见个人的星座。

六楼门洞,疯男人蜷缩身体,婴儿般将自己拢进三人座皮沙发上。经过时,他横下胳膊,眼也眨开一只,问,口令?我刚想让他老实点儿,崔静波代我上前,别嚷,有邀请函。她给他看自己的掌心,快速一闪,疯男人让她快速通过,在后思量我抱的狗,嘀咕说,一晃儿孩子都多大了。和崔静波并肩往里,门洞内阴风阵阵,我当然不怕,甚至充满怀念,电线进入了绝缘,而世界一次次赴约。到作别时候，崔静波摸摸狗的脑袋，给我心口一拳，加油，勿念。看她打上手电，走进漆黑的楼道，我心想，该没再见。我还想象，崔莹就在楼上，下班回来了，卸妆的样子。卸不干净，她反复拿水扑，面对一晚上不见的堂姐，惊讶嗔怪，怎么才结束呀。

早新闻

1

清早进门,直播间外是蛋青色,直播间里是橙黄色,两个区域都无比空荡。我推开直播间厚实的两层门,坐下后从包里拿出打印好的稿子,过两遍,确认衔接再没问题后,便像《新闻联播》片尾时主播们做的那样,把稿件往桌上磕一磕。透过面前的大片玻璃,能看见蛋青色的那块墙壁上挂表的钟点,还有不到十五分钟。很快,广播里漫无目的的轻音乐会悄然终止,接着进片花,进我的声音。那时我的声音会在这层楼里以令人胆战的清晰传递开,静心点儿听,一楼的保安也听得见,声音随着电波传递到这小城市清晨起来逐渐开始忙活一天的千家万户,似乎是越来越清晰。这想法总让我在皮椅子上忍不住发抖,不用眼睛盯着钟点,还能缓解一下。可又不敢一直不看钟点,节目晚进几秒半分的还好交代,就怕是广告给人少播一段。老姨告诫我,这就是播出事故了。在过年七天里,老姨回家了和我是亲戚,在电台楼里就是我的直系领导。她刚上四十,一脑袋小黄卷,体态富裕白皙,笑起来像个无忧无虑的姑娘。但据说正是在这幢大楼里,她度过了钩心斗角的青春岁月。上直播对于老姨已是常态,有时候见她在桌上刚喝了二两酒,起身说出门去上个节目,跟说去上个厕所的语气没有差别。我曾在直播间外看过她做节目,表情凝重,愁眉紧锁,满脸写着斗争与反抗这些标语类的信息,对打电话进来的司机无差别开展教育。老姨嘴边那个黑色的小话筒像个黑莓一样吊在嘴边,她想起来就上去吧唧一口说,你再口齿清楚地把你车牌号报一下。与她接线的司机磕巴得厉害,听筒里的声音也是山呼海啸。他努力喊了几声,阿,钩,493啊。老姨用手里的笔在纸上画了几下,停笔说,你找个明白人说。司机只重复地喊,阿,钩,后头493,我想查一下违章啊。老姨思索一阵,抬头和导播及我对视,恍然大悟,好像她面前就是那个司机,正张口结舌跟她打比画呢。她眼神里流露出恨铁不成钢的滋味,笑容疲惫,说,王师傅,你的车牌号是AJ493,给你查了,一个红灯一个压线。还有，简单的英文字母该了解了，别老阿、钩的。家里有上学的孩子吧？问孩子，学一会儿不耽误你拉活。说完把音乐放上，人往后仰，似笑非笑看着我，指指外头。意思是这儿没趣，你出外走走。

头天上节目，是早上五点半，她开车到我家楼下接我过去。钻进她那辆小巧的比亚迪，正月里路上见不着几辆车，我们这辆小蓝车在道上畅行无阻，车里播着新闻台，放一首又一首的新年歌曲。到了地方，她在楼下的空地停好车，走在前头，踩着小靴子笃笃地上台阶，面前黑压压的广播大楼显得高大又粗笨。掀开棉布帘，保安从保安室里睡眼惺忪，开手电照我们的脸。她和保安打个照面，保安便回去继续睡了。大楼的内部并不陌生，我小时候有不少时间在这里消磨，只是后广场上那座进行直播的小楼，还是第一回进。楼房很老，白墙绿门，像医院改建的，窄小的门口后是一条又一条狭长的走廊，有些机器在黑暗里发出幽微的蓝光。老姨开了一个房间的灯，我站在直播间外解围巾，脱羽绒服，缓慢做着准备。老姨说穿会儿再脱吧，直播间灯一开，温度高，一冷一热容易感冒。时间快到了，我在里头的皮椅子上坐好，老姨坐在我边儿上，一手搭着几个键子，今天是第一回，由她帮我推键子，免得出错。我突然感到嗓子发紧，想咳嗽，怕声音传出去，憋得脸红。老姨把音乐推上去，告诉我，想喝水或者咳嗽，就把音乐顶上，别让广播不出声，出声就没事，像咱们这么聊天也没事，只要把声音盖住。我附和地点着头，明白了，不让冷场。老姨看出我紧张，便只交代我一件事，所有播出事故里以广告没放最严重，没放完也不好。你要是看着广告时间不够了，就灵活点儿，新闻可以随时掐，切记，切记。我盯着手里的打印稿，上头的字和字在四方的光线里突然跳远又聚合，越看越让人不敢信任，便去狠狠记住让声音为声音打掩护、时间为时间补长短这些兵法战术。

时间还多，我来得比平时都早，想在直播间里的电脑上找两首歌，稀释下被锣鼓喧天占据的波段，那些歌每年都放，每年都循环，跟新沾不上什么关系了，可每到这时候它们仍是最适合的，像我姥姥这一辈的人，早起收拾屋子时就喜欢配合这些旋律，哼着哼着一脸喜气，感觉开门就能捡上大红包，而财神爷就在她头顶伸手，只要想，这手就能握上。今天来的车上，我问司机大哥，有没有什么喜欢的歌。他在等红灯的时候转头看我，眼神从半梦半醒转为饶有兴味，换挡给油，眼珠在脸上乱转，像思索一个艰深的课题。我耐心等着他,他也果真想到了就滔滔不绝,从李宗盛到周华健到某个在酒吧里因一时意气被打瞎眼睛的摇滚女歌手。说着似乎还咂摸着一些过去时光的味道,嘴唇抖颤,目视前方,笃定说,我想你可能不知道这个人。找歌的时候我想起来他,想着或许放一首不跟发财求寿相关的歌也没什么。说穿了,谁会听呢。外面天还没亮,早上风大,直往玻璃窗上顶,像快打雷时那样轰隆又莫名。风继续刮着,我这边开始进片花了,今天是二〇一四年大年初四,还可以继续祝福新年快乐。近日,刘女士在网上看见一则偏方,便想用它来为孩子治感冒,说大蒜捣碎敷到脚底涌泉穴,可改善症状。她当晚便实施,可昨天早上揭开一看,孩子的小脚已深红一片,还起了两个大水疱。有关专家提醒大家,大蒜素对皮肤的刺激很强,同时幼儿的皮肤很娇嫩,容易导致刺激性皮炎,处理不好很容易感染。同时也告诫大家,在网上找的所谓偏方,最好不要轻信实施。最好,不要,轻信,实施。这是昨天老姨给我找的《国内新闻》的最后一条,念完就可以进广告了,广告后是《身边新闻》。我仰在椅子上看一眼稿子,说的是我市一个二十多岁的年轻人,冒充白酒推销员,专找只有一个人看店的买卖下手,三吹六哨谎称什么都买,趁对方拿货的工夫，偷走柜台里的钱包，得手了五六家。开头的案发时间，标注是去年秋天的事，可见实在没什么新闻了。稿子拿到手的时候，我问了老姨一嘴，她说没人会挑剔这个，事是真的，录音采访也是真的，那就还有意义。而意义不会过期。我设想了一下听众对这条新闻的反应，还有早被放出来的这个年轻人，在一年后听到广播里讲自己犯案过程的场景。也许他会坐在床沿上笑出一声，不断调大收音机的音量，来释放自己的兴奋。

　　下了节目，我没直接回家，买上早点直接去相隔不远的姥爷家。姥爷家住在二楼，每次人在楼下按门铃，没等开门，就能听见头顶上的招呼，他们总要从楼上窗子里往下看一眼，来亲眼确认放行。姥爷家养了三条狗，门还没开，就能听到它们集体的狂吠，同楼的邻居去海南过年，平时两家交往不错，也不会投诉扰民，只是我们心里挺抱歉的，进屋就得抢点儿时间，抓紧把门带上，呵斥三条狗立刻停下来。屋里还很暗，今天是个阴天，只有厨房里亮着白灯，姥爷正在煮粥，狗叫声一压下去，就能听清楚屋里的响动了，那台老旧的收音机还放着兴高采烈的歌曲。姥爷接过我带来的包子油条，像接待外国友人一样握着我有些冻冰了的手，说，姥爷刚还想着要不要给你去个电话，你就来了。我问为啥去电话，坐在厨房餐桌前，先捡了个包子吃，还热乎，一路上搂在怀里，它热我我热它。姥爷也忙活完坐下，把广播的音量调小，就我们两个人在这儿，前两天这屋里被七大姑八大姨踏了个遍，这个早上就显得分外肃静，屋里有点儿冷。姥爷告诉我他是我的忠实听众，每天早上提前十分钟就等着广播，帮我掐点儿，看广告进得晚不晚，片花接得对不对。这工作他给老姨做了半辈子，比老姨电台里的领导审听还认真，一天不落。对于我大学毕业能回来接上这份工作，让家里播音员的饭碗传递下去，我知道他有满心的喜悦。在他们一辈人的认知里，播音员仍是顶好的职业，不用走南闯北，在话筒里就闯了四方，起码在这个东北小地方，社交圈已扩大到极致了，至于传统媒体的逐日消亡，他们还看不到。

今天播得怎么说呢，节奏挺好。姥爷说着双手交织在胸前，他早起套了一件我爸不要的旧毛衣，一件针织马甲，头发乱蓬蓬且花白了，露出明亮的前额，笑容可掬。我笑笑回应他的夸奖，脑海中掠过今天播报的几条新闻：据美国媒体报道，巴基斯坦汉古农村地区一群孩子误将手榴弹当成玩具玩耍，结果导致六名儿童死亡，另有一人受伤，年龄都在七岁至十二岁之间。我问姥爷对这条有没有印象，他吸溜着米粥，反问我美国又炸人了？我说今天《国际新闻》最后一条，播完我就放歌，收拾走人。他眯起眼睛去回想，好半天，我以为他对此有所触动，可竟是什么也没有。姥爷抱歉地对我笑，指他的耳朵，说，岁数大了，话听不清楚。但他能听清楚我一直没打奔儿。原来他夸奖我的节奏好指的是这个，一马平川，没有沟沟坎坎。说话像机枪一样，每个字眼儿都有它独立的存在感，在他听来，就是播得不错。我却认为这些不该是关注的重点，像是打不打奔儿、歌放得怎么样、广告有没有晚进，都不是。今天我过来正为这个，我计划在这里等老姨，过年这几天，她每个上午都回来一趟看看姥爷，帮着干点儿什么。我随身带的背包里装有昨夜打印的稿件，想拿给她过目，也都是些网上找的新闻，大雪荒天的，记者们都不上班采新闻可以理解，但至少要选些时效性强的内容拿来用，就算是没什么人听吧，也要为可能的被听到做好打算。万一像我姥爷这样的老人耳朵突然清明点了呢？我想试试采编播全揽，虽说是一步步来的活儿，反正现在也没人有激情去干，趁我有，多少学一点儿。正想着，姥爷捡走我面前的碗筷，突然想起什么，皱眉问，今天后头放的不是过年的歌，倒是好听，可感觉有点儿凄凉的意思。我说，那是听众点的。

姥爷头往后仰，挺好奇，我以为他好奇是谁点的，转念想明白，他好奇的是还有点歌的听众，听众大概率是他这岁数的，他这岁数的大概率不点歌。我听到楼下有人按门铃，知道是老姨来了，姥爷几步小跑到了窗口，往下喊，玉啊。老姨仍笃笃踩上楼，三条狗仍然叫，我还没来得及和老姨问好，她才进门便对我嘶了一声，像事情始终还是落进了她的料想那样，表情松缓了。没说什么，拽我下楼，坐上她的小蓝车，一路开回那座楼。整趟路上，她只问了我一个问题，你以为过年期间为啥不停节目？老姨握着方向盘，表情笃定的样子像极了清晨载我的那个老司机，自己回答自己说，你没明白。

2

我拿上老姨交给我的U盘，揣进口袋，到家闷头睡了一觉。醒来已是下午，家里没人，我冲了杯速溶，嘴里的干苦迅速把身体其他感觉唤醒。坐到桌前，把U盘里的二十来首新年歌曲在电脑上过了一遍，屋里竟也没有更热闹一点儿。天快黑的时候，收到一条微信，是高中同学吴雪，她过年也回来了，问我晚上能不能一起吃个饭。去年过年记得她没有回来,今年就有点儿把她淡忘了,毕竟像我们这种交情,如果不是被共同的故乡牵绊着,四散也就四散。她说她今天回了趟母校,在过去教室里的读书角,发现了我的两本书,扉页上还有我留下的龙飞凤舞的签名,她看见直忍不住乐。我也不好意思,那是多么自恋的年纪呀,虽然现在也并没有更好一点儿。我套了件羽绒服,打车到她说的饭店。那是一家开业不久的网红餐厅,司机也找不准位置。在我前头,车上已拼了一个人,这人和司机聊天,说开这种餐厅,就像在沙漠上建成个自助餐厅、在无人区开了个百货大楼,城市里年轻人越来越少,网红也只能红一个年假。店指定是年轻人开的,你说开店他不往长远看。我搭不上话,也不想搭,眼睛一直向窗外瞅,伪装自己是听不懂中国话的观光客,或者干脆就聋。

  吴雪现在混得不错,起码打眼得到的第一印象是这样。我到的时候她也刚好到,身上没穿貂,但外衣上隐隐有层薄毛,不清楚什么材质,准确箍着她的腰身,看起来比貂高级。她换了发型,过去是齐耳短发,现在留长了,也染了棕色,懒懒地盘在后脑勺上,落两绺在耳边。一看见我,她含笑不语,笑容有点儿暧昧,让我不住怀疑我们过去是否发生过些什么,而那时我又没开窍,可能错过了她的暗示。店里人不多,没到饭点,光线幽暗,放着气息奄奄的外国歌曲,餐桌布上印着店名,玛丽贝贝。我坐下脱外套,呵出几口寒气,说,地方不错,适合聊天。她没接茬,低着眉毛在我对面翻菜单,指甲是青绿色的,把手显得很白。她把整本都翻完,又从头翻起,表情不置可否,低声叫店员过来。说完抬头和我对了一眼,抿嘴乐说,我都把你给忘了,你来,你来。我接过菜单,服务员无精打采地站在桌边,而她已经报上足够两人吃的菜量,我反正不饿,顺手把菜单还了。服务员走后,我没话找话说,你点的还都挺清淡。她说,你没看菜单,看了你也不知道点啥。我对这家也不了解,出门前在手机上随便查了一个环境好的,反正在咱家,餐饮上也别太高要求了。我发现她在五官上也有点儿变化,和高中时的印象有所偏离,是那种你知道人还是这个人,但又十分清楚她们已经不是同一个人的变化,简言之,她变得很好看。吴雪告诉我,现在她在北京做自媒体,混饭吃,但待遇还可以,下班后健身泡吧,认识了不少有意思的人。我问,怎么个有意思?她扭动下身体,鼻梁在阴影下显得高挺,说,就是让你觉得很神秘。

　　吴雪坚持我应该喝一点儿酒,自作主张叫了四瓶科罗娜。我心想这样也好,喝点儿酒让身体里血流得快点儿,脑子也能跟着活泛,好打开话题。她从小挎包里拿出两本书,递给我看,一本《茨威格短篇精选》和一本《米格尔街》,翻开看,后一本的扉页上我的签名像人在抽搐状态时写下的求救文字,断续不连贯,竖又长又直,横又歪又扭。她说,我偷着给你揣回来了,放那儿也没人看。你那时候写字就那样,记得咱俩通信那两次吗?我根本看不懂你的字,又不好意思问别人,只能自己在那瞎猜,跟破译密码似的。我还真想不起来,把书收好了问她,咱俩通过信?她摇动着红菜汤里的勺子,说,不然就是传纸条。放下勺子,她用优雅克制的动作去切大盘子里的牛排,牛排被她切成整齐的小块,她把一边的蘑菇汁徐徐浇上去,示意我可以吃了,然后仰在靠背上,喝玻璃杯里的果汁。我说,谢谢谢谢。她端详我,说,变化挺大。过去你可没礼貌了。我说,别说过去了,你说那过去我都想不起来。说现在吧,在北京压力大吗?她说,除了咱家,在哪儿压力不大?你还没跟我说呢,你去哪儿了这两年。我说,我就在咱家工作。她切的牛排块已经足够小了,但里面还有筋,一口咬不动,两口没滋味,我努努劲儿才咽下去。吴雪凝神笑笑。我继续说,也去过外地,还是回来了,我爸现在身体不好。当然,眼下这份工作,我自己也挺有热情的。

她问我具体干什么，我说，播音员。想了想补充道，播早新闻。我们互相看着彼此，她身上的变化或许比我还小一些，只是人没把眼睛长在别人身上，怎么也不容易看到自己的相貌神态在生活里发生的位移。

酒喝到差不多了，吴雪把手机扣过去，按了静音。整个晚餐过程里她的手机隔三岔五响一下，似乎现在有不少事离了她不转。我提出咱撤吧，我晚上也还得准备第二天的稿子。她说行，抚着额头一边喝果汁一边看我。怎么能听着你的节目？她慢悠悠问。我说，早上七点，FM97.1，下午还有一回重播。她说，那你早上七点是直播呗。我说，是，得起早去。她问起早是多早，我告诉她六点，六点半从家出发，十分钟能到。吴雪来了兴趣，问我她能不能跟着去。她说，你带我呗，我还从来没看过人直播节目呢，网红直播不算。我说，不太好。她说，你直播的时候旁边有别人？也那么早？我说，没有。现在过年，台里是个空壳子。我也是顶别人的班，谁不愿意放假在家好好歇两天？连每天早上的天气预报都是我临时编的，路上看看大概，说个阴晴就行，风力、气温啥的，凭自己感受。她不相信，还能这样？我回答她，不然怎么样。喝完剩下的酒，这句话一直在我脑子里转，在玛丽贝贝餐厅的音乐里转,一句轻飘飘的,快断气的,不然怎么样。我把肩膀靠在墙上,脸上露出痴呆的表情,想抓住个店员询问,为啥叫玛丽贝贝啊?我真怕他回答我,老板叫贝贝,老板娘叫玛丽,或者相反。吴雪问我,晕了?我说,有点儿。我今天不太舒服,身体不对劲儿。她犹豫一刻,说,要不咱换个地方?我说,还得回家看稿子,明天又早起。对不住,状态对不住。没事儿,我帮你叫台车,送完你我再走。吴雪歪着头看我,看了一会儿说,我其实也只想让自己放松放松,你别有心理负担,行吗?这样,还是我送你,我开车来的。我伸手叫服务员结账,吴雪从对面把我的手轻易压了下去,钱像手绢一样从她另一只手里变出来,飘到了桌子上。

天全黑了,道两边儿灯光璀璨,吴雪载着我在劳动湖上方的景观道上开过。冰湖上有人在放花,点炮仗,一群青年男女笑得叽叽喳喳,感觉都是来度假的。吴雪车里放着广播,调到我说的那个频率,这会儿正在推销保健品。吴雪和我没有交谈,都在静静地听,酒劲儿已完全消失掉。到我家楼下的时候,她在我脸上轻轻吻了一下,到处都是她衣领里香水的味道,让我联想起高架桥和写字楼,都市里香风阵阵。我犹豫该怎么回应,她似乎也不需要。下车的时候，车里广告还继续放着，从远红外内衣到糖尿病胶囊。

早上闹钟把我叫醒，脑袋还是发沉，可能昨天喝完酒在车上开窗，有点儿灌风。父母房间里传来令人安稳的鼾声，我尽可能像往常一样，蹑手蹑脚，完成清晨所有步骤，在东北清晨还没消失的星辰里头，坐车出发。时间比平时晚了五分钟，进直播间坐下，才看见昨天下午老姨给我发的消息，叮嘱我今天别再出毛病，就放U盘里那些歌。我回复她好。镜子外的挂钟上，时间一秒接着一秒，在我面前摊着昨夜的新闻稿，字和字在眼前像打架，都变成我那两本书上张牙舞爪的字体，我得小心按着它们，才能让自己一个个看清楚。突然我发现，眼前还是昨天那份稿子，还是用大蒜给小孩敷脚的偏方，还是偷杂货店的青年，还是误将手榴弹当作玩具的孩子。孩子死了六个，和昨天的比例一样，四男两女。

我连忙打开桌上的电脑，进邮箱查看，没有新邮件。老姨忘记给我今天的稿子，而我也忘记向她索要。我给老姨打电话，拨一个没通，拨到第三个老姨终于接了。我说，今天没有新的新闻？老姨你赶紧开电脑，给我发一下，还有五分钟开播。老姨说，啊，昨天喝得有点儿多。没事儿啊没事儿,你别着急,手里有没有其他稿件?我说,有一份昨天的,那不行。她寻思一会儿,告诉我,行。我说,要不晚十分钟播?我现在上网找新的。老姨说,我怕你找得不对。我问,怎么算不对?她说,你也根本不懂新闻,照昨天的念吧,我说的。我问,听众听出来怎么办?就算听的人少,也肯定有人听。老姨打断我的话,说,眼睛盯住时间,片花不能进晚,电话赶紧挂,过节听你节目的除了广告商就是你姥爷,你别……别搁那儿自作聪明。早新闻的时间已经到了,我推上键子,掐掉重复的音乐,片花里令人振奋的旋律伴随男女声标准的普通话,有感情朗诵着。这是新一天的开始,东八区的人们忘记昨夜做过的梦境,只记住了零碎的片段,而那些片段,也在悄悄告别。人们刷牙漱口,见面问好,晨练的老人在公园里放出和我此刻听到的一样的内容——和昨天一模一样的内容。我靠近话筒,表情在镜子上出现,兴高采烈,诚恳而亲切地说道,听众朋友们早上好!今天是大年初五,过去的一年里,我们经历很多,如今抛去所有不如意,正乘着希望的骏马辞旧迎新,共同迎接这喜气祥和的一年。节目开始,提醒您关注今天的天气变化。

放上广告,我很快下楼到街上打车,楼下一辆沃尔沃朝我按响喇叭。是吴雪，她知道我什么时候上节目，就知道我什么时候下节目。坐进她车里，果然，正是我的台，和刚才在直播间里听的广告都还能衔接上。我不错眼珠地看着她，怀疑她知道发生了什么。几秒钟后我关上车里的广播，她有点儿惊讶。我又去钩车门的把手，这回她开口了，让我先别走。她说，我听了你的节目，你的声音在广播里比平时好听，特别正。我说，谢谢。她说，你今天状态更差了，我是说你的气色，昨晚没睡好？我想了想，问她，你觉得这节目有意思吗？有你说的那种神秘感吗？她笑了，说，你还挺在意我的话。车一直没熄火，周围也没有行人，天色仍然晦暗。吴雪拿出一包烟，淡蓝色包装，上面是英文字儿。我看她点火动作挺老练，点完，往我腿上也扔了一根。我们在车里吸着烟，不面对彼此，两张脸在左右两扇车窗上倒映出了两个屏幕，都在看各自的电影。吴雪轻声说，谁能比你还神秘？昨天一开始见面，我以为你已经变得不神秘了，可你选择留在这儿，做这么一摊事儿，还每天起早、直播、放豆油药品的广告，然后告诉我这事儿让你挺有热情，你可不神秘嘛，世界未解之谜。我扭头，把她的身体也掰过来，她今天早上还是化了妆，精心，但是疲惫。我说，吴雪，你别再来了。她说，车是她自己的,这么大人了爹妈也不管,想来为什么不能来。我说,那成,你来,但你别看我上节目,也别再在车里听我的节目了。实话说,我现在希望这节目听的人越少越好。她说,你说话直接一点儿。我说,我每天起早,过来,整理稿子,播稿子,掐时间到秒,这些事儿干起来都不费劲,可我骗自己很费劲。我在一个没有新闻的地方播新闻,就跟咱们昨天去的那个生意迟早要黄摊的网红店没有区别。沙漠里开自助餐厅,无人区里建百货大楼,经不起远看。她说,我还以为你不知道呢。我说,我就是讨厌被戳穿。她的身体在我手里变得越来越柔软,像还不知道该往哪儿流的一道河,慢慢地,冲刷到我一边肩膀上。吴雪靠着我说,说得自己更像谜语了。我说,今天早上,我其实出了播出事故。我在话筒里唯一经得起检验的话,就是我没念错日子。今天是初五,不是初四,还有两天,年就结束了。你们在外地上班的,一般都是明天返程,对吧?她说,明天晚上,火车,睡一宿到北京。你来送我吧。我说,我猜你明天早上还得来。你要是来,就当是我明天送你了。她从我身边抬起头,笑着说,那我还是明天过来吧。晚上一家子都去车站,跟你不好说话。

我身上感冒的症状越来越重了,吴雪坚持送我,我说方便的话，给我放前面那个小区。到楼下一抬头，才发现姥爷已老早站在二楼窗子里等我。他滚圆又苍老的脸，透过纱窗，像身处一出话剧的暗影里，旧家庭的悲剧刚刚发生在他身上，作为老去的人，除了把嘴抿紧，他没其他方式能来表达愤怒。我严重伤害了他，我心里想。但见了面，也只是在狗叫声中换上拖鞋，进厨房，接手他递过来的米粥。餐桌上收音机是关上的，什么时候关上的？姥爷没提，像他说的，美国今天又炸人了，又炸人了。

3

我在家等领导的电话，手机就放在床边，一直等，一直没人来问责。左思右想后，我给老姨打了过去，她声音比早上听着还疲惫，情绪不再激烈。她说，你愿意就过来一趟吧，来台里。到了电台我才发现平时空旷的一楼大厅里，站满了男男女女。老姨让我直接上楼，在办公室等她。老姨的办公室和新闻频率的会议室离得不远，隔着门能听清一些时而激烈时而轻微的谈话声，我无事可做，在房间里坐一会儿，站一会儿，刚吃过感冒药，后背一片虚汗，人倒是清醒很多了，只是发困，眼皮抬得费劲。办公室里陈设很简单,除了办公桌和书柜,就是书柜旁边立着的一个洗脸架,塑料的,装载一个塑料盆,里面的水有日子没换,十分浑浊。我把盆里的水倒掉,视线在书柜里逡巡,想找本书翻。里头的书看起来多,有意思的少,但是放了不少相片。台庆晚会的,市里大型活动的,主持人比赛的,还有一张是二〇〇五年的部里联欢,老姨和她的同事们把隔壁的大办公室精心布置了一番,照片里都是二十出头的岁数,穿着暖融融的高领毛衣,席地而坐,碰响红酒杯。后面的办公室墙上挂着红色横幅,写道,广电人永远是年轻。

老姨的鞋跟声终于近了,她进门便瘫在沙发上,眼睛发直,嘴角却还勾着笑。我坐在她边上问出什么事了。老姨好像听不见。我只好沉默地看着她,发现刚刚照片里那个扎马尾辫的圆脸女孩,和眼前这个,仅仅是相似的。她注意到我,握了下我的手,有点儿使劲,然后放松,自己也泄了一口气说,这回终于能放个假了。问我明天想不想独立做一期节目,她实在没时间顾上我,明天的稿件最好我能自己准备。这次不怕有什么问题了,不单是老姨,广电所有人都顾不上我这个浑水摸鱼的节目了。从这一刻开始,他们得为拯救这个频率统一战线,台里要想尽一切办法，力挽狂澜。说了半天，老姨想起来我根本还什么都不知道，对我解释说，上边来人检查，说咱们是黑广播，频率号没有登记注册过。太久以前的事儿了，何况都正常播了这么多年，根本没人想得起来。现在要取消频率，准备年后通知。其实台里说努力也就那么回事儿，咱们根本不占理。我说，老姨，其实我后天也要走。按理说我应该录到初七，可是初七各大单位就上班了，所以我想明天录完就走，去北京试试机会。老姨愣了一下，我感觉出她一点儿也不生气，反而有些欣慰。她可能早就等着我主动放弃这个游戏，毕竟我和她不一样，没有经历过好时候，现在时候坏了，也始终算不上他们的一分子。

爸妈和老姨的想法是一致的，我怀疑除了我姥爷，所有人的想法都是一致的。晚上我妈给我收拾行李，往行李箱里塞进许多她觉得用得上而我觉得不稀罕的东西。我没有阻止她这么做，就像我没有阻止我爸忙活一下午，张罗一桌好菜，预备给我饯行的心意一样，毕竟他们对我往后生活的影响，注定了越来越少。亲子关系像一个跷跷板，前二十年他俩合力把我压起来，坐到高处，后二十年，就该是我攒把力气，试着把他俩抬高，所以我怎么能够留在这里？饭桌上，我妈提议，明天早上一块儿去姥姥家，给姥姥姥爷也说一声，别让他们惦记。我说，好，等我回来。她问我，你去哪儿？我爸也放下筷子看着我。我告诉他们，明天的早新闻，还得录最后一天。至于初七的节目，老姨说她来顶。她说要站最后一班岗，跟听众们告个别。我妈有点儿悲伤，担心妹妹以后的生计，我安慰她，现在活路很多。老姨有声音，有经验，有些平台需要这样的人，活儿在家就能干。我们一直聊到很晚，爸妈熬不住都哈欠连天的时候，我早已度过困意。感冒好得如此迅速让人不安，像那些病毒都被药片儿封印在了什么地方，说不准哪一天就全部跳出来讨还，能够安慰自己的，是还年轻。回到房间里，我在电脑前干坐了一会儿，开始打字，从国内新闻，到身边新闻，再到国际新闻，最终打出一些不可能发生的事情，到将近凌晨三点，再逐一删掉。

早上还是冷，但今天的天气有所好转，风不大，也没有下雪，阳光只是躲在时间之外，等着它上班的钟点。早新闻一共做了多少年，多少期，我心中没有它的历史，但它的历史中却可能留下我，这实在是所有日子以来，一件难得的浪漫。吴雪如她所言，在昨天同样的位置，停车等待我。我上车的时候，她头仰在座位上，眼睛半睁半闭，眉毛往上挑了两下，说，对不起，我睡着了。我对她笑了笑，没有说话。她转脸看广播,又看了眼手机上的时间,紧张地盯着我说,你早退了?不到点儿呢,怎么就进广告了?我说,找不着新闻。我的肚子感到了饿,很想吃碗热腾腾的面条。她问,你被开了是不是?我就有这种预感。她的眉毛又一次高挑,且一直停在了高处,说,这不算播出事故?我说,在别处算。说完,我把座位放平,让胃平躺下来,饥饿感不再游走于一个地点,渐渐被身体忽视了。外头逐渐高起来的太阳,把光洒在我的脸上,我很快打起了呼噜,睡梦中感觉有人往我脸上罩了个帽子,睡得更熟了。

吴雪是晚上七点的火车,我和她同一趟车,但不在一个车厢,而且我也没有告诉她,我今天会离开。在站台上我看见了她和她的家人们,挥别家人独自进站的她,从背影看推着行李箱,像一个高傲的华侨,又一次远走高飞。火车上同车厢的老人随身带了个收音机,小声放着戏曲。发车不久,我问他,大爷,能不能借下收音机听。他看看我,又看看我的铺位,说,那你听吧。然后便安静地在对面坐下,对我进行监视。我调到新闻频率,里面没有传来任何播报,到了广告时间,也没有进一条广告,只有无尽的旋律。我听到了邓丽君的歌,也听到了崔健的歌,只是没有新年颂歌。听到老姨在节目最后哀沉地告别,感谢您的收听,听众朋友们,咱们再会。"会"字结束后,崔健的《一块红布》唱到高潮,像一只突然闯出笼子的野兽,冷不防蹿出爪子,给老头吓一跳。第二天早上,火车停在了站台上,出站后我环顾四方,北京太大,因而谈不上有大的变化,反正是无时无刻不在变化。我找了个交通还算便利的酒店先住下,思考下一步的事情。这时,老姨给我发来一条语音:

> 老姨今天又有点儿多了。我们姐妹儿弟兄都在一起,喝完了哭哭完了喝,那种感情跟家里丢个孩子差不多,你除了清清楚楚知道这孩子是丢了,剩下的啥也不知道。你这几天干得开心吗?喜欢这份工作吗?你妈最开始跟我说,你要回来进电台的时候,我特别失望。多少次我想面对面告诉你,孩儿啊,清醒一点儿吧,你是没胆量还是没眼光啊?没胆量家里帮你撑,没眼光我们也帮你看,为啥还要往里跳呢?你姥爷今天在家也哭了,他说这根脉断了。不用听他的,电台还黄摊子了呢,我和我这些同事们,实话实说,三个月没开支了,我能告诉你姥爷吗?我谁也不能告诉。孩儿,我们都经历过你这个时候,感觉身体里总

有要点火的东西，总也不着急点上，可就跟灯捻似的，放久了，往后怎么搓都点不着，偶尔蹦跶两下火星子，就算吃了补药了。

到了晚上我走出酒店，华灯初上，步行不远就是一个小CBD，窈窕淑女们零件一样在马路上走，过她们的流水线。许多都标配有一个摄影师，若干雇佣粉丝，在当代人人有颗主播的心。我今晚不想吃饭，在便利店里买了瓶酒，站在商场前的网红路上边观赏，边喝完。一个相貌妖冶的女孩盯了我半天，跟她的摄影师嘀咕两句，朝我走来，脸上混合的东西比油彩还复杂。她说，小哥哥，我们玩个游戏吧。然后伸出粉嫩的小手在我面前，使我感觉自己像只狗，得在她的期许下把自己的爪子也搭上去。她娇滴滴的，面庞上仰，偶尔转转脑袋，假睫毛在眼睛上像两扇黑色百叶窗，把心灵的窗户都快盖严实了。我长长吸了一口气，把手交给她，又很快抽回。她错愕地看着我，然后很小声地说，慢一点儿，刚才都没拍上。我转身走人，不知道能往哪儿去，但此地不宜久留。人越少的地方风越大，忽然我很想参加老姨他们那个二〇〇五年的联欢会，想和他们一一碰满杯，等酒过三巡，坐下和我亲密的损友们互相咬耳朵,说,明天就得咱俩去采那个稿,那块儿我熟啊,有哥们儿。他们别人单闯肯定不行,你摄像头藏哪儿都没用,录音笔一搜就搜出来。何况啥呢,这事凶险。咱俩结伴,是闯龙潭虎穴,可归根结底怎么说,也是新闻工作者嘛。二十六岁的老姨突然挤过来,喝醉的脸颊跟中国娃娃一样,挤进我俩中间,嬉皮笑脸。我们一拨拉,就给她拨拉走,说,去,找你自己新闻去,下次哥哥再带你。她跟我拉钩,我们像家人一样靠在部里的白墙上,感觉世界既跑得飞快,又实在容易追上。

坐在长凳上,酒已经没有了,面前是一个写字楼,没有人,没有灯,只有一楼某个房间里,传出电视机聒噪的广告声。建筑像宇宙般空虚,变成一片长方块的黑盒子,仿佛已消失的事物能通过已消失的波段,借助这样的中转站重新实现连接。我在脑子里试了一下,还好使,传得出声音。可这些嘶嘶声就像东北过年时那两场大雪,压倒一切试图存活的力量,不费吹灰之力。我牙齿冻得直打哆嗦,从嘴里继续发出类似信号消失的声音,嘶嘶,嘶嘶。打更的老头从写字楼里走出,提手电筒照了照我,没说话,照旧回屋看他的电视,不久电视也被关上了。

观　鹤

1

草静，不是草显的，是风显的，风还显得人也安静，一对青年男女站在观鹤台上，等待哨响。哨子响，时刻到来，成群丹顶鹤从地面起飞，已被养成表演习惯，知道该往哪儿去腾空，哪儿去盘旋，一折三返，动作达标，好收获人的爱慕。姜丹心有点儿急，装着气定神闲的派头，冯鹤就在身边，不时挪挪鼻头上的镜框，向空中的鹤群端详，俨然有研究，也装着润物无声，将几本书上看来的资料整理成自己的话，徐徐念出。也许你不了解，咱这儿是亚洲第一大芦苇湿地，相当于一个北京，十六个香港。丹顶鹤每年在这儿下蛋，在这儿生活，到天冷，飞到南方猫一冬，春天回，小燕子似的，不穿花衣，它们审美更高，黑白红，尤其是丹顶。要不怎么叫这个名，颜色扎眼睛。其实就是谢顶了，让血管显的。姜丹揶揄他，是你说那样么？他说是啊，怎么不是，看着那个迈细步走的没？等会儿给按过来，让你好好检查。姜丹说，不看，你也别按人家。冯鹤低头，说我真知道，我有准备都。她围他转一圈，真准备了？他一米八的个子，露出八九岁男孩儿的神态来，眼珠黑亮，闪烁着对一个宇宙的希望，跨越南北地理，跨越四季时间，嘴也静悄悄咧开，红润得让姜丹恍惚，他那么挺拔，清秀，也漂亮得像只鹤。那么冯鹤的确应该了解鹤群，不然他接下来说的，不会那么诚恳，让人摸不清，到底说自己，还是鹤的习性。丹顶鹤一生只选一个伴侣，三岁相恋，六十终老，一辈子就谈恋爱过来的，不是太有正事儿的，一种鸟。

　　姜丹记得，俩人高中就有点儿那个意思，单纯，胆小，学业为重，咋好表达。一整失散快十年，同一城市里，如果不是往后工作中碰见，茫茫人海，谁遇到谁那么容易。俩人沿着围绕芦苇塘铺设的木板路，慢悠悠轧着。今天周六，到下午四点，最后一批放鹤表演结束，说来看鹤，也不用赶时间，其实芦苇丛中，加小心就能瞧见一两只，散养在保护区里，不时探出喙子，全程参与，算为俩人保媒。冯鹤始终带笑，眼光没离开姜丹身上，怎么瞧见，怎么舒心。上学时姜丹还没长开,瘦骨嶙峋,皮肤黑,十年后再见,皮肤仍黑,却出落成黑牡丹的俊俏,一双大眼,睫毛浓密,远瞧跟扇窗似的,一扑一扑,好像新疆姑娘,动作随时准备摇曳,笑意简直甜过吐鲁番的蜜果。他伸出手掌,让姜丹以为这是一次郑重其事的牵手,可他只是亮亮手背,再亮手心,问她他指甲长得怎么样。她说不出所以,见面开始,姜丹就和平时有了区分,人傻呆呆的,只会矜持发笑。他说,我指甲细长,比女的还细长,我妈总说,怀我时梦见好几次丹顶鹤,我是鹤托生的。她更笑,不是不信的意思。他说,没话找话,我太傻了。姜丹说,咱俩一样。说完把自己手也伸出,偶然来的一阵风,吹出鹤唳,卷起芦苇的唰唰声,姜丹不知道冯鹤现在耳朵里,能不能听见环境外其他声音,她觉得四周闹得不行,响动叫人发晕,像微醺到来,得找个墙壁撑一撑。冯鹤拉住了她的小黑爪子——他就那么形容的,一年后,俩人结为夫妻,在民政局门口拉上彼此的手,他抓着姜丹的,又看,又亲,直亲得眼神都有点儿模糊,带红圈儿了。姜丹听冯鹤说,就你了,就要这双小黑爪子。感觉被你拽住了翅膀。

全台都是婚宴那天,才得知姜丹不仅有主,还定了主的消息。她早给人深藏不露的印象,作为记者,不是一批中最出挑的，但事事办得稳牢，不出岔子。二十来岁的姑娘，举手投足，不占先，不落后，反受领导器重，没见谁多和她近，可无论投票还是评选，她都会既出人意料更合该如此的，出现在一个漂亮的名次上。领导们对姜丹的能力更有认识，是在酒桌。当第一次作为小辈，受提携之恩出席聚会时，她安静少语，为所有人伺候局面，倒酒，提杯，留意谁多了，谁没有尽兴，谁但凡眼光停顿，都被她及时读懂弦外之音，且不落任何一杯，全程伴随，节奏在手。最体面的领导也会在最后一杯酒前，宣布告饶，姜丹不仅全程体面，还不知道自己的底线在哪儿，哪一杯是最后。婚礼当天，她也于十来张桌间迎送，话能说稳，能接得准，更像训练有素的司仪，在人生的大欢喜大悲哀前，透彻看过，不觉惊心动魄。只当晚上回到新房，门一关，才像个被压了好多堂课的学生，满足地投入冯鹤接近人事不省的怀抱。她给他脱西装，解皮带，给他脱袜子，摘眼镜，把他搂在胸口，捋他坚硬的头发，跟他说梦话。冯鹤，鹤，你要能睁眼看看我，就好了。冯鹤眯起眼睛，对她一笑。她也笑，让他再度沉浸她的柔软，且感受他更为柔软的身体，真像女人，比自己像多了。冯鹤哼哼唧唧，拽她关灯，嘀咕说累散架了，你呢，丹？丹说她不累，高兴着。他哼唧，我也高兴。我明天补票嗷，得缓。你这帮同事，平时广播里听着，都斯文，一见着酒，呵，真败类。

都说个人过日子，自在，不舒心，俩人过日子，自在舒心都难说，跟赌博差不离，人在和运碰，希望能顺利碰上，走婚姻一辈子的运，让一加一大于二，至少等于二。婚后，冯鹤工作没大变动，和婚前父母劝姜丹三思的局面一样，人在民营单位，从早到晚，不加班，只有晚局，一场衔接一场，不下半年就喝得他体形虚浮一圈儿，腰身坏了半扇。他得上阿尔茨海默症的母亲，婚后和小两口一块儿住，婆媳没啥矛盾，毕竟婆婆连十分钟的记忆都难保持，还常恍惚，和儿子过着过着，咋又添个闺女，记得老伴走了快十年了，怎么搞的。姜丹哭笑不得，论起陪伴，她和婆婆俩人在家度过的时光更多，越如此，越招冯鹤心疼。酒局下来，他每次回家都蔫头耷脑，跟犯过罪似的，看姜丹眼色，不敢在厕所里吐。她不止一次告诉他，不嫌弃，我只心疼你。说认真的，下次你们应酬，带我行吗？我能替领导挡酒，也能替你。我还是记者，认识的方面关系多，让我替你打通，一次不行，我打十次，我肝还可以，你指标已经危险了。婆婆没睡都会凑一两句话，说小鹤，你听单位领导的。领导多有水平，这话说的，体恤下情。姜丹憨笑，妈，别跟着掺和了，回去睡吧，记得关电视。婆婆一愣，小声问儿子，这么体恤下情？你升官了儿子。冯鹤一手抓姜丹，一手抓着母亲，俩人手一衔接，他便成了两段电线间的肉身导体，嗞啦嗞啦的，过的都是血浓于水，人的恩情。他看着姜丹，午夜已过，人不安静，夫妻俩额头相抵，说的都是知心。他说，丹，知道你能喝，比我强。可你总得让我，有比你强的地方。她说咋没有，你比我漂亮。他笑得腼腆，伸出手来，你说，我咋不长个虎爪子，豹爪子。就是狗爪子，也成啊，知道给家里扑食。长个鹤爪子，表演节目行，可生活毕竟是实打实的东西，怎么还老表演。给冯鹤拍上后背，姜丹小声哼哼，风儿轻，月儿明，树叶照窗棂啊——月光打透纱窗，照见墙上，是姜丹自己的影子。她坚信，只要身边还有冯鹤，能够抱住，一切都会好起来。都年轻，宝剑锋从磨砺出，不磨不砺，不是那回事儿。何况，她爱怜地望着打呼噜的冯鹤的脸，确认他们已经拥有幸运。

2

姜丹有了身子，全家都高兴，她自己也美着，感觉肚子里兜住一个希望,小心脏随着她的,跳啊跳的,每日都在感受生命的活力。不上班的时候,她在家擦擦洗洗,婆婆一会儿夸她勤快,一会儿反应过来她不该那么勤快,该休息,可姜丹坐不住。她每天最期盼的,是冯鹤准点下班,一家人坐在一起吃晚饭,看电视。至于能不能吃上更丰盛的菜,换更大的屏幕看更多的节目,姜丹不放心上,愿望朴素到底,是打小母亲教给的理念。人活一世,走的时候金银财富全带不走,只有记忆,能跟着埋入黄土,那么留下许多快乐温馨的记忆,才是最要紧的。她这样讲给冯鹤听,俩人歪在床头,冯鹤靠着她,在姜丹闭眼睛畅想未来的时候,聚精会神,查她眼睛上的睫毛,数来数去,数不明白。他就没见过谁像姜丹那样,长了那么纤长黑密的睫毛的,一次两次,问她到底有没有新疆血统?她说,谁知道。反正你的血统不赖,我们会生个漂亮孩子,一定的。冯鹤低眉笑,好容易他一天身上是没有酒气的,反显得眼眶发黑,抽上两腮。她提醒他,报告该出来了。年后单位组织的体检,他还没告诉她结果如何。冯鹤打着哈哈,她也想跟着打,内心总有恍惚的时刻。在白天,手按在肚皮上,感受那越来越强劲的小人儿的心跳时,偶然会眼前一闪,将世界看作黑白的。她没有告诉冯鹤她担心,一样是母亲在她出嫁前嘱咐过的，对她说，姑娘，你不要心窄，不要常叹气。心情影响运气，男人更怕受女人影响，他们看着壮，其实可虚了。

他自己知道吃药，一瓶鸡骨草护肝片是什么时候出现在家里的，姜丹后知后觉，在瓶盖上擦来擦去，不留神就找见角落里更多的药瓶，藏在电视柜后，空的占去一半儿。她肚子大得难蹲下，蹲下，更难站起来，此刻扶着柜门，仿佛听见什么声音，来自体内，聚成河流，要将人生冲进下一站地。她喊婆婆来，疼痛来得没准备，便有泪水挂上睫毛，姜丹大口喘气，想调匀呼吸。婆婆还往里屋叫冯鹤，儿子快，赶紧的。姜丹说，他不在家。妈，你给我叫台车。婆婆说，我不认识开车的啊。姜丹说，打120，冯鹤现在有个局，喝酒了，不一定能看手机，别指望他，给医院打。婆婆挂120，嘴里却骂，冯鹤啊冯鹤，你挣钱不要命啊，要出人命了啊。姜丹突然喊，闭嘴！电话攥在婆婆手里，佝偻的小老太太，没被姜丹吼过一回，都以为媳妇不会大声说话呢。俩人相对，在等待救护车的时间里，眼泪都淌着，各自感觉使不上劲儿。

六斤六两，姜丹由顺转剖，眼白翻了几回，生下一个小姑娘，魂儿终于回到身上，脸色有了潮红。娘家父母，加上婆婆，三个老人围着她转，醒来后，姜丹感到不只身上，心也空落落的，不听劝，非要坐起来，满屋子寻摸，冯鹤在哪儿，还没回来吗？婆婆直着眼睛，坐在角落，她问婆婆怎么了，母亲捂上脸，快速跑了出去。剩下干了一辈子工人，对人情世故不太通达的父亲站她身前，硬着脸孔征询，姑娘，想吃梨还是苹果？还喝汤吧，你妈熬的，可香了，喝点儿喝点儿，留得青山在。听得姜丹好悬又闭过气去，挨着最后一丝精气神儿，发颤音问，孩子呢？护士给小姑娘抱来，擦洗干净后，果真粉雕玉琢，完全的健康，完全的漂亮。压抑已久的委屈终于爆发，姜丹简直是从护士怀里将孩子抢来的，脱水的嘴唇迫不及待擦在女儿脸上，吻过来吻过去。刚才还虚弱无力，此刻见着怀胎十月用尽心力呵护的小生命终于越过肚皮，在自己面前呼吸，做表情，眼睛一眨一眨的，似乎还笑呢——姜丹感觉又被丢入了幸福的糖罐儿，她还等待，一个更为幸福的时刻到来。看吧，还是你猜对了，我老头，我老伴儿哦，孩子一有，咱俩就一生一世解不开了。冯鹤，她看着女儿，在心里说，你快看看吧，我想你该在路上了。记得你说，打小手指灵巧，会织毛衣会缝被，还跟我吹，孩子的第一条棉裤要你亲手做，不要市面上买的，大了小了，厚了薄了，不称心。

你要一手抱着孩子掂量她,一手穿针走线,送她这个礼。姜丹想想就笑,在女儿浑圆的小腿上比量,一拃多长,仨手指宽。

　　姜丹从下午等到晚上,再到早上,单位的人来了一批又一批,当然是从姜丹父母那儿得到消息的。给挪了个单间,孩子也被抱走,房间里时刻有人陪着她,都心照不宣地倚在门口和窗口附近,警惕姜丹的动作,像警惕一个有越狱想法的人犯。冯鹤不会来了。他喝着喝着,几次想走,想打电话给家里,都被凑上嘴边的酒杯给按了下去。同桌吃饭的五六个人后来一再解释,看他多了谁也没再劝,真的,就让他自己在椅子上坐会儿。最先发现冯鹤面色不对的人来给姜丹跪下,颤巍巍地从袖口里拿出沓信封,说嫂子,还是我给冯哥背下楼的呢。嫂子,都没想害他。钱不多,你一定收下。姜丹长时间地不信此事,也不听人再说什么,她直眉愣眼的样子像极了冯鹤痴呆的母亲。娘俩时常坐在一起,没了交流,都等待冯鹤的身影出现,来破除所有谣言,相信他们一家的日子,还是本来面目。女儿起名红菲,也是冯鹤走前定下的,说如果生的是姑娘,就给她一个属于父母爱情记忆的好名字。红菲,像丹顶鹤绯红的额头,夺人眼球,亭亭玉立。回家后,在过去和冯鹤不少依偎的小床上，姜丹把女儿放在两人枕头当中，空着的冯鹤躺过的地方，还原样空着。红菲不太哭，睡的时候也少，算省心了。可姜丹恍惚地看着那个小人儿，内心总期许，后者或许不出现才好。她的出现和她父亲的离开，几乎是同时同刻，人一生虽说在不断地交换得失，可这种交换也未免来得太没间断，让人分不清，悲哀还是悲哀吗？欢乐还是欢乐吗？

3

除去三节，每到年前，姜丹也来看冯鹤一回。城郊的墓园，他睡眠所在的一串数字，安和区，15排，03位，在她脑袋里雕刻一般，比报身份证号还来得清晰，五年过去，常记常新。五块钱的微缩茅台，她买了仨，浇在冯鹤碑前，前阵子下过雪，冯鹤常有人看，坟地周围积得不深，遍观他前后左右的邻居，无不顶着厚厚的雪盖。姜丹给附近的碑都收拾一遍，边收拾边念叨，你们平时喝点儿行，别多灌我老头。他脸儿薄，喝不了不说喝不了，靠精神撑着，但我不想他到那头儿再遭罪了。冯鹤去世的情形，在姜丹情绪平稳后，呈若干拼图形状，由几人口中，一一在她面前凑齐。他被抬到医院弥留之际，姜丹几乎同时，徘徊生死之间。当时冯鹤冷汗出尽，揣气儿越来越慢，血管于头顶破裂，即将蔓延开来，手伸向前方，不知道要抓什么。身边人问，冯哥，留句啥话？他发乌的舌头一下下弹着上牙，弹到弹不动了。她当然领会，只能是一声"丹"。

新年开始，姜丹提了副主任，和过去一样稳扎稳打，酒局去得少了，不因为升官或自己不愿，而是台里彼此心照，觉得那样的场面，对她总归是个伤害。姜丹不解释不抗议，回家路上，经过小卖店，揣瓶白酒放包，夜里，跟自己喝上，不算宽慰，只觉得夜晚能好过些，也和冯鹤的灵魂更近。婆婆还糊涂着，生活上给姜丹不少添麻烦，精神上对彼此则是解脱，毕竟姜丹不能在向女儿解释爸爸去哪儿的同时，也给婆婆宽心，答冯鹤怎么不在了。婆婆抱着孙女，会这样告诉孩子，现在四点，再有俩钟头，你爸就该回来。他忙，小时候和你一个样，不爱吭声，给大人省事儿。但你看他长大多孝顺，前天还给我新买了个半导体，听广播。广播里节目，有你妈的动静呢，大家好，我是记者姜丹。说多好，一个字儿是一个字儿的。姜丹听见了，会附和婆婆的话，爸爸忙，最近不太可能回来了。可他孝顺，惦记这个家，奶奶的半导体，就是你爸新买的。

红菲从此惦记上了半导体，不念声不吭气的，偷偷拔天线，抠零件，让姜丹发现了不能正常工作的机器时，不生气，更多是酸楚。她知道五岁的女儿怎么想的，为得到爸爸真实存在的证据，想帮助证据出现。半导体一个接一个地换，婆婆不发觉，而姜丹和女儿对视，看久了，红菲就哭。女儿哭得很静，跟姜丹喝酒时一个样，房门一关，难说谁睡着，谁在醒。夜晚的气息，将人剩下，和茫茫天意相质问，什么是一场梦。

五十岁的老领导看不过，给姜丹说过几次，要往后看，还年轻，不为自己，也为姑娘，你得走一步。姜丹听着，跟领导布置新任务似的，转眼睛寻思，心里有账，一概说好的。同样的话她在娘家不少听，可父母从小到大，看惯姜丹的脾气，知道看着受训，她其实不受影响。说再多，姜丹也是客客气气起身，拿包，像个知道分寸的客人，关门说再来。母亲不止一次和她父亲哭诉，孩子咋养的，心这么冷，和谁都不近。父亲抽上烟，在姜丹离开后，思考半夜，思考出来，为啥姜丹和冯鹤感情至深。只有在冯鹤面前，她才是她自己，有些包袱不必刻意，也轻轻松松卸去了，如果真有缘分，缘分就长这样子，不是至深的关系才能养成，却像姜丹和冯鹤，俩人从照面起，就感到经过漫漫跋涉，找见了自己的归途。他眼看着女儿脸上由浅至深，长出黄斑，看着女儿在将红菲放出怀抱后，眼底瞬间的迷茫，终按捺不住，给姜丹领导打了个意味深长的电话。他说，领导你好，我是姜丹父亲。姜丹回来学你，跟学她半个妈似的，亲切，感恩，说工作上你没少帮扶她。领导说，我也当母亲，有姑娘。看着姜丹，怎么不心疼。父亲说，那拜托领导了。他延迟一阵儿，说不出话，空落的时间里，像给年龄差不多的对方磕了几响头，咳嗽说，生活上，领导啊，你再帮帮她。

　　临下班领导把姜丹叫进屋。姜丹围着厚围巾，枣红色的羽绒服看着鼓囊囊的，头发散乱地扎在脑后，口罩挂了半边儿，在供暖不足的楼内哈出一团白气。她让姜丹别着忙，坐下来说。姜丹憋一口气，这个点儿，该去幼儿园接红菲回家，雷打不动，从不拜托婆婆，毕竟祖孙俩无论靠谁，都找不回家。领导让姜丹喝茶，姜丹不喝，起身看看领导杯里还剩多些，用不用再添水。照顾人的本事，她说第二，没人敢称第一，不敢设想，这人对自己照顾是更周全，还是从来就习惯了把自己的需求，安置在一个不受注意的角落。领导说，周五下午的班儿，别上了，去二号院替我见个老朋友，把东西送过去。姜丹说没问题，还是李姐？领导说对，李姐估计还要带你吃个饭。姜丹问，领导你不去？领导说孩子眼瞅高考，心不在学习上，得常看着。你现在孩子小，能分开神，到我这岁数就明白，再不着调的老公，有总比没有强。我家你大哥，人在省里上班，半年回来一趟，我分身乏术。姜丹听明白了，手套摘下又戴上，踌躇怎么说话。领导过去和她坐一起，摸上姜丹干黄的头发，问她今年到底三十几？姜丹说三十一。领导笑着，眼角炸开几条皱纹，看她，像看过去的自己，也像看十年后自己孩子的模样，生活便这样轮回下来，必须互相帮助。她想知道，姜丹对责任到底怎么看待的。姜丹告诉她，都是问题。孩子已经习惯了冯鹤是爸爸，婆婆想改变习惯，也不可能。冯鹤就是她儿子，我就是她儿媳，我们命运缠绕在一起。再加进一个人，我没法给他安排。领导眼神一狠，非让你安排呢？姜丹笑了，睫毛浓密地盖住了心理活动，说，我会去的，不替你干活儿嘛。

二号院里气氛严肃，走廊上人和人交错的脚步声，似也纪律鲜明，有说一不二的界限。在李姐办公室，姜丹放下东西，传达领导的话，事情几句便收尾。早前也告诉给红菲，今天妈妈早下班，早接你回来，给你做两道新学的菜。红菲小人儿纤瘦，到哪儿都不挑食，可其实嘴刁，和冯鹤一样，喜欢鲜美的味道，尤爱吃鱼。姜丹计划着，从二号院出来，到大鱼市买个鲽鱼头，再买瓶沙拉酱，选几样水果，给女儿做电视里时兴的水果沙拉，红菲指定喜欢。李姐张罗的吃饭，自然被姜丹谢绝，话说得很漂亮。没办多大事儿，往后也常见，哪儿就有功，让大姐单请一顿。等领导空了，咱一起，再喝场痛快酒。李姐见过姜丹，单相处是第一次，听过她办事儿稳当，没想到这么大方，叫人舒服，不留意就被她带着节奏走。于是出下策，那啥，叫个同事送送你。姓孙，叫孙成鹏，比你大几岁，说话干活儿不用论了，谁看谁说不错。以后你们工作也要往来，他常听你节目，说姜丹真好，不像别的记者，跟报幕似的。姜丹有自己的分析，自己的逻辑，连你录的红外线内衣广告，他都能学一段，跟我说，听你动静，他身上就热乎。

　　孙成鹏和姜丹握手，小丹，是你老听众，我真喜欢你。副驾驶上，姜丹听他头一句话，如此直白，看他眼色，视线则对着车里几面镜子，人四下巡视，相当自然。他车上有淡淡的烟味儿，还有香水味儿，车拐弯俩人靠近了，味道更浓，让姜丹觉得，这人油光粉面的，很知道打扮自己。孙成鹏自报家门，老家农村，有过一段苦日子，发狠学习，才改变了命运。他滚圆的小肚子在安全带下，勒得突出，一旦注意她眼神，便猛吸气，手在方向盘上敲打。其间几个电话进，孙成鹏一律不接，姜丹说，孙哥，我到路口停就行了。别耽误你的事儿。孙成鹏说，不耽误，平时不忙，都赶今天了，哈。她转过脸笑，再这么和异性独处一个闭塞的空间，对她来说，不是不舒服，仅仅不习惯。更何况知道了，对方是出于什么身份送她一程。市场门口，孙成鹏开进，紧着倒车，停稳当后，你看我，我看你。姜丹说，我去买鱼。孙成鹏说，巧了，我也买菜。姜丹说，市场好像卖菜的少，都是鱼鲜。孙成鹏左右看看，是吗？一人儿过久了，都不了解生活了。这样，你买啥我买啥，我也练习练习，学学做饭。

4

孙成鹏热爱摄影，姜丹带队去给湿地拍宣传片时，他正好也在，小跑来，说咋这么凑巧。姜丹把脸拉下来，当居心明显，怎不怀有提防。点回头，便装作忙得不可开交，指点摄像和主持，怎么取景，怎么介绍。时值盛夏，新建的丹顶鹤孵化馆，呈半个洁白的蛋壳状，位于葱郁的绿草间，傍着水边，更显得天蓝云淡，生机勃发。孙成鹏不是自来熟，只不过围着他们，一介绍，发现总有认识的关系，再跻身姜丹身后，俨然自己人，替她布置大事小情。湿地的工作人员过来说，姜主任，好容易来一趟，去咱们博物馆看看，兼给宣传宣传。姜丹说，去过，挺不错的。带我们主持人和摄像去吧，我自己转转。手插兜里，她渐渐走出人群，沿着木板路，经过自己映在池塘上的影像，比平时照镜子还清楚，不是节食和锻炼的事儿，是真正人到中年，身材变形。如果灵魂可以取样，也该是臃肿了的，显出对生活漫不经心的样子，拜苍天所赐。

十多米外，有只鹤跟她并行，知道有人，不受影响，它还是啄水面，清理自己的毛。姜丹从没这么细心观察过一只鹤，它走着走着，停下，仿佛忍住了飞翔的愿望，被什么给牵绊住。从它身后芦苇里，又走出一只，它们头和脖子挨得很近，如果可能，会不会缠绕到一起？姜丹想起冯鹤，笑很快消失，这不是他。他说过，是鹤托生来的，要再托生成鹤，难道就可以忘记她，找新伴吗？知道自己在钻一个童话似的牛角尖，姜丹不爱看了，发现孙成鹏正越凑越近。他一直瞄着两只鹤，感叹说，神仙眷侣啊。姜丹问他，咋不继续跟着熟人了，来跟她。他说她也是熟人，明摆着的。姜丹说，不知道李姐是怎么和你介绍我的。孙成鹏想了想，体贴，会照顾人。办事还大方，能带得出去。她点头，你信她还是信我？他说我信你啊，外头你口碑老好了。孙成鹏一米七出头的个子，穿件藕荷色的POLO衫，看着像女版的，脖子上挂个单反，挂反了。她还想乐，知道不是时候。姜丹说，藏在外面的，是我想给外人看的。藏在里面的，不是谁都能看，也不是我想给人看，人家就看得到。说缘分讲缘分，其实就这个事儿，你对我有，我对你，没有眼缘。孙成鹏咧了半天的嘴，咧不下去，问，要我能坚持呢？她说，是你的事儿，我不能什么都在乎。

他言行合一，的确坚持下去，每日托台里保安，给姜丹往楼上送鲜花。花不多，挑费不大，但结合姜丹的年龄和条件，在外人看，有这样一番表示，已能给孙成鹏身上，贴下痴情的标签。姜丹把送来的花，选几片压进给红菲订的少儿读物里，教女儿用花叶做书签的办法，什么时候打开，什么时候就能闻着自然的香味儿，风雅不风雅，浪漫不浪漫。姑娘，你老说找不着爸爸，这是你爸在外地给我送的花，他在呢，惦我也惦着你。红菲取下被压成薄片的玫瑰，拿手里端详脉络，说，够转弯儿的。入托后，女儿变得小大人一样，话不多，冷不防给一句，让人寻思半天。托儿所老师当着所有家长，夸奖红菲，也夸姜丹，要说妈是记者呢，给姑娘教的，惜字如金。姜丹独自喝酒，夜晚只亮她的台灯，借一点儿光照，她忍不住也把那些书签看来看去，偶尔照镜子，把花瓣贴到嘴边，比看一个枯萎的人和一片枯萎花瓣的颜色，谁更占住青春。最近娘家简直不能回，母亲见面便滴答眼泪，哭后没忘了骂，说以为你谁，当贞洁烈女呢。真烈，当时咋不碰死。不用姜丹回嘴，父亲会把母亲推搡进屋，只不过剩下他俩，父亲也没多句安慰。他看着姜丹，又看桌上的酒杯，眼珠干转，说你们领导，办事儿也不上心啊。

领导开始寡着姜丹，不像从前，安排任务之余，还唠点儿家常。这是干工作这些年来，姜丹第一回受到冷遇。她想和领导单独谈谈，说她不是想守谁的节，是个性使然，不是谁都能行。年末开表彰会前，领导把她叫来，在说过几句让姜丹准备发言稿，避开什么敏感点后，从自己办公桌里，取出一盒烟。她凝视姜丹，像凝视她一门心思搞对象，高考三本线都好悬没过的女儿，哀叹连连。姜丹问她哪儿不舒服，是不酒局最近太多了，伤肝。她没敢说领导脸色干黄，只表态，她是领导一个兵，啥时候都能上。何况多年夜里独自喝酒，她酒量更深不可测，亟须一个晕眩的时刻。领导问她，哪年来台工作的。姜丹想想，二十五岁，〇八年。她第一个稿件就是北京奥运，报道举国盛况落在他们这个小地方上，一并渲染出的热火朝天。领导掸烟说，那你单着快六年了，不易。姜丹起身，将烟灰缸端在手里，说，习惯了，自己养全家，指望您带我。领导说，带不动。姜丹说，能带动。领导说，感觉这两年你做梦似的呢，给自己活成故事了。她不明白，让领导再说说。领导说，孙成鹏把李姐烦得要死，找我也好几回，说他半辈子，多么辛苦，眼高手低，浪费了青春。到你这儿，以为找到归宿，想不到连个气口，你都不给人家。作为女人，我理解，你对冯鹤那份儿心。作为女人，我也不理解，是不把自己藏太深了，感觉谁都交不下你，啊，姜丹？她没话说，脸上火辣辣的，先前酝酿过千百次的心声，演习一再成功，实战确实不灵。姜丹不知道自己当天怎么逃出的办公室，回工位上，发半天的愣。

单位楼下，孙成鹏那辆黑色皇冠，停在内部职工的停车位上，冲她嘀喇叭。随行同事都看着，姜丹手捧新一天的花束，终于走进车里，坐到副驾上。孙成鹏对她，气定神闲，像对一个领了证还没办仪式的老婆，知道众口铄金，舆论力量大，压也能压倒钢，吹也能吹倒砖，何况一个姜丹。他开车直奔红菲念书的小学，路上，姜丹录过的广告被他制成CD，循环播放。她按掉广播，无声的环境里，说话比办公楼里还彰显严肃。她问他，喜欢丹顶鹤吗？ 孙成鹏反问，你喜欢吗？ 姜丹笑了，说你个人的看法，不是考试，不用打小抄。他说鹤是城市名片，平时宣传也多，这儿的人打出生就知道跟鹤有渊源。怎么算不喜欢？ 姜丹说，给你个机会，再说一次，发自内心的。路口红灯前，孙成鹏一双眼皮肥厚的单眼睛，放了能放出的所有电量，向后者传递，说我喜欢，我发自内心。姜丹不接受，没驳斥，只说，展开聊聊。方向盘在他手上转动，不置可否。她说，我小时候，跟学校去看鹤，没什么感觉，因为人是人，鹤是鹤。直到认识我前夫，他说他就是鹤，被我拘住了翅膀。这一来，我就把鹤当成他，在他死后，也寄希望于这种动物。我很孤独，我不掩饰，真孤独，但一想到鹤，就好受多了。

他问，你把感情给了鹤？ 姜丹说，我把感情还给了自己。孙成鹏说，你不用和我说别的。追了快一年了，不差你的表态，差我闹不明白你。要现在还能说明白，我保证，以后不闹别人，这不挺好。她看他，你有信用吗？ 差一个路口，就到红菲学校，孙成鹏将车停在道边，解开安全带，不假分说身体向姜丹压去，嘴唇和她的按在一起。他喘息着,先用嘴,后用舌头,想将她牙齿分开,分开后,姜丹嘴里牙齿不必说,就是最柔软的舌头,也让孙成鹏感到在吮吸空气,没劲。不等她推,孙成鹏气哄哄坐回原位,说你可真行。姜丹半张着嘴,的确感到像刚吃了块儿硬豆腐似的,不哭不笑,看向窗外的食杂店,卷帘门,原来最庸俗的世界里,也拥有最高阶的法术,那么这份心境,并不是自己杜撰的。他扭脸问,你是尸体还是人?她感觉小学该打铃了,想下车,又想一劳永逸,再问一遍,你有信用吗?他喊上,没有!姜丹叹口气,都是成年人,你未必不理解我,只是没遇上我遇上的事。如果你像我,把自己一直隐藏起来,遇到了能让你感到安全,感到信任的身体,别说你不停下,更别说你不会希望一直停。

5

眼神又变了,在单位,每人看姜丹都不超几秒,便偷摸一笑,好比姜丹是个自作聪明的小孩,大人间明白的事,她不说,大人可以不拆穿。她不是素来蔫声办大事儿?这回他们配合,看事情什么时候包不住,她自己承认。下午录稿,姜丹多录几遍,总错,让室外站的同事更心领神会,眼神交替。打开厚实的直播门,她把东西收了,该直接下班,又想问明白,是有评选还是啥小圈子内乱?反省几回,自己平时跟谁也没交过恶,哪儿来这些鬼祟。姜丹问,你们笑啥呢。同事都说没有,有嘴欠的,多说一句,不替你高兴嘛。孙成鹏一个月没来找她,自那天过去,这个人和他那台车、那些花都像陌生的人和陌生的物品一样,消失于众生,让姜丹安慰,这叫拨乱反正。她无论如何想不到,有人喜欢用反转代替回正,喜欢用舆论左右舆论,美其名曰,你不新闻工作者嘛,跟你没混出名分,混出门手艺——孙成鹏将她童话般的坚持,黏上谣言满天,小刀暗发,不怕长城不破。姜丹其实敏感,那天,她感觉有黑色的雨水浇下,走哪儿浇哪儿,只在她身上。

红菲在门口等妈妈,拿一把剪刀,一沓彩纸,说今天有手工作业,她和奶奶研究半天,奶奶不明白为啥幼儿园还有作业,红菲不明白奶奶为啥不懂啥叫手工。奶奶不是没事儿老给爸爸缝被、给我拆棉裤吗,咋帮不了我?姜丹带她进屋,听女儿嘀咕不停,喊闭嘴。她一喊,红菲就真的闭嘴,拿剪子在彩纸上戳窟窿。而姜丹站在窗后,脑袋里思量着复仇。她想过十多种话术,关于孙成鹏人后如何糟践她的,想到认为足够坚强了,还是在给领导通电话时,变得千疮百孔。领导也才到家，给姑娘做饭呢，煎炒烹炸的动静里，后者哼哼哈哈，不好意思埋汰姜丹，但掩不住那个意思，话还是埋汰。你这小孩咋想的，给你介绍，这不行那不行，现在又到一块儿去了。是觉得那人不可信，还是我不可信啊？姜丹颤声重复，到一块儿，去了。领导说，哪个酒店都跟李姐说了，李姐又告诉我。你不用吃心，都为你好，往后懂点儿事吧。姜丹说她懂。领导不知她懂没懂，电话撂下，似乎姜丹通话就是找挨骂的，坐实了她人前人后两副面孔不说，还透着狼狈的滑稽。

才发现女儿就在身后，小屋那么静。红菲戳完彩纸，又去抖搂杂志，掉出里头的花瓣书签，一一给剪碎。母女彼此凝视，红菲看到什么姜丹不知道，姜丹则看到了女儿五官上，眉毛、嘴型和冯鹤的相似，眼前，似乎就是冯鹤魂灵再现，原地审判着她。姜丹说，出去玩儿吧。红菲问，我玩什么？姜丹说，玩半导体，要坏了，等爸爸回来，给你修好。女儿站在原地，将剪刀和花瓣放下，再看去妈妈。也许此时此刻，在这个六岁女孩的心上，更戳下个大窟窿，她一知半解，而一知半解将造成天大的误会，让姜丹后悔没给她搂进怀里。红菲说，妈，你给我找新爸爸了，你俩睡酒店了？姜丹一连声喊闭嘴，喊到婆婆触通了记忆里的紧张时刻，进门探脑袋，不知该望向母女俩谁，筛糠着身子，说，我现在叫车。

给孙成鹏打电话，对方不接，打多少个，都一样效果，姜丹午夜守着台灯，守着酒，像领导说的，成年人了，这事儿值得在意？她偏在意别人不在意的，一种连自己都说不清楚的决心，茫茫人间，求一个真理，一个属于她的，算悖论的真理。平时她喝不多，今夜轻易醉，因白天争执，女儿晚上宁可和奶奶睡一屋，不进她的门，更算踏实，至少不让自己的崩溃，带累红菲本就敏感、不可揣度的童心。来到走廊，看到婆婆房门没关，和她一样借着孤灯，正凭心意给孙女缝一个利用被子边角缝出的碎布娃娃，点灯熬油，一定达成。红菲会得到她独占魁首的手工作业。婆婆缝起娃娃，或也想起曾经对儿子的用心，多少年多少次，姜丹想冯鹤，想看到他身影出现于常坐的客厅沙发上，伸出十指纤纤的手掌，召唤她休息。他会告诉她，我说过，只是随口说，为讨你欢心，你怎么还当了真。丹顶鹤一生只有一个伴侣，它是动物，长尖嘴长翅膀，你不长。丹啊丹，我原意绝不是要绊住你。

姜丹问，冯鹤，谣言怕什么？他说，怕不传。她说，既是谣言，传也传开，它怕时间。冯鹤说，你至少还有四十年。仰在沙发上，姜丹看墙壁，上头挂着冯鹤在俩人成家时，托木工单做的挂钟，合了俩人名字，英文一个H一个D，当时笑话他，比女孩儿心思都女孩儿，细心算什么。现在知道，正是细节，捕捉了时间，让姜丹感觉，盔甲还在身上，孤单反是错觉。如果冯鹤没死，一家人会幸福下去，就这么笃定，不用和谁证明。即便现在，清楚冯鹤再不可能回来，她也像在湿地和孙成鹏说起过的，相当诚恳地说，她已经遇到了一个特别的人，一个未必每个人都能遇到的，与她相互成全的人。别再拿守贞作曲解，姜丹想跟现在的、以后的麻烦都把话挑明——都在谈论幸福，像谈论没见过的神话，她见过，缥缈如仙的丹顶鹤，如何走过水塘，面向长天，飞跃千里，过朝朝暮暮。动物如果有灵，也不禁锢自己于人类的想法，它们才出于本心，单纯喜欢和喜欢的对象，长留在一起。

天亮，她简直迫不及待跟幼儿园打电话，说红菲病了，明天再去。婆婆抱上缝了半夜的娃娃，交到孙女手中，红菲一愣，也对姜丹发愣，后知后觉，她并不全知任何一个大人的世界。姜丹说，今天咱们出去玩儿。事先没告诉祖孙俩，她也请了假，不电话，给领导发了信息，便关上手机。不是都以为她蔫声干大事儿吗？她会干的，干他们想破脑袋也想不通的人生大事,带女儿和婆婆,去湿地观鹤。这一天,非年非节,姜丹带着酒醉,看红菲终于变回小孩子追鹤,追得饲养员一再警告,谁家孩子,有人管没人管。婆婆寻思半天,跟姜丹嘀咕,有个孩子多好。你和冯鹤要有孩子,也这么大,这么欢实。姜丹握上婆婆的手,展开去看后者手心,劳动人民的手,十指生茧,指甲很短,冯鹤不随她。夏天少起风,现在起一阵,放鹤时候一到,红菲脚追着哨,将鹤群追向高空,剩姜丹和婆婆,伸脖子看。姜丹暗向天空反复叫喊,我真不是为了你,真不是为你啊。为我,又是为你,两者能分开吗?婆婆探探姜丹脑门,说她发烫,身上酒味儿也重。鹤群回归,停在对岸的草地上,三个女性,一齐手拉着手,看待鹤的降落。红菲说,我爸能一起看就好了。婆婆说,冯鹤快下班了。姜丹伸出另外一只小黑爪子,伸到前方,说他一直就在这儿。

塌 指

1

暑假快开始了,对陈朴来说不是好消息。过去他总期盼暑假,学钢琴的孩子更多,收入增加更多,李芫对他的抱怨则随之减少。现在李芫走了,看样子不会再回来。他们还没谈到离婚,但似乎已不可避免。她没带游游一起走,游游是他们儿子的小名。眼下陈朴担忧着,等暑假开始,小学放假后,他这边课程多起来,谁来照顾孩子。据和李芫达成的共识,如果他还期盼生活能回到过去,就不要把他俩的变故透露给任何一方的父母。陈朴同意了。有时母亲打电话来问,他会告诉她,李芫出去学习了,地点一会儿在四川,一会儿变动到北京,总之,这是次相当必需的学习,对她的事业有帮助。母亲将信将疑，李芜过去大部分时间都留在家里搞创作，没出版过任何一部能放进书店的作品。但她始终在坚持，陈朴也始终坚持她的价值，坚持来坚持去，俩人的婚姻关系一年比一年变得神秘。不只双方家庭，连陈朴上课地方的同事，也常会忘记他已婚这件事。等知道他还有个六岁大的儿子时，就更惊讶了。

郑九州，陈朴唯一的哥们儿，常来家看他。他比陈朴大一岁，三高俱全，胖得都有点蹒跚了，工作朝九晚五，日常流露想独立创业的图谋。郑九州给陈朴选了几只股票，告诉他，男人的一切不安都来自腰杆不硬。说完把选好的股票代码拍在陈朴家的茶几上。陈朴没去炒股，任由名片被埋在一层报纸下面。李芜走后，他想到这个办法，用她所有订阅过的文学报纸作为桌布，那样他和游游在茶几上吃过饭，就不用擦桌子了。有时吃着吃着，看到上面一些关于书籍和外国作者的报道，他会突然觉得吞咽困难。游游吃饭不免把汤和米粒掉在上面，他从不指责儿子。夜深人静，他一人在客厅抽烟时，看到报上被油花涂污的部分，感觉反而更好。郑九州会冷不防来个电话，喊他出去喝酒。如果游游睡得早，他会去。可更多时候，陈朴想一个人享受午夜，最大的梦想是家里没儿子，楼里没邻居。他想放空一切无止无休去弹琴。

有回深夜，他和郑九州喝完酒一起回家，看见醒来的游游光脚站在瓷砖地上等他。儿子没穿睡裤，两腿也光着，一直在客厅里乱走，眼睛哭红一片。看到陈朴的时候，游游哇地咧开了嘴。陈朴慌张着上前抱他，感受游游背上细弱的骨骼全因哭泣而紧缩着。他小床上的被子还保持被踢开的状态，窗帘拉开一半，透进了月光。郑九州忘了自己在什么地方，找到沙发便一头栽下，很快打起呼噜。游游则被陈朴抱起来，哄着，边转圈边哄，缓慢而温柔。陈朴也喝多了，说不出一个整句子，他对自己能做到的最大控制是，抱孩子走路时尽力走直线，可还是摇摇晃晃，走最后几步路时，抱着游游扑在了小床上。陈朴不小心压痛了儿子的胳膊，这次游游没有哭。

那之后的每个晚上，陈朴都告诫自己，不要再发生一样的情形。他是成年人，可以多忍受一点儿寂寞，而不是去学李芜那样，把自己同样变成荒谬的父亲。李芜走后两个月，一个女人出现在陈朴生活里，是和他在同一所机构任教的孟迅。他们还没捅破这层关系。只表示了双方的好感，拥有了超越一般朋友的关心和亲密。还有三天就放暑假了，陈朴对她说了自己的担忧。他电话里语气慢悠悠的，实在没办法,他边说边向上推着头发。看看有没有那种能托管的班儿。我想会有,能解决这个问题。但我更担心自己。我离不开游游了,眼睛一会儿看不到他,就胡思乱想。孟迅说,你比女人还像女人。她的音色听来和年龄全不相符,像个十七八岁的小姑娘,纤弱,可怜,带有稍纵即逝的童真,似乎她就没经历过什么难事。陈朴对孟迅了解不多,两人牵过几次手,一个礼拜前,下班后的大办公室里只剩他俩时,彼此朝对方越走越近,几乎什么也无须多言,孟迅闭上眼睛,让他吻了她。她说,我倒是可以调时间。你上课的时候,我把课调走,过来帮你看游游。我喜欢小孩儿。说这话的时候,陈朴相信她是真心的。只是这么做,眼下还不合适。她没结过婚,小陈朴七岁,教长笛。虽然孟迅在教孩子们怎么按准气孔、调整呼吸时是够耐心的,但陈朴怀疑,真实情形只会带来新的挑战。如果游游和她在一起,会不会更有被父母抛弃的失落感?毕竟他如何向儿子解释,这是爸爸的女朋友。如果他选择告诉游游,这是来照料你的阿姨,类似一个保姆。孟迅心里又该多不舒服。

能听出孟迅不想聊这个话题了。他不怪她,人总归无法感同身受,和李芜八年的婚姻已充分告知他这一点,亲密不能保证耐心。陈朴也是如此，他现在就是没谈情说爱的心情，他没能控制住内心深处，那种随深夜来到，每分每秒都在剧增的渴望。起身去拿酒，电话里孟迅听得见，玻璃器皿相撞的轻声，问他是在喝酒吗？陈朴说，喝一点儿，但我不出门。她说，你已经从上个月喝到了这个月。每次和你通电话，你都要喝。是我带给你的压力吗？是的话，直接告诉我，我能应付自己的情绪。他说，别生气，我每天量都有限。时间挺晚了，剩下的话，明天见面跟你说。她放空一会儿，说，行。陈朴把酒倒满，迫不及待俯身喝了一大口，看杯里的水位下移。含糊不清问候给她，好梦。挂掉电话后，他有点后悔，但如果再回到刚才的时间里，他仍说不出改变气氛的话。陈朴真希望此刻世界上突然能出现另一个人，他记得很清楚，在和游游一样大的时候，自己就在期望出现那个人了。那个人不说话，他叫它，手指。手指没有长相，可能也没有性别和身份。手指不离不弃，弹琴的时候陪他弹琴，举杯的时候跟他举杯，在他胡言乱语倾诉一大堆时，又能用一种特异功能去了解他言语之外，真正要说的内容。那些内容无法用语言表达，只有一直陪他成长的人才能领会，为什么人会在这个节点哭，那个节点笑。

李芫刚离开那阵，他还反应不过来，日子反而有了一点规律性，他是靠难熬的程度来区分一天的时段的。早上最有期待，每天醒来，陈朴总怀有一种设想，手机上会有她的未接来电或留言。期望落空后，白天也比较好过，偶尔去上钢琴课时，陈朴会给自己收拾一新，站在镜子前，检查衣服有没有褶皱，胡子剃得是否干净，然后大步流星走出去，沐浴城市的阳光。感觉和别人没有两样，一样地投入，花力气去生活。难熬的是晚上，是从学校把儿子接回家后。开始他还对自己的新身份怀有热情，觉得人生从未这样经受考验和被人需要过，他希望无论在生活的任何方面，都给游游带来这样的印象：妈妈走了，日子没有坏。爸爸做得不比妈妈坏，他更好。能更准时给我备好晚餐，煎好一个鸡蛋。爸爸不酗酒，更不情绪崩坏，他很稳定。几天过去，手机上没有李芫一点音信。到第十天，陈朴选择把自己身上的事告诉给郑九州。抱着肥胖如巨型面包的老友，在那张他和李芫依偎过无数个日夜的米色沙发上，陈朴痛哭出声音。看着厅里的时钟，不住把郑九州抱得死死的，像把头埋在一堵砖墙后头。还有十五分钟，他就又得伪装成坚强的父亲，和其他去接孩子的父母隐形成一个整体。在这个整体里，隐藏许多个家庭，也隐藏许多个夜晚关上门后，许多场吵闹和空虚。他害怕又要成为其中一分子。陈朴抓紧郑九州，像游游第一回上幼儿园，李芜回来学给他，儿子抓着她时描述的，那种亲密又难堪的画面。现在他和六岁的儿子感受一致。郑九州一次次把他推开，实在推不开，踹了他一脚。

　　站在家长群里，陈朴有点不稳当。但他注意把眼泪都擦净了，接受游游从队伍里跑出的拥抱，只往后退了半步。游游情绪始终更稳定，稳定到陈朴总想去探问他，妈妈走好些天了，你不想她吗？游游一路上说着白天学校里发生的事儿，有个男孩在课上，揪前桌女孩的头发，游游制止了他，受到老师的表扬。陈朴问他，那个男孩该讨厌你了吧？他说不知道。那个女孩对你说谢谢了吗？他又问。儿子顾左右而言他，陈朴不再谈这个话题，将游游的书包挂在一只肩膀上，它轻飘飘的，传出文具盒里铅笔的晃荡声，和儿子六岁的心一样。有些事不是说他这个年纪不在乎，而是在这个年纪，它们分量轻微。要到很久以后再想起，才能发挥出伤害。

　　九点过去，游游在房间里睡着了，陈朴把故事书放回原位，顺道给自己取了酒。他在钢琴前转悠，告诉自己，除了儿子，他不需要任何人。也许他还需要手指，但手指不论是否需要，总会存在。酝酿好这段心理，仅仅五分钟后，他又陷入微醺，对峙空荡荡的客厅和尽管已非常熟悉，仍痛恨着的午夜。李芜的影像几乎盖住了手指可能出现的每一个位置。她刚洗过头发甩动水珠到处走的身影，她侧身在沙发上懒洋洋拿遥控器调台的动作，她那扇关闭着的书房门里，细听仍存在的哒哒哒打字声。陈朴用嘴叼着玻璃酒瓶，使劲咬，一下下发狠。他永远也无法忘记，李芜当时在自己身上留下齿痕时的感受。他想现在就告诉她，你必须回来。就在今晚，你必须重新出现在这个家里。不管你现在在哪鬼混，多么快乐和自由，都必须回来处理你遗留的问题。你把我和游游留在这间屋子里了，知道吗？每一天我们都在等待你。身边没有任何人，但陈朴能感觉到，在睡了一阵又醒来，身边已经有了谁，影子的重量不足以把沙发坐出一个褶皱，但有人坐在那儿。是手指。手指正把酒杯一点点移出了他想要的名单之外。陈朴转脸和其相对，心中如此说，你一定知道怎么办。可你不会告诉我，你只会让我通过每一天的活着，来在有朝一日告诉我，你是如何看这段过往的。当你把经验说给我时，很可能，我已经忘记这件事很久，很久了。

2

因为面对的大多是学生和家长，陈朴很少打开自己的邮箱。今晚他试图在一切社交软件上追踪李芜的消息——唯独不敢给她打个电话，虽然那样会更快和她联络上，但他就是不想这么做。出乎意料，邮箱里有李芜一封信，发在三天前。就跟她和他们还有什么心灵感应一样，她能猜到，照顾游游是陈朴现在最大的麻烦。信里说，她每天都可以从酒店里看到窗外绿色的江面，以及围绕着江水的远看如墨的群山。如今她人在桂林，写作顺利，一切都好，也交了些可爱的朋友，都很照顾她。李芜没直接说她多开心，但明显掩饰不了，每个句子背后的语气无不在告诉给陈朴，离开你我是快乐的，你也该快乐起来，给自己找个全新的活法。要是你现在对我还有怨言，她最后说，那绝不是罚我，是罚你自己。陈朴，你没什么错。他痛恨这封信，即便她重复说了几遍，在她眼下的生活里，如果还有美中不足，是游游不在。那又怎么样？他看不到她对于无法和儿子生活在一起一丝的担忧和恐惧，至多是点遗憾。陈朴把眼睛闭了会儿，删掉信，关上了电脑，茫然望着对面的白墙，突然产生给李芜打电话的想法。

你什么时候回来？他怕自己很快失去勇气，所以在电话接通的第一刻，就问出最想知道的问题。李芜那边很静，和他这里一样静，午夜十二点半，如果她还保持着和他生活时的习惯，陈朴知道她会在睡前看一本书。在翻到近二十页的时候睡着。他不知道她现在读到第几页了。李芜说，我们好久没听到对方的声音了，陈朴。和我说说你的情况，我挺担心你们的。游游睡了吗？我也想和孩子说些话。陈朴说，他睡了，这个时间已经睡得很熟了。听到李芜的声音，他感到心底干涸了的地方又重新变得湿润，过去两个月来，无论浇灌多少酒，无论孟迅和其他人带给他多少安慰和理解，它始终不见复苏。好像它是只属于李芜的池塘，会因她一句话而抽干，因一句话而灌满。只不过它回满的速度，比起它被抽干的速度要快上太多了。他真想把内心的渴望都告诉她。但还有手指在身边，沉默的时间里，它又一次地出现。陈朴看到，手指正试图将它自己的灵魂压缩，成为一个真正的指尖，好能轻扣在陈朴的嘴唇上，想要成为他的锁。

直接告诉我你什么时候回来，打不打算回来。别的我不关心，也不用再给我去信，报告你的多彩生活。陈朴压低音量，从床上下来，往客厅走。他已经不预备继续睡，现在他想抽根烟。李芜缓缓告诉他，如果再回来就是为离婚，如果他真那么迫切想要个了断，她可以用最短时间往回赶。其实这些天里，朋友们都在一件事上去劝她。她也想和陈朴就此谈谈关于儿子的事。游游还小，跟母亲一起生活，对他的成长更有利。我不是说你作为父亲不合格，李芜补充道。陈朴点上烟冷笑，这不是一句该补充说的话。这是一句她该甩在自己脸上千百个来回的话，她刚才凭什么那样说？陈朴忍着和她互相攻击的冲动说，游游不是你的。李芜说，所以你想和我抢孩子。陈朴现在知道了，为什么手指不让自己说太多的话。他们已经破裂了。这是不能再真实的事实，放任心里那点可怜的感情，注定会消磨最后的怀念。他说，是的。我需要你抓紧回来办离婚，和我清清楚楚结束。游游是我的命，要是你想把这点希望都毁掉，我们就拼命。李芜说，陈朴，你现在给我的感觉是，怨恨，不成熟。好聚好散不行吗？她开始有点气急败坏，为什么你就一定要用破坏什么的方式来留住什么？教钢琴难道不是份让人修身养性的工作吗？陈朴把手机拿到嘴边，像用对讲机那样使用它，说，我没有破坏任何一件事，如果你说的有那么一点对，那是我的耐心，破坏了你做人应有的责任心。李芜，是你毁了这个家。

他挂了电话，但长久看着黑色的屏幕，期待它再亮起来。陈朴等待又后悔着，看两种心情默默去厮杀，两败俱伤后内心是荒凉的战场。有声音叫他爸爸。是起来上厕所的游游，睡眼惺忪，没穿拖鞋，一步步向自己走来。游游盯着空气里未散的紫色烟雾发呆。陈朴把烟灰缸移走，让他坐在自己身边，大头顶上儿子的小头。陈朴说，明天就放暑假了。你愿意和平时一样，在八点半起床吗？爸爸不能陪你到太晚，爸爸明天上午有两节课。游游说他应该可以。陈朴建议，上午你自己在家的时候，可以练练上次的曲子《洋娃娃和小熊跳舞》。记得注意塌指的问题。游游说，现在给你弹？陈朴说现在是大家睡觉的时间。等明天中午吧，弹给爸爸听。游游说，爸爸，烟味儿太重了。但你今天有进步，儿子笑出虎牙来，你没喝酒。陈朴温柔地低下头去保证，咱们都会不断去进步。

转天第一堂课，他暑假里面对的第一个学生并不是孩子，是在艺术院校就读大二的一个女生。女生没什么钢琴基础，也过了要拿演奏作为手段登高爬梯的年纪。她的目的简单，直接，在上第一节课时就告诉了陈朴，她想学会一门能在别人面前表演的本事。她挺漂亮，气质也不错，举止稍显做作，陈朴在教她指法时，望着对方不曾沾有阳春水的手，清楚学钢琴只会让她更做作。他发现她很难改掉塌指的毛病。陈朴告诉她，如果她坚持做美甲，那么下次再上课的时间，就可以顺延到什么时候她能在美甲和钢琴间做出选择来。他说，一定要剪指甲。女生蜷缩着手指，仔细地看它们光亮的甲面，说，只有留着指甲，我的手指才能在键盘上立起来，否则就会一直塌。指肚塌在琴键上的感觉太舒服了。再说，我不想成为多专业的演奏者，不需要对我太苛刻。陈老师，她始终绞着漂亮的手指，任它们离琴键越来越远，轻巧又快速地比成一个心，闪到陈朴面前。希望下次你对我更温柔点儿，她说。孟迅在门外经过，听见这句话，陈朴尴尬起身，说他们其实可以下课了。

他把孟迅叫到走廊上，孟迅怪里怪气地看他。陈朴知道自己该解释两句，如果眼前是李芫，如果时间是过去，他都知道该怎么把一次小危机变成小情趣。现在他只是看她。左右无人时，帮孟迅捋了下头发。她问他今天怎么安排的，谁在家照顾游游？陈朴说没有人。好在是个白天，好在只有一上午的课。他还不知道以后怎么办，去找谁帮忙。孟迅说，难道你就没什么特别好的朋友？这句话让陈朴挺难受的。他一直没准备好和郑九州说这件事，男人间结交，处处有角力，越深厚情谊，越要保全一点儿面子。自己已经够惨了，他不想让郑九州知道，他还可以更惨。陈朴说，晚点我问问哥们儿吧。游游毕竟是男孩，男孩该更早适应孤独。他说自己很快要上第二节课了，是那个每次都由爷爷带过来，准备考三级的小姑娘。应付她，时间要更长一点儿，等课结束，他会马不停蹄往家赶。孟迅对他的怨恨与日俱增，针对陈朴不见改善的情绪状态，和他以儿子为坐标轴没有个人生活的行动范围。他们很久没好好约会过了。她说，晚上来找你好吗，等游游睡了以后。陈朴劝她，打电话不行？孟迅坚定地说不。他只好同意她过来，前提是，无论发生什么，他们都和平相处，不能吵架。不能让游游听见，家庭出现的变化之音。

中午回到家，他发现儿子一点没让自己失望。他把自己照顾得很好，脸上干净，身上穿着整齐的睡衣，端坐在钢琴前面。钢琴重复着单调的节奏，音和音并不连贯，游游背对他敲击着琴键，用这种饱含着孤独的琴音，作为迎他回来的方式。陈朴站在一旁看他继续弹，游游的手掌本来是萎缩的，此刻缓缓弓出形状，像他反复告诫的那样，假装手里抓着鸡蛋。他让儿子休息一会儿，可以去看电视，打会儿游戏都行。他去做午饭，好了叫他，等吃完饭他们可以一起去公园走走，看能不能交些新朋友。陈朴搂紧游游肩膀一下，游游回头看他，问中午吃些什么。陈朴提议番茄鸡蛋面。游游点头，没反对，可也毫无期待。陈朴在厨房里暗下决心，要认真学习做饭的事了。他可以等孟迅晚点过来的时候，跟她取取经。孟迅在朋友圈里一日一晒，她给自己不断变化着花样准备的晚餐，就连她减肥期间吃的减脂餐，看来也相当美味。他自己早不会为食物或任何能称之为享受的事，感到愉悦了。他心如死灰，可也必须在灰烬中给儿子搭筑起堡垒。

他担心游游的心理状态。这个六岁男孩，过早来到的青春期，其中沉默和隐忍，成了他与大人世界对抗时最早拿起的武器。但显然，是他们伤害他在先。游游本该更无忧无虑一点儿，本该和他们下午在公园看见的那些男孩一样，手上沾满泥土，嘴里嚼着零食，被家长们跟在屁股后面追赶喂饭或敦促着，去掌握所有他们被寄予希望，不得不学的技能。晚上游游躺在枕头上，听陈朴给他念《阿拉丁与神灯》。一霎间，属于儿童的天真在他黑黝黝的眼珠里出现了。他问陈朴，世界上真有神灯吗？陈朴温柔地摸着儿子的头发，不忍心说没有。他知道游游内心有许愿的渴望，很可能是关于李芫的。游游说，我不贪心，我只许一个愿。陈朴说，儿子，如果世界上真有神灯，它在你自己心里。心有多诚，愿望的力量有多大。在我小的时候，你奶奶教过我一个办法，现在我把它教给你。游游依偎着陈朴，眼睛半闭着，听他说，在你很希望得到什么的时候，不断去想象它真实现了的样子。想得越细越好，越真实越好。信念是有力量的。游游没再说话，陈朴也不指望他现在就能理解。说来可笑，他奔四十的人了，也只是知道许许多多的办法，它们具体有没有用呢？如果世事真那么容易如愿，他就不会在已为人父的年纪里，还需要像手指这样的虚拟朋友了。

孟迅推开陈朴给她留的门，尽可能不发出声音，脱鞋，脱衣服，钻进他的被窝。他们一起喝着陈朴留给每个晚上的晚安红酒，珍惜短暂的安宁。孟迅询问今天游游自己在家，情况怎么样。她又一次提议过来，说她能帮得上忙，反正早晚都要和游游沟通感情。除非他对李芫还抱有其他幻想。陈朴坐起身，想起孟迅白天里的话，或许他真应该找个什么朋友来。不是她，最好是个性格爽朗的男人。不要再去培养游游心里的敏感了。孟迅眨着机灵的眼睛，唇边泛笑，手指去点他溜号的脑袋，问，想你老婆呢？陈朴抱着她，说在想身边的人选。不是不信任你，是游游现在的情况，他太孤独了，经不住刺激。她说，是啊，我的出现一定刺激他。可以，你缓着办，办不了了再找我。我知道好女人什么样，你烦的时候，我伸援手，但不是去挡你的道。陈朴说，你的好，我心里念着。一切的确要缓办。李芜也许很快回来谈离婚。在这之前，我希望当她回来看到孩子，不会发现游游状态上的变化。我怕她用任何借口夺走他。你知道我多怕吗？孟迅反过来抱他，说，事缓则圆。陈朴靠着她的肩，近一阵子第一次感到没喝醉，困意已生。可在睡着前，他还必须上好清晨的闹钟，到时把孟迅送回家。陈朴不想让《克莱默夫妇》里的剧情发生在自己身上。既然伴游游入眠的是愿望，就算醒来后他看不到愿望实现，也别让他看到家中出现陌生的裸体女郎。

3

郑九州埋怨他，不早说这件事。他都在家闲了一礼拜了。本来家里也就他一人儿，光棍儿打了半辈子，孤独？他也孤独。不过这种事，利弊两存，郑九州和陈朴说，如果他不孤独，就总要听取别人的意见，不能想什么做什么。他指的是终于辞职，如今专业炒股的事。白天只需盯着手机里的大盘，多打几个电话就行。看游游算什么的，他在电话里拍胸脯说，游游跟我混，不是，跟我待，你还担心什么。都是自己想出来的毛病，孩子心理健康着呢。你这人别的都好，就一点，作为男人细性过分了。要不你也不至于到今天。剩下的话郑九州没说，也许是他听出了电话里陈朴沉默着的语气，他们之间必须点到为止。陈朴感谢他愿意来，相比其他人选，这是个让游游熟悉的对象，也是他信任的对象，眼下对在和儿子的生活里安插新人这件事，他格外谨慎。

陈朴的日程被课时占满了，快达到饱和，他手里多至二十个学生，除了每周六能得一天的休息，其余时候，他都是个八小时工作制下的上班族。学生们形形色色，来来往往，琴声奏响时，他沉浸在老师的身份里，像变故还没有发生前那样，专注地对待每一堂课，每一个音符。过去他就是通过工作——弹钢琴，给自己的灵魂找到了休息之地。他不在家时，李芫内心也是轻松的。只有游游，是令他们不得不从各自的虚幻里，折返回人间的铃铛声。游游幼时哭闹，离不开人，大一点了，需要更高质量的交流和陪伴。他们都曾以为，等孩子上了学，就能再找回夫妻相处的法门，那种曾经各自有所投入，又各自在精神深处需要彼此的日子。而事实不是如此。孩子不断成长，需要的不再仅是生活中必需的要求，注定的，他会逐一碰上所有难解的人生问题，向陈朴或者李芜，殷切索要答案。问些两个成年人都没法回答的，有关他们之间的问题。陈朴越来越信，困难的问题或许都围绕于爱，但爱从不是万能的解答。

郑九州每次过来待上半天，陪游游玩一会儿，然后让他在自己眼皮下活动，直待到他和陈朴说好了的，可以离开的时间走人。陈朴提出给他一点费用，果不其然，郑九州充满鄙夷地回绝了，不断暗示陈朴说，过不久他会发笔横财。有时陈朴从机构回来，两人一齐到厨房做些东西吃，一个做饭，一个找空当抽烟，互为合作，彼此配合，理解而打趣地望向对方状态时，没语言，情绪都在心照。晚餐桌上，三个男孩坐在一起，吃饭时弄脏一张又一张李芜的文学报纸，电视放着卡通片。他们既会一起讨论游游喜欢的卡通片，也会不住回顾童年时崇拜的英雄人物，将情节转述给游游听。他们都信奥特曼存在，相信星矢会在战死后复活，好能一直守护永恒的雅典娜。陈朴好几次是真的笑出了声，看郑九州喝多了还手舞足蹈，偶尔游游和他一起，跳舞破嗓子唱歌。这些时刻，他很少想到李芜，想到她说的很快回来离婚,和抢孩子的威胁。他发现自己对这一天的到来,已既无恐惧,也不怨恨,只有些微弱的期待。像一个奔跑时间过长的运动员,成绩已定,渴望快些看到终点线。

那个总是塌指、爱惜指甲的女孩最终不来上课了,陈朴觉得,这对她未尝不是正确的决定。和妻子分开后,他看到自己身上经由苦难锻造的变化也很明显。他把自己当成一个苦人看,从而能理解越来越多的人,身上各种各样的不易。李芜的第二个电话还是来了。那天他刚好下了课,在回家路上,又听到久违的她的声音。李芜突然哭起来,他能料想,虽然才下午四五点钟,围绕在她生活里的,一定已是混乱的情绪和酒精了。他不是文人,可和文人生活也生活了这么久,潜移默化,已不会觉得有什么是真正不正常的。她一股脑骂他,懦夫,废物,自我主义者。他停住脚步,问她到底发生了什么。好像一瞬间,内心的池塘又因她的泪水,泛起了生机,唯有停住脚步,才能一并停止其他已被抑压了的渴望。李芜的话越来越乱。他忍耐着,不去告诉她,游游此刻一人在家,郑九州有事先走了。他下午给儿子打了电话承诺,一下课就回家。回家后,给他做最爱吃的意大利面。此刻他真希望,她是情绪稳定的,那样他就可以和她谈起游游，谈起自她离开后，生活里发生的所有既困难又可喜的变化。他已经知道该怎么驯服高温中的油锅了，知道该在什么时候挤下番茄酱，保证每根面条既裹满酱汁，也不因高温而烧焦。他原地站了许久，听她在电话里有一搭没一搭，无逻辑的语言，多少还是被带回他们曾经共度过的日子。他都记不起过去有多少次，小心翼翼敲开她门时，李芜倒在书房的小沙发上，秽物吐了满地。她钝重呼吸着，把脸埋进墙壁，陈朴会轻轻褪下她吐脏了的衣服，收进水盆，把地重新拖一遍。游游有时冲进来，抱着他人事不省的母亲，反复问她还认不认得他。李芜醉着，颠三倒四笑着，揽过儿子的头，像揽过一个属于她的西瓜。

她说了，终于还是说了，舍不得这个家。她想回来。陈朴受到震撼，但他更惊讶地发现，池塘虽湿润着，却已变成了沼泽，不会也不可能重新变回丰沛的池塘。他告诉李芜，不说实话他无法安心，现在他们的生活里，有了重新开始的迹象。他说，今天你喝醉了，今天你的一切表现都不是定论。放心，我太了解你，不会当真话听。李芜哭哭笑笑，背景里有不断带门的声音，他不知道在她身边是别的人来了又回，还是更多人反复离开。他仍心疼着她。

这无关尊严，是他不愿意背叛自己的历史。陈朴，你告诉游游，好吗？他的妈妈很想他。李芜气若游丝，就快睡着了。我从没对他否认过这件事。陈朴坍塌下理智，也觉得应该说这样的话。

他给游游把干硬的意大利面放进沸水锅，看它花上好长时间才煮软。郑九州这一阵子过来待的时间减少了。他不知道对方是真的有事要忙，还是已经觉得在自己的帮助下，这个家庭见了起色，他无须如此劳力了。陈朴向积极处想，九州永远乐观，永远举重若轻，正是和自己互补的性格。他们其实才更应做夫妻，陈朴自说自笑。看着面条一次次被挑起，一次比一次柔软的状态，他将蛋也打进面锅，努力煮出一个游游最喜欢的七分熟鸡蛋。等面条和蛋都被捞出，搁在两个碗里时，他手上抓紧番茄酱，听见游游在客厅为电视里英雄战胜敌人欢呼，也听见郑九州开门的动静，和他越走越近，蹒跚的脚步响。

怎么突然过来了？走出厨房，看见郑九州这块巨型面包，正向所有能依靠的地方坍塌，陈朴问。游游也过来扶他，郑九州笑着说，我来蹭饭啊。我来取暖啊。陈朴看眼儿子，想到下午李芜来的电话，成人的情绪的确比孩子更变化莫测，也面临着更多的矛盾。他赶紧加煮一份面，十来分钟后,端三盘面上茶几。陈朴扎着围裙,看郑九州年近四十仍遍布痘印的脸,照料他,一时和照料游游没区别。饭吃差不多了,郑九州提议让游游下桌。他贴着男孩一边的脸,轻缓道,郑叔想和你爸爸,好好说一回话。你是大男孩了,能理解,是不?游游离开桌子,人没离开客厅,窝在沙发上看卡通。郑九州从餐桌前起身,来到陈朴那架钢琴前,肥厚的手掌搭上几个琴键,胡按一通。陈老师,来,指点指点我。陈朴过去,不明白郑九州真想要的是什么。可他今天不对劲,又如此坚持,令陈朴只能去配合,将自己想象成为郑九州一生里的"手指"。郑九州说,我们都是失败者,我们惨败在人生的方方面面。说完,他压下一段旋律,是贝多芬《命运》最激昂的一段。陈朴惊讶着,他居然也能弹出点儿什么,可以料想,郑九州一如自己,展现给别人总不是最真实的样子。

我一文不剩了。他睁着肥厚的眼皮,像一个卑微的妻子,望着丈夫眼神里审判的东西,谋算用温柔换取他一顿给自己台阶似的训斥。郑九州一时变成了十二三岁的少年,他和陈朴,从发小走来,那时陈朴成绩好,年年到末尾,上台领证书,而郑九州,年年上台只能领取一顿批评。郑九州搂着陈朴瘦削的一侧肩膀,说,你还有个家,还有游游，有希望，我有什么？梦全都碎了。陈朴把一瓶酒递进他怀里，自己也抱一个，酒的库存不断减少，这是最后的两瓶。听着郑九州一路来，所有困顿的经历，和他坐在一张琴凳上，四手联弹，弹出尽可能解压的旋律。陈朴一口接一口灌着酒，是啊。他可以照顾好儿子了，也想好如何计划余生。可他内心，永远有一生绕不开的矛盾，他已经叫不准，哪个时候的李芜，才是真实的。也许，作家都注定情绪多变。他内心诅咒说，那就祝你们所有人心满意足吧。

他们勾肩搭背，一会儿合弹《欢乐颂》，一会儿由陈朴独自弹《降b小调第一钢琴协奏曲》。老爸，九点了。游游过来提醒两个得意忘形的大人。从游游疲惫的样子看，时间一定已过去九点很多了。陈朴拍着郑九州的背，说先带游游去睡了，被郑九州粗实的手掌一掌拍开来。郑九州转身，将游游拽到自己跟前，用布满油脂的额头，贴上孩子松软的头发说，好游游，如果你真想明白，什么是男人，今晚先不要睡。不要满足于做你爸爸放心的乖宝宝。决心做个帮他固定武装带的战友吧。

陈朴坚持，让孩子先睡，他往房间门里推儿子的后背。游游却说，我喜欢战争。从他嘴里说出这句话，幸亏是在陈朴喝多的时候，不然还保不准要在老父亲敏感的头脑里，转上多少转。郑九州哈哈笑，搂游游入怀，让他坐他粗壮的大腿上。知道发生在你身上的事吗，爷们儿？他做了个恐吓他的表情，游游明白该保持安静，他极力瞪着自己的黑眼珠，对峙郑九州的眼神，像个临上战场前，发誓效忠的战士。用眼神告诉给对方，他不怕。陈朴浑浑噩噩，隐约有预感，是手指将预感带给他的。多年来，手指不是拍他的肩，就是拍他的脑门，总是突然降临，一如天意。手指现在以长辈的语气对他讲，还能不面对吗？孩子，你永远都是个易受惊吓，多梦寡言的孩子。有那么一些时刻，我真想刺痛你，将针管深深扎进你的心坎，让你不至于久迷失于梦境。陈朴严厉地看一眼镜子里的自己，听郑九州开始了给儿子的儿童教育课。

你妈妈走了，她不会再回来了。孩子，你们永远都不可能回到过去的生活了。郑九州说的时候，陈朴眼睁睁看着。知道自己该去阻止这一幕，但手指坚定地陪他站在一起，让他明白，郑九州不过是在代事实发言。郑九州还说了一些话。游游一动不动，陈朴瘫在沙发上，感觉酒劲儿像被谁施的法术，让人一会儿置于山峰，一会儿又身处古镇中的阴雨绵绵。都是些他和李芫留下了难忘记忆的地方。

再睁开眼，陈朴发现郑九州变成了五年前，那个站在三米开外的摄影师。头偏过去点，对，先生头偏一点儿。女士装作看自己的足尖儿。摄影师指导着一对新人，手上不断响起快门声。一身淡灰色纱裙的李芜正低头看自己高跟鞋上的碎钻。它们一闪一闪，世事飞快闪动，陈朴以为她要晕了，下意识用肩膀抵着她，手掌接着她。李芜虚浮一笑，说，没有比拍婚纱照更累人的了。

他晃晃悠悠换了个姿势，再睁开眼，客厅还是客厅。游游不见了，郑九州正从卧室门里出来，轻轻把门带好说，孩子睡了。他过来和陈朴坐在一起，两人都在摇摆。对于刚才发生的事，究竟在两人整个人生里，发挥多少意义，既若有所知，又无从敲定。郑九州絮絮着，从他俩相识讲起，包括毕业，结婚，找工作。包括他去参加陈朴李芜婚礼那天，过往一页页地翻篇。陈朴是同学里最早结婚的，当时郑九州和朋友们，团坐在舞台下的桌边上，无不高高举起酒杯，高高放下酒杯。陈朴和他肩膀靠着，眼前是铺在电视柜上，自李芜离家后再没洗过动过的白布帘。它下面蕾丝的纱边，有些发乌了，一如两人生活里曾拥有的温柔标本，必然受岁月摧残。兄弟，你振作起来，郑九州说，我们都振作起一个样子来。这些年我不断反复想，挫折到底是什么。我永远反对那种把挫折作为人生教育的人，就像是一个坎搁在你面前，要求你必须轻飘飘跨越它，还必须转身鞠躬说感谢。我实在做不到。你有时就让我觉得挺虚伪的，闷着去扛所有事，不开口也不面对，以为这样它就不存在。伤害可能因为被原谅就不存在吗？陈朴浑噩地点头，郑九州回以微笑。茶几上的两瓶红酒，已喝空了。陈朴缓缓转移视线，又看到沾了油花的报纸还是属于她的报纸，发了乌黑的布帘也还是她布置下的布帘。郑九州说得对，他必须承认，他内心也不曾感激过生活的苦难，有时要去感激，不过是想给自己找出个比自暴自弃更好的状态。可他其实疲惫至极。陈朴坐到琴凳上，让十个手指全瘫软在上面。

郑九州往门口走，他不能久留。陈朴没停止弹，琴音就是相送。

郑九州说，明天等你走了我再过来。爷爷现在，随叫随到，无事一身轻。陈朴说，你慢点儿。屋里空了，儿子不知是不是真的睡了，夜晚很安宁。看着手下的琴键，陈朴知道，这是他一生中少有的梦幻时刻，去做一个自由人。他突然很能理解李芫烂醉的时候，她一定也有过许多次，觉得被"坎儿"绊倒了，没法爬起，感到什么结束了，可仍有想为之努力的渴望和为难。陈朴想把现在弹的一首曲子，献给远方的爱人，曾经爱着，以后也会一直爱的，像爱孩子的未来一样，替她，爱他们自己的未来。他不需要一切尽在掌控之中。过去他犯这个毛病，用裹了责任的糖衣，为自己的选择开脱太多。现在他只是听着自己弹出的每个音符，像是亲眼看到时光里的两颗流星，交汇在眼前，分开后，各自有光亮，没受任何的增减。有什么终于过去，力量一丝一缕恢复着。人生路途多段，概莫能免，正如李芜说的，他惩罚的从不是她，是自己。他为什么要一直严格要求着，难道只有手指绷得紧紧的，成个网，成张弓，才能弹出一个人的心？手指今晚不会出现了，他今晚全无感受力。李芜也好，游游也好，所有关系，都是凡尘里的烟。

　　游游把门推开一条缝，咯吱咯吱响。陈朴温柔自在，没一点酒态，招呼儿子过来。游游质问他，现在是睡觉的时间了。爸爸，你怎么还弹琴？陈朴牵过他的手，让那只六岁的手掌安于屈服当下的疲惫，让它们和自己的手一起，塌倒在钢琴上，作心悦诚服的认输。落地窗外，月色如洗，时间很晚，是不该弹琴了。可他还是转脸告诉游游说，我们可以这样做。

寡 清

1

穆家子字辈的五爷也没了三年了。像有意在实现一个模糊的咒语般，穆家一同成长起来的九个子女中只有三个女儿活得硬实，到今天她们从天南海北飞回，各是鹤发鸡皮地来参加或该叫哥哥或该叫弟弟的三周年。阿訇还没到家里，现在是女人们在厨房里忙活，通过穆五爷家里那条狭长的走廊，不断散发出炸油香的特有的味儿。五奶不在这里，她是今天的主人，正在厅里同后辈谈老年间的事，抹抹眼泪，厨房里便由离婚在家的大女儿穆雅统筹。围绕她的是些一同长起来的姐妹，二叔家的超生，三叔家的月宜月亭，四叔六叔家没有女子，便不算了。穆雅不会炸油香，同辈的超生月宜也不会，于是她们一齐坐在厨房尽头的餐厅里，一张小床上，吸着那味道，谈她们自己的工作和孩子。锅盖一开，白气飘上来，穆雅朝厨房喊一声，姐，你蒸好了放那儿就行。厨房里就有人唔地应了一下，瘦高的身形从白烟后边一点点儿挪出来，脸上罩着白口罩，头发稀黄地飞在两边。月宜张着涂得鲜红的嘴唇，笑着招呼她，姐，别忙了，来坐坐。于是她也过来坐，口罩摘下来嘴巴是外凸的，唇边上方也生了和头发一样颜色的浅浅的绒毛。穆大芝常年戴口罩，一面为了干净，一面为了挡脸，她说话的时候眼睛总是和来人错过去，仿佛一旦这样人家的视线也能从她的脸上错开，看不见那些浅黄的绒毛里头，盖也盖不住的棕色圆痣。

床坐不下了，穆大芝一个人坐在餐桌边上，两腿并得很直。她不太听得清对面说起的话题，只偶尔捕捉到她们欢快的情绪，在都笑起来的时候，模仿一样张张嘴巴，眼神不断地来回。她已经六十五岁，融不进任何一个新世界了，在她的印象里，不论是穆雅还是超生月宜中的任何一个，都还保留穿着开裆裤灰头土脸的小模样。那时候几家人都在一个大院子里住，在城市的西边，紧靠日本人建造的友好医院。她年轻那会儿在工厂做技术员，每每骑自行车从医院边上的胡同拐进去，一拐两拐就到了一年四季膻腥不断的回民大院,院里通常是二婶三婶带着各自的几个小孩子,忙些活计,或就只是搬了凳子聊闲天。穆大芝家是东边两排小房子,父亲死去得早,家里只留下了她和母亲,好在家族大,不觉得多冷落。只是在关上自家屋门的时候,才觉得寡清。寡清,这两个字几乎伴随了穆大芝六十多年,自她刚记事起,母亲抱着她一个个家族长辈见过了,大家都偷偷议论过这件事儿,即以小孩子的面相论起,有点儿显老,尤其是那颗痣,在高耸的颧骨底下太显寡清。又大约是因为穆大芝常年不做表情,嘴角不断向下掉,法令纹也肉眼可见地比其他人深,看起来更不好亲近。她总因此暗暗觉得委屈,年轻时候还对着镜子努力练习过几回,怎么笑,怎么看人,牙往哪边咬,老了老了才有些满意地去看同辈的亲属们,没一个不是这么老的。可几十年的时间毕竟就在寡清的结语中过去了,人的性格亲近还是不亲近,成为再没人计较的话题,唯有她自己解不开。穆大芝总还像小孩子时候那样偏着头,不吭声想事情,在熙熙攘攘的声音里,越发投入地想,一会儿是她自己过去前厅呢,还是等人来叫?虽说和穆雅月宜是一辈人,但年纪和她们妈妈也不差几岁,把她摆在这儿,双方都不自在。

　　超生的年纪和穆大芝还有些赶得上,她们而今的境遇也有几分像,即因为都是家里的独女,各自担着照顾家里老人的事。大奶奶和二爷这两位她们头上的老人,年事已高,起居不便,二爷还好,是这几年才倒下床来的,不似大奶奶,在床上卧了三十几年。超生逮着机会,觉得可以向大姐取些经验,于是下巴往上抬抬,提醒穆大芝回神,问着,姐,大娘这几天怎么样?她这一问,另外几个女人也把话头打住,纷纷望过去。穆大芝回答这问题像回一声"谢谢",一声"好的",经的次数太多了,想也不用想,毕竟三十年来,自己天天回到家里就见到那张床,那张床上的母亲硕大的体态就像座黑山又沉又重,只有眼珠随着她偶尔缓慢地转。成为生活里的常态了。她说,还和先前一样,顺嘴也问了二叔的病。超生唉声叹气说,岁数都是太大了。天天在家输液,一会儿清醒一会儿糊涂。在市里第一医院工作的月宜月亭姐妹,眼神对了一刻,由姐姐月宜说,我找个岁数大的护士去家里吧。超生别过脸,做出很不用这么麻烦的样子,她早些年文坏了的两条青黑色的眉毛,一到激动时,便毛虫一样扭在脸上,有些凶神恶煞地连连摆手说不用,他不喜欢外人来。穆雅听了则默默想到自己家里,父亲病逝前那一段全家低压持续的日子,谁挨过,谁才知辛苦,颇为心疼地捏紧身边超生姐的一双粗手。

超生于是落了几滴眼泪。几个女人想把话题岔开,可谁也没有使对力气,越想岔,越都只想到年年冬天,家族里那些熬不过的老人,一个个枯叶一样地掉了。她们这些做小辈的,现在除了各家的丧事,也再没儿时那般齐聚的机会。刚刚她们说笑的那一阵,穆大芝插不进话,现在她们哭成一团的这一阵,她一样也哭不出。毕竟她的母亲还健在,八十七岁呀,便是今年冬天熬不过了,人家也会说喜丧,不要哭。人一旦病下三十来年,就什么同情都耗光了,这道理她懂。

再没人把注意力放在她身上了,再没有相关的话题。穆大芝轻飘飘地起身,大家都以为大姐去看油香了,她不放心,那东西只有她还知道怎么做。可穆大芝走过狭长的厨房,没有停留,油香好好地盖在锅里,只等着大家临走时,各家分上一点儿,她的工作可说全部结束了。她在门口站住了,寺里的阿訇共来了三个,都是家里熟悉的,正由男人们接上楼来,就在穆大芝的身后,一个个推门进来。人群很快便拥挤到穆大芝身边,形成小小的包围圈,五奶以主人的身份站得离阿訇们最近,一边用手绢按眼睛,一边认真听着阿訇们大同小异的开解。人越挤越多,穆大芝感到自己应该往边儿上让让,可一让,就让出了几道人墙。

等她再想进去，最外围的男人们已经互相点起了烟。她回身看看，一些叫不出名字分不出是谁家的孩子，正在各个屋里追逐、跑跳。他们把她的心都跳乱了。穆大芝走到空旷的大厅里，在侧面的沙发上找位置坐下，不时告诫一两句，对那些孩子伸出没有指向的手指，慢点儿跑，别闹。他们又一阵风一样地刮回来，掀起欢腾的噪声。她还在指挥，别跑了，别……阿訇们再度被推到了当首，一行人浩浩荡荡仿佛一支军队，转移阵地，这一次他们又回到客厅里，要让沙发给阿訇和长辈们坐。穆大芝见状忙要站起来，五奶顺手按了按她肩膀，说，大芝，你坐你的，我站一会儿。穆大芝终于如愿以偿地介入了家族的中心位置，五奶作为未亡人倚在她的沙发扶手上，一下下地抽泣。她又劝不住，又坐不安。直到寺里地位最高、资历最长的马阿訇把眼光第三次落在她嘴上的时候，穆大芝才黯淡地站了起来。她说，我去看看油香。五奶擦着她的身子坐下，他们的声音又一次远了，有关接下来的仪式和去坟地的车辆安排，七嘴八舌。

人太多了，人和人的关系也太复杂，像张把所有人都兜住的网，在从社会中任何一层不慎跌落下来的时刻，都还有这最后一张网，万全地把你兜进亲缘结成的怀抱里。

穆大芝最后还是回到了厨房，因为她突然想明白，自己之所以找不到能待的地方，是因为自己一开始就没待在对的地方。如果她一直守在厨房里，便会不断有人主动来寻找她，问她一些事。她不知道自己今天是怎么了，这道理按说几十年前她就比别人明白，才一直这么单着，单也单出了高贵来。母亲总是说，你不要去想不本分的事儿，她患病的心态最终演变成不得不抓牢的一股底气，向女儿身上一年一年抓取着，她告诫大芝，咱们家是整个穆家的大房，打头，掌舵。你不把我照顾好，家里没人能容下你，社会上还能容下你吗？你做梦！穆大芝信着这些话，后来果真就越来越不爱做梦，即便做了，也总是一种梦，那就是哪一天她也能被人捧在当中间儿，被话挤得里三层外三层，回不过来。可但凡她说话，哪怕话有多不完整，多不流畅，也会被众人小心翼翼地收集着。他们会专注地望着她那张受尽误解的脸，连对上头存在着的那颗痣，也充满怜惜。

　　从北京赶回来的三姑奶到厨房来了。她今年七十多，头发仍很黑，有一点儿白都抓紧去染，穿着女儿给她新买的黑高领毛衣，身段还能看出来。她说话总是细声细语，有点儿嗲，年轻时从家里偷跑出去参军，在军队上了学，找了革命伴侣，后来又在北京下了海，生活算是顺遂。她看见穆大芝炸好了的油香，竟像从来没吃过一样，新奇地凑过去，这是什么呀？穆大芝让让，说，油香，刚炸好的，一会儿你们带家去。三姑奶笑着点头，说，大芝你也好些年没见啦。而穆大芝知道她的世界和自己相隔太远，总见也不会有意思，她越亲热，自己越感到惶恐。像一样也忘了在自己只有几岁时，那个身材高挑、爱穿布拉吉的小姑姑是如何在院子里陪自己跳皮筋的，她们当时跳得满脸都是土。三姑奶叹口气，像是自言自语丢下一句，见一回少一回啦。穆大芝不知回什么，只等到对方一个狡黠的笑，像个老妖怪。她不再理会大芝，只是孩子一样盯着铁黑的大锅，低头咽唾沫。大芝说，我给你撕一块儿。三姑奶轻声拍了下手，欢喜地接过滚烫的一块，叮嘱说，蘸点白糖，多点儿，然后掩着嘴往口里放，这是小孩子们最爱的吃法。她走以后，穆大芝听到餐桌边上月宜她们说，三姑奶看起来也不好了，糖尿病天天打着针，年前进医院，大夫说是不忌口，早晚的事儿。穆大芝立刻想到刚才的事，想到下一次自己和家人们聚会的理由，可能说不定是二爷或三姑奶中的哪一个了。她赶紧搓搓手上的糖粒儿，把锅盖重新盖严实。

　　接杜瓦了，穆大芝最喜欢的聚会环节，因这个环节最显辈分。她就像是手握贵宾票的客人，不用急，不用攘，别人急别人攘也没用，只属于她的好位置就等在那儿，是人血统里带的。穆大芝坐在所有和她一辈人的位置中最靠前的一个，她姿势准确，经验丰富，总有弟弟妹妹在这时候悄声问她，姐，一会儿念啥来着？她便低着头，以同样亲昵的低音教给对方，念阿米乃。在众多穆氏子孙之中，穆大芝是最勤勉的，她坚持每天做礼拜，去寺里，或在家中，洁癖般将与自身有关的一切清洁到底。马阿訇最先开始，然后由年纪小些的两个阿訇交替着念几个长段，子孙们跪满了大厅的所有地方，连两个相同的卧室里也有人在，孩子们被严厉地要求保持安静。几个在世的辈分最高的老人，除了二爷没有到场，其他都跪在了第一排。穆大芝亲眼看见三姑奶在排尾跪着跪着就哭出声来，她人在摇晃。三姑奶的两个儿子忙上前去问情况，听见她断续地说疼。阿訇们念经没有停，这是三年的大忌，一般不会停，亡灵在天上听呢。可穆大芝仍在说阿米乃的时候声音哆嗦了，她不知道三姑奶到底有没有事，事和自己有没有关系，她只看见三姑奶家的人都匆匆走了，三姑奶被儿子背着离开，嘴咬得很紧。

　　杜瓦接完后，就是去坟地。中间隔了一阵，是大家都低声议论。这次的主人，五爷家的儿子穆非从门外送完三姑奶一家人后，气喘吁吁回楼上来，简单说明了情况，三姑奶好像是吃什么甜的了，一时没忌口。五奶接着从厨房里出来，她手里提了几个塑料袋的油香，分好了，交给几家的人，从坟地回来后大家好各自带上回家。穆大芝家也算一份儿。看着五奶过来的时候，穆大芝头低得不能再低，她轻声嘟囔一句，我油香里可没放糖。五奶愣了一刻，这对话只在她俩之间，她像是听了个笑话，亲热地拍着大芝的后背，像安抚一个和自己同龄的姑娘家，咬耳朵道，别多想，她兜里自己带的糖。糖纸都翻出来了。你说说你呀。

2

穆大芝每天的生活线简单，包括三个核心事件点：照顾瘫痪的母亲；去寺里做礼拜；到晚上吃完饭，各家走亲戚。近十年，亲戚少了，不是死了就是远走，总归都是离开了，她夜里就比较空，爱想过去的事儿，顺带记点儿东西。笔记本是年轻时厂里发的，像穆大芝家所有东西一样，一个塑料皮的封面也被她勤着擦拭，只有颜色掉了，其他都保存完好。翻开扉页，是个男人的钢笔字，写着，毛主席教导我们，对于病，要有坚强的斗争意志，但不要着急。穆大芝几乎每一次看到这句话的时候都会去想，毛主席所说的不着急，一定不是针对她。母亲瘫了快四十年，怎么着急，又怎么不着急？早过了规律的有效性。可那时候，穆大芝和同事王启明心里坚信，凡事只要坚持，必有成功的时候。穆大芝不敢把他们的事讲给母亲，就连王启明也多番被她叮嘱，不要露出太亲近的意思，她对两人的关系始终没有保证。王启明最后在她家那个小区外边的胡同里等了两个晚上，到第二个晚上仍不见穆大芝出来，便蹬上自行车，永远不再来。穆大芝忐忑几天后打电话给他家里，王启明却说，不高攀了。我是个男人，社交应酬多，朋友也多，而且，我也不想让以后的孩子打出生起就比别人少一个选择。她便慢慢把电话移开，听母亲在房间床上不断挪动着，露出半块后背，喊她来擦身。

又到中午，穆大芝走进母亲房间，看见床上那摊巨大的人形，母亲肥胖，体重，加上常年穿黑衣服，便有些岿然不动的重压感。她在床边背身坐下，手里捧着加热过的米糊，用勺子一下下舀凉。不吃。母亲在身后传来话说。穆大芝继续舀着，现在母亲是连粥也喝着费劲儿了，只有吃糊，菜糊肉糊，一些稀稀烂烂的东西，让素来吃东西喜欢干干净净的她看久了犯恶心。不吃。母亲哼哼。就把早上剩的半碗吃了，来，两口就吃了。她慢慢把母亲的身体转过来，慢慢往上扶，再往身后塞一个枕头，总算坐住不倒了。从母亲嘴里张出一条细细的缝儿，米糊顺着勺子往里滑进去，穆大芝用毛巾时刻准备着擦。喝完一口母亲便要往下倒，她想躺着，她总是每日每夜想躺着，开口不论是吃饭还是说话，都成为她越来越不愿意支付的体力。穆大芝用一只胳膊横在她后背上，继续支撑，说起她上午接了个电话的事，是三姑奶家来的。母亲拒绝再张开口，她猛然盯着穆大芝。是三姑奶家孙女要结婚，请吃席，没别的。穆大芝焦躁地说，随即又说，在古兰轩订的，那还挺好。要是和月宜家姑娘结婚订的一样是家汉民饭店，我就不去了。妈你是不知道，现在吃席能去挂蓝幌的饭店的，真找不出几家了。我上次去五爷家，还听穆雅和超生说呢，回民饭店里见天儿吃馅饼羊汤的都是汉民。

过去她和母亲传达这些亲戚的见闻时，两人还有交流的意思。可近些年随着母亲衰老的加剧，穆大芝悲哀地发现，她的听力和记性都是越来越不好，那意味着自己失去了一个最重要的听众。尤其是近些年穆大芝对于外界的变化积攒了满肚子的不理解，这些不理解如果连说也说不出来，那么她怎么还能一直安慰自己，虽然一辈子独是独了点儿，到底明白又利落。她只需要求得道理，知道真理是始终掌握在自己手上的，如书上一行行明白晓畅的字，她既念得出，便一定做得到，而族人也应该都向着这个方向去。可说到底，一辈子因为守着一个界限寡清终生的人，整个穆家也只有她一个，穆大芝每逢看向周遭，总是羡慕又不羡慕，后者占得的比重和频率更大。只要每天她一走进清真寺古朴的院子里，跪在礼拜堂的青砖上，阳光自斜窗落进来，听身后陆续有人跪下，她眼前便什么也容不进去了。阿訇们看见她来，点头，问好，她也是一样，她坚信他们是彼此的监督，在这座汉回几乎同化了的小城，他们是少数人中做少数事的几个。

妈，你再吃一口，把底儿吃了。她喊了几声母亲，对方像早已睡着。穆大芝把碗筷收拾干净，从厨房里出来，解开围裙换衣裳出门。还不到晚上，可三姑奶的死讯早上就到了，三姑奶家来电话说他们是清晨从北京赶回来的，一路把人送回了清真寺，下葬是明天一早。穆大芝不等人叫，这场面于她是极有经验的了，主家人虽不说，今天一天寺里也有得他们忙活，作为全家的大姐，她理应出现。三姑奶走得匆忙，算日子就是从五爷家办三周年那天开始，病情急转直下。她再不敢多想，更不敢告诉母亲，几年来与母亲同辈的所有老人的离世母亲都不知情，可大约她也能猜着，穆大芝不说，母亲也就不想去问，去讨伤心。穆大芝穿了一身深咖色棉服，灰裤子，白口罩，黑格围巾，老棉鞋。咯吱咯吱在外头踩着雪路往清真寺去的道儿上，那天三姑奶钻进厨房里向她要一块油香的面孔还就在眼前，叫是三姑奶，论年龄也没比自己大几岁，小时候她们不是还玩在一起吗？那时候三姑奶一跳皮筋就让她来抻绳，穆大芝木头桩子一样站着，看三姑奶跳得像花蝴蝶一样，永远的孩子气。她还朝自己喊呢，不是不让你跳，你跳不好，你抻绳行。穆大芝想到这里，脚步慢下来，她也知道自己有许多事做不好，可你们就真的做得好吗？起码我能管住嘴，管住什么都能行。可你不行。她安慰自己不必和死人较口气了，可步子就是越来越慢，丧失本来的积极性。

　　只有到了第二天葬礼，跟车去坟地的时候，穆大芝心里才松快一些。这是一个月来她第二次去回民坟地，同车很多亲戚也和她一样，从五爷的周年到三姑奶的下葬，都有应接不暇的感受。人的悲伤渐渐因为频繁地同生死交涉，转为接受和利落的应对。坟地在城北，荒烟蔓草，几乎没有管理。不像汉民庄严肃穆的殡仪馆，一款又一款规整的小墓地，这里没有烈火和哭音，更不见高耸的长烟囱。只是一个个大小有别的土包子，墓碑上字体是蓝色的，刻着不超过五家不同姓氏的碑文，亡者和亡者之间似乎从碑文上就可以寻根溯源，俨然庞大的族群，人可以在死后寻觅到失踪多年的祖先或姊妹、兄弟。今天是三姑奶下葬，时间比拜祭花耗得要多，在阿訇念经由主家人跪拜哭号的时刻里，她避免着不去看三姑奶被白布缠绷得很小的身体入土的画面，她走开了，站在外围。五奶一家人只剩了五奶自己，年轻人都回到他们的大城市去，现在她们两个站得很近，境遇也很像。五奶一样不想去看，她没走几步就到了老伴儿的坟上，抓着上面的枯草，一把一把揪除干净，穆大芝也去帮忙。五奶捉住她的手说，不用了，没几根，上次来都清理得挺干净了。走，我跟你去大姐坟上看看。穆大芝点点头，她们相携往坟墓的深处走去，新坟都立在外围，穆大芝母亲的坟早十年前就备下了，被围在了很里面。没立碑，只有两个不起眼的土包，一个是穆大芝母亲的，一个是穆大芝自己的。几场雪下来，荒草长在上头成了破败的景色。你看，还是大爷的坟修得最气派，那时候工夫比现在做得细。五奶说的是穆大芝的父亲，穆家大爷，死得最早，当年他下葬时，五奶还没嫁过来。穆大芝转头看看在母亲坟包边上埋着的父亲，石碑干干净净，蓝也新漆过，足见她自己平日里来过许多回了。她摸着石碑，说，是啊，这点还没亏待他。五奶说，到时候给你妈也修个气派一点的，苦了这么些年，我有时一想都替你们掉眼泪。母亲也是苦，一直守寡不说，到中年遭遇车祸，稀里糊涂地瘫了几十载，又偏偏寿数这么长。穆大芝发现母亲的坟上也不怎么生草，倒是自己那个，有点儿疯长，大约是新翻了土的缘故，便很专心地拔起来。她不求日后自己的坟墓气派，也许根本没人用心去料理了，只想干净一些，看着清清爽爽的，坟也要有坟的规矩。可五奶似乎猜着她的心思，保证说，大芝我跟你交个底，往后不管你怎么着了，家里这么多人，都不能忘了你。穆大芝别扭地看了她一眼，笑了笑，想不出回话。

再过去几天，五奶给穆大芝去了一个电话，托她也转告大姐，穆家又要添人进口了。她的孙子明年开春办喜事，小两口在大学里认识，女方工作不错，在机关，本地人。穆大芝有一个最关键的问题要问，不知怎么开口，五奶却自己叹口气，说，是个汉民。现在也不论了，孙子喜欢就行。咱不看人家这个那个的。穆大芝只能说，可以，行。想了想五嫂对自己几次的照顾，又顺理成章道，那啥时候办你提前告诉我一声，我去你家炸油香。对方在电话里连说了几个不用，好像在捂着嘴笑，笑得穆大芝一头雾水，只听电话里说，大芝呀，现在年轻人不兴那么过了。我这还得订机票呢，手忙脚乱地帮不上忙。你猜怎么着？他们要去泰国一个岛上办婚礼，有海有别墅，我就跟着去享福了，等回来给你们看照片儿。干脆，给你们洗上一份，一家一份儿。穆大芝放下电话，心里不知道在转着什么滋味，一直转到了晚上，母亲在隔壁房间连喘气的声音都听不见，屋里就只有她翻着笔记本，唰唰地响。她翻出一九六四年的一天，五哥也是从外地写信告诉家里，他要娶一个汉民。信里夹着一张烫了头发、描眉画鬓的女人像。真是岁月如梭，这女人眼看要四世同堂了。

3

住在老小区的人们到了供暖季总要做出一个选择，要么四处跑，想着怎么把屋子变暖；要么在屋里等，等其他人谁忍不了了，去跑这些事。穆大芝多年来一直在等，白天盖着棉被坐在沙发上，戴手套按遥控器，按完了就把手缩回去重新捏住被窝里冰凉的双脚。她像个被棉被包裹着的寄居动物一样,不轻易移动,努力聚精会神地关心电视机里他人的生活,来分散自己对生活的注意。只是时常还要去母亲房里看看,怕她冷,床上铺了电热毯,是要加小心的东西。

偏偏这一个月里母亲突然勤着叫她了,过去一天也没有三五句话的时候,现在却总想办法让穆大芝在自己床边多留一会儿。母亲开始重复着询问很多事情,比如五爷还在北京吗?月宜到底嫁了回还是汉?有些事穆大芝原模原样告诉给她,有些事她故意说得南辕北辙,母亲到年底就八十七了,不敢试验她的承受力。这天早饭刚吃完没一会儿,母亲又在房里哼哼,穆大芝把电视音量一直调得很低,这让她听见一点儿动静都能立时反应过来,赶过去。母亲问,大芝,家里有面没有?穆大芝一听,母亲的食欲让她挺惊喜,说都有,还想吃?母亲淌泪说,想,想吃你炸的油香了。

穆大芝脸上的喜悦立时掉下来,像宽慰一个胡思乱想的小孩子一样,她上床去搂着母亲,娘俩热乎乎地抱在一起,脸贴脸。如今她们都是一样的老人了,一生中最多的时间都是两人这样伴在一起过去的。母亲抬手,想摸摸她的脸,只费力够着了女儿的下巴颏,那下巴也不是尖溜溜的了。穆大芝心里不是一点儿猜测没有，母亲这段日子来的反常都有点儿人之将死的意思，她不知道为什么，母亲可能的死讯竟让她对眼前一切都充满暗暗的细腻和柔情。那终将来到的日子像油香出锅前，向四面溢散的白气，时常诱惑着她的心去开锅盖，或者，再等一会儿吧。母亲在她怀里小声哼哼的时候，她听着，耐心地哄着。可这个消息毕竟已经显露出端倪，穆大芝哄完母亲，蹑手蹑脚回了自己房间里，又裹上一床棉被，小心去按床头电话上的按键。她分别给二爷家、三爷家、五爷家还有北京大姑、二姑家都报了一遍信，说法都是一样的，这个冬天，我妈看着不好。几家人便也如出一辙地在电话里忧心起来，都说过两天来看看。

可这一天，突然响起的电话却将穆大芝心中那一股痒酥酥的等候中断。电话是超生来的，说二爷昨天人在医院里抢救，没过来。人现在躺在寺里，明天发送。让大芝直接来寺里。她听完又一次穿上全副武装，戴着厚厚的口罩推开母亲的房门，说要出去买点儿菜。母亲背身睡着，有点儿打哆嗦。穆大芝忙把电热毯给她插好，又从后面拍抚了几回母亲的后背，把被角掖紧。自己刚才接电话时一定是哭了，就不知道母亲听没听见。穆大芝眼睛还酸着，走清真寺那条路时，再也忍不住，一个人站在马路拐角上掐腰呼吸了半天，眼泪涌出来。她希望母亲不要走得这么靠后呀，再耗下去，没人会在她的葬礼上出现了。除了那些老辈，年轻人还会为此而回来吗？接杜瓦时如果只有自己该怎么办？一抬头，便觉得开阔的门也狭窄起来，怕走不好撞上墙。寺里收容亡人的小铁门开着，门里不断冒出熟悉的喧哗声，交融了哭泣和叙旧，久不见和再不见。她把鼻涕擤干净，再挂回口罩，一一寒暄后，接过二叔家子女递上的孝带子缠好，往里走。留给亡人和家属的房间分别有两个，两间挨着，家属那间面积不大，有个火炉子，供孝子贤孙守灵时度过。她熟悉的二叔躺在隔壁，已被白布一条一条缠成了微缩的人形，只留下面孔还露在外面，等子孙最后吊唁。穆大芝带着弟弟妹妹们一个个进去，穆大芝盯着二叔的脸，心里想着我父亲活到今日，样子大概也就是这么个样子，眼泪因此更多。超生见她半天没出来，推门去看，一眼就看见穆大芝脸埋在自己爸爸身边，哭得提不上气。她们都不会明白我是怎么伤心的，穆大芝被妹妹搀起来，不对症地听着种种劝慰，除了超生自己，没几个人真的相信穆大芝会哭号到过分的程度，她似乎素来没什么伤心，没什么不伤心，那张脸写满的都是戒律。穆大芝眼看周围没什么自己能再帮着忙活的了，她已经留到最后，早应该回家去。可她最后还是想到了叮嘱一下其他人，尤其是五奶，凑到她耳边说，我看我妈这回，是真的不好了。她昨天还跟我说，二叔请她下馆子呢，二叔就是昨天没的。五奶便若有所知地咬咬嘴唇，示意她别说了，别想了，一副果然不好的样子。

　　既然晚了，她也就没去买菜，后来她想没去买菜，也是不对的。如果她去了，就有可能碰上邻居，明白发生什么好径直往家赶。而不是像她随后那样，一拐两拐到了劳动湖边上的广场，还一级又一级地爬到了台阶上坐下，让从自己家中飘出来的浓烟在她眼里看着，和工厂烟囱飘出来的感觉一样，都向西，都发黑。她大约坐了有二十分钟，然后才让眼泪完全干涸，心境的黯淡在她这里还从没有像今日这样的全胜过，她找不到任何一点儿其他的事情可以平衡掉它。在她前面的台阶上，两个穿着她家附近那所初中校服的小男孩小女孩正坐在一起玩手机，放出轰炸般的动静。穆大芝站起身，充满嫌弃地回头看了两个孩子一眼，他们立刻低下头去，在她身后各自抛出低声的脏话。穆大芝不断心说，也是没什么劲儿了。

　　她不必上楼去，没到楼下她就看见那道烟正奇迹似的在放大,从她家里的方向,直吹到她脸上这个方向,她甚至在灰尘里闻着了熟悉的体味。一股死气让她突然坐下,腿还没摆好位置,左右压得很疼,却感觉再没有一点儿力气可以把人撑起来移动一下了。接下来她心里那股一直痒酥酥的感觉完全不见,让她痴愣,不敢相信难道曾有这种感觉吗?她先想到母亲是瘫痪的,也许母亲已经觉得很热了,已经热得睡不着了,可她够不到床下的开关,只能让电热毯一直烧着,接着穆大芝明白自己今日似乎注定要晚归。炼狱已经降临了,就在她身上,有天意最严重的玩笑和魔鬼最善意的拨弄,她勤勤恳恳服侍母亲这么久,却几乎是亲手把母亲烧死的。世上一切喧哗的声音都登场了,她先是被人扶起,被动地摘掉口罩,而后嘴唇哆嗦不出一句整话,越着急越说不出来,可所有人眼里都无不是带有同情在耐心候着,像她长久期望中的那个时刻。没事,没事的,都会过去。老人家年纪大,算喜丧,算。穆大芝感觉天旋地转,周围尽是她不认识的人,可这场合里该有阿訇,该有跪成一屋子的小辈们,该有寺里那个浅绿色的长盒子。它装过五爷、三姑奶,今天还装过二叔,明天就要离了那盒子被安排到地下的土室里……人都是一个个这样走的,那些在穆大芝面前彩排过无数次的流程,她和母亲一直在等候上场的地方，怎么……？这时，被火警和看客包围着的穆大芝，突然尖叫一声，她瞪着两只鱼眼睛，外凸的嘴唇变紫变麻木，大脑正费力接受一个事实。母亲在哪儿呢？人们无法拦住她往前冲的力气，穆大芝几乎是奔跑，直到楼底下被两个警察左右抱住了，她又惊了一跳，哭破声地捶打他们，要他们不准靠近她。最后只能哀求他们放下自己，她不再往里跑了，她只想确认一下，是真的吗？警察寻思半刻，从口袋里掏出纸巾给她，以过来人的语气道，咋才来？也不配个电话。你母亲送医院了。

　　母亲已经被命运判决火葬。穆大芝处理完所有程序，傍晚时来到医院，坐在走廊椅子上，不知道如何跟其他亲戚开口交代，但他们总会知道的。地方就这么小，报纸上，电视上，出租车司机的嘴上，谁都会知道是穆大芝留下了母亲一个人在家，引起电热毯的火灾。事实上就在她选择先给谁打电话的时候，慰问的电话已经排好了队列，现在进来的是第一个。月宜说，大姐，别难过。她比自己哭得还伤心呢，鼻子擤了又擤，保证说她已经跟丈夫商量好，晚上就接穆大芝来家里，往后一直住着。穆大芝听了不禁微笑，她不断点头，却没说一声好。她的笑容就像失去了发声的功能，只有真见着了，才知道那是开心，而在电话里,每一个来慰问的人都只觉得穆大芝还没从悲痛中清醒过来。她接的最后一个电话是超生打来的,超生正在寺里为二叔守灵,到晚上才知道消息。穆大芝已经被医院赶出去,尽管所有人都在问大姐在什么地方,她都只回答,别担心。和超生通话的时候,她正一个人走在十一点半的二马路上,这里是主干道,灯还很亮,她就沿着这些路灯一点一点朝前走,像一个行走着的不倒翁,有点儿摇晃。穆大芝不禁惊异地发现活了六十多岁,竟还很少见识城市的夜晚,记忆并没有与此相关的东西。事实上,她笑自己,不是一生都在不断惊异于不曾体验之多么?超生在电话里努力压低声音,她哭得很悲切,反复问怎么了这是,人要一个一个走得这么密。穆大芝甚至还能安慰她,听那头的声音,妹妹也走到外面去了,有打火机的声音,她在吸烟。一直诉说到穆大芝看见收费站的时候,她站住了,低下头看看自己的影子,再抬头和超生说,妹妹,你也别费工夫打听我在哪儿了,明天就见着了。我早上和你们会合。太晚了,要休息了。

　　超生说,姐,咱俩今晚上互相陪陪。可穆大芝已经把电话按掉,揣进口袋里。她从没在晚上走过这条路,说怕也怕,说不怕也不怕,到底她信仰的事情还根深蒂固着,黑暗如果应该惧怕，那她早就败在了多年来的孤枕上头。那又是什么样的黑呀？穆大芝眼睛不禁细眯起来，她在迎着风走呢，周围是越来越少的车，越来越土的路，树上老鸦们在跳着脚，做着窝。她又突然想到了小时候的一些夜晚，倒是和城郊的晚上很相似，那时候家家都是到点儿熄灯，外面的商店也不会昼夜不休息。傍晚时候，谁家宰羊，住在一个院子里的亲人们总有主动去帮忙，总有在晚饭之前主动送一碗羊肉过来，大家接到手里，分给老人和孩子们。天黑了，便钻进各自的被窝里，在炕上意犹未尽地谈论起一天发生过的事，明天打算发生的事，明天韩阿訇要在寺里讲经，穆家得去人……记忆的裂口像黑暗中猛然发射开的一束烟花，竟有些照亮，有些暖和。穆大芝走得累了便在路桩上坐下，不累了再走，这条路她原打算也要走的，只是没想过这样走法，她越这么想越感到渐渐地高兴。毕竟，她和母亲终生所等待的也不过是这样的机会，虽然这不会是个好时候。但谁这一辈子还没一场做主人的戏呢？她已缺席太多太多，原以为母亲的死能缔结成一个机会，却也被自己搞糟了。她脑袋里胡乱想着一生的事情，几乎错过那个在天光初现时露出来的标志牌。她总算又看见那条又细又弯曲的通往亲人们的土路了，手表上显示六点十分。那么车队也快来了。

她慢吞吞地,几乎拖着腿往里走。看坟人的砖房里还没开始冒烟,他开了门正对着面墙小便,一回身就看见穆大芝一个人歪歪扭扭地往坟道上来。看坟人一身飞了絮的棉袄,从头到脚黑漆漆,穆大芝每次来都避免和他照面,因他还有些疯癫。可这一回,他们两个一人站在路的一头,眼看越来越近。看坟人叫她,大姐,你家的车还没来呀。穆大芝回,我先过来看看。看坟人便要领她去看二爷的新坟,那上头已插好了木棍,等着今早下葬。可穆大芝没看见一样地,从他身边绕过去了。看坟人盯着她,看见她径直到了两个空坟包面前,双双插起芭兰香。他不记得听说过穆家又死了两个人,想凑过去看,又不太敢。他毕竟已在此地看坟十来年,有的没的听说过一些,任你信仰什么,死后都有不灭的念想,难不成她给自己上坟?想想有些汗毛倒竖,终于他得救似的听见车队驶来的动静,跳了两跳,奔跑过去。他用自己能用到的最理性的音调说,就刚才,你家大姐可来了。超生从头辆车走下,听见他的话,带头哭起来。穆非也赶着问,你认得出我大娘?看坟人说,不是戴口罩,长得挺寡清的那个?忙带着一群人浩浩荡荡去做见证,发现被他带去的人们眼里果然留有惊慌,却不是人对鬼的。可他们一样像是被吓傻了,死命地睁着眼,像那里真正坐着一只鬼,坐着他们人人眼里看到的都不一样的那只鬼。穆大芝盘腿坐在自己的坟前,她发黄的头发几乎都散开了,口罩丢在地上。芭兰香的紫烟在属于她的那个坟包前断续地飘着,人吸几口,就在坟上靠一下。

冷 处 理

1

通往泗水岛的码头早已不靠船了,通往泗水岛自此便有无数条路走,要在冬天湖面结冰的时候,自行开车上岛。年年都有车开着开着动弹不了,向一边倾斜,人在其中小心腾挪,重量移过去时,另一边也开始下陷,然后才是尖叫中的沉没。夏天漂在江上的民船会承办水葬的业务,冬天则即便业务开展不了,水里也不缺人。所以当我开着自己那辆停产了的银面包,在冰面上向岛进发时,总感觉自己像个盅里的色子,不断摇晃着,不知道哪一刻落在桌上,会输光全部。我们跌跌撞撞,满怀热情要开去一个废弃了的岛,平安过江,便像一种头奖。

我所以今年登岛,是为会友。我的朋友是我的二叔,他在我的亲友里面销声匿迹，失踪了十三年整。半个月前的晚上，我在杭州家里和女朋友看电视，电视里演着一档故弄玄虚的历史节目，说来说去也没解释清楚墓主人的身份，可女友兴致盎然，她用耳朵听了一半的内容，按手机查了另一半，留我一人不断抽烟。我们都不清楚对方脑袋里的画面。手机进来一个来自老家的电话，我起身上厕所，静音模式中，来电画面充当了厕所里的照明，在哗啦啦的放水声里，我听见对方比我还急，只能和你说两句，他压着音量。声音是个中年男人，我不那么急了，提上裤子主动往女友视线里走。他重复着，两句，就两句。第一我是你二叔，你上初中时管我要过钱。第二我不是要你还钱的，我要你来看看我，就你自己。我站在一个位置上没有动，两句话已说完，等着电话挂掉，可我忘了家里人说话是很少准确的，一百就是一万，一句话就是一辈子，二叔在印象里始终带有社会人的虚浮感，平地走路也晃三晃四，仿佛腾云。他低声在哭一样，线路嘶嘶啦啦，我只能不断说喂。他又说了一些，最后像是狠抽了一下鼻涕，说，再找你，再见。我听见他把再见说得戏谑又庄严，就像范伟扮演过的黑道人物，电话那头的画面应是手扬起来，立此为志，朋友，再见！这让我终于相信家人在逢年过节时的说法，说你二叔这后半辈子，死不死都已与世隔绝。

他哪儿在腾云，他身边荒草不生，只有一间平房和平房里一个炉子。我把带过来的从超市买的吃的、用的东西，自车上分批取下，他帮着我搬，然后起开啤酒，围炉子一个人喝，我则坐在他从岛上拾来的枯草堆成的垫子上抽烟。除了平房里信号奇差的广播，世界只有风声。二叔说起，他想养只狗。他穿一件黑色棉袄，袖口和领子上都有棉花破出来，不是不知道补，据说补不过来。电话里他也说了一些心愿，能办的我都给办，他不说，我想着，比如车上就还有一件羽绒服，想他已经看见了，才张口先提的是狗。如果不是小时候见过他，现在我印象里的他无疑是个软弱的老人，祈愿的时候脸上总挂着一丝唯恐你拒绝他的胆战，你不回应，他便一直用这种眼神对着你，时间一长，会生出别的味道。那种味道让我联想出他在这儿的缘故，想起在我十二岁放学时，站在一堆家长前面，他腰插菜刀的样子。我只能钝重把头点起来说，一只狗，没问题。事情如再继续，明年他要的可能就是一辆车子，一个假证之类的东西了，狗这个要求，透露出他想和这个世界重新建立联系。二叔要走我的利群烟，两手交叉进袖筒，安逸地靠墙坐着，他又在端详我，于是我站起来挑开一边门帘，看外头一片平坦，彰显着高耸的白色斜坡。那上面原本插了满满两排的彩旗，以适应滑雪场应有的气氛，现在，很多彩旗都只剩下了棍儿，旗面被二叔一个个扯下，絮在衣服上或做别的用处。坡下又堆满一排不知从哪弄来的大石头，看着戒严，跟就怕有人过来滑似的。我又一次打听起滑雪场的情况，真没人来了？多好的坡儿啊。身后没有回答，回头看他时，二叔正一面去抠自己的牙缝，一面咂摸嘴里烧鸡的味道。他有些诡笑，是因为嘴巴被挑开了一边，放下它时，他腮帮子也耷拉下去，像一只哀戚的狗。他端详我说，你关心这些干什么。

你应该关心关心我。干了一瓶啤酒以后，身上热起来，气氛则一点一滴地凉透。我和二叔能够交流的事极其有限，这里与世隔绝的气氛也让人坐久了周身不适。可他还是那样看着我，我便将视线凝固到一个仿佛在走神的角度，实则一遍遍回忆，他究竟还想要什么。二叔不断把花生米、剩下三分之一的烧鸡推给我，终于下定决心再开一瓶啤酒，那对他而言，是太珍贵的物资。他用根筷子开瓶，利落熟练，这又让我想起他的从前。从前他一条腿踩在折凳上，向还是孩子的我们展露他腿上的长疤，快到大腿根儿了，借着酒劲，他打算直接脱了裤子给我们看完整。我觉得你应该关心关心我。他重复这句话，半空的啤酒瓶子攥在手掌里，瓶嘴对着我的方向，像是一个话筒，用来采访我的感受。酒瓶很快又被他转移到自己嘴唇下面，他哆嗦着亲吻那个润滑的玻璃嘴。二叔狗一样地看着我说，你也喝点儿吧，干脆，你在这住一宿吧。

我对象过来了。今年她在咱家过年。我不回，怕她孤单。

二叔告诉你，女人不是陪不陪的事儿。

其实我也不放心她。说完我有些后悔，不放心她什么呢，是担心她和家人的相处，还是担心她根本不跟他们有相处？女友心高气傲，第一次到我家时，除了说叔叔阿姨好和叔叔阿姨再见，没再开口。我后悔表达出这种对我俩关系的不安感觉，那会让像二叔这样的过来人长篇大论。

她说不要我陪，是我惦记她。我于是补充。

仙女儿还是娘娘啊？一晚上就惦记。我自己一人在岛上七百多个晚上了，吃饱睡，吃不饱也睡，总结了一条金玉良言，二叔和瓶嘴又深情地吻着，然后把它举得很远，一副摔了也不心疼的样子，继续说，这辈子任是什么事儿，只要你不想，它就不存在。人也是一样，不去想，这个人也不存在，你寻思呢？他解开棉袄的扣子，仍然是展示伤疤，这一回在小臂上，伤口加上缝合的针脚，令其看起来就像爬了一只长脚蜈蚣。酒精作用下，它泛红得厉害。二叔摩挲自己的手伤告诉我，那天晚上小白也这么说，哭哭唧唧的，你怎么才回来呀，我以为你不回来了呢。听着她在旅店房间里那么哭丧那么号，我酒劲一上来，就把自己给拉了。很奇怪，都看见里面的白骨头了，人也不知道疼。那娘们儿也是，见血就不哭了。

小白就是那个女孩儿吧？我问。

不知道你说谁。反正得有几个女的，长夜漫漫，不说娘们儿说点啥。

我真得回去，二叔。

怕我跟你说小白的事儿？二叔突然把头凑得离我很近，我能呼吸到他身上常年没洗澡的浑浊气味儿和他嘴里一样难忍的味道。他的样子令我想到小时候跟大人扫墓时见过的一个看坟人。那个人身上也有一股子奇怪的臭味，不仅是不洗澡，也不仅是与世隔绝的味道。二叔双眼通红，他这辈子酒喝得太多了，棉袄被他披在肩膀上，相信他此时前胸后背都是凉的。我很怕他肩膀上的棉袄掉下来，怕那双肩膀突然抖动，连着下面两条粗黑的胳膊，抓住我，把我往土墙上一下下对着脑袋撞。二叔没对我动过粗，可无论是童年的印象还是后来的传说，都让我在心里坚信他能够这样做。即便没有刀，咬也能咬死一个人，掐也能掐死一个人，而再漫长的死亡过程，在泗水岛上，都不会一时半刻里为人察觉。我不由自主开始信服他说的，所谓金玉良言那句话，事情不去想便太平了。二叔脸上那种哀戚的眼神始终挂着，整个岛上都是这种哀戚的眼神。可岛或者滑雪场都不能开口讲话，不能向着江外健忘了的市民放声喊出来，你们是不是该关心关心我呀？

他话音落我眼皮底下，说，我讲完小白，你就忘记小白。像叔一样。接着他将刚刚已经被他藏好了的超市塑料袋慢慢拖出，背对我，仿佛不愿被我看到他的舍不得。他掏了一瓶，两瓶，即将走向停产的泗水岛啤酒。接过他递来的瓶子，我和他一样温柔地抚摸瓶身上的曲线，仿佛那是个女人。二叔给我倒酒的样子，像给那女人放血。不知不觉，她就被倒空，剩了一个代号，一个叫小白的女人，死于二十三年前，冬天的夜晚。在纺织厂对面一条胡同里头，躺着，白白把血流到干。

2

我们总在刚见面时说很少的话,做爱时说很多的话,分别前又再说很少的话,使相见过程就像个橄榄的形状,两头两个尖儿。陈念从很远的地方坐地铁过来,我们约的是中午。她快到我工作室的时候,我正巧来了一摊活儿,发信息告诉她,门没锁,你先进去等。大约二十分钟,我忙完了,站在半掩着的工作室门外,似乎隐约听到一点里面走动、翻东西的声音。我低头看见自己的工装靴女孩儿一样暧昧地往前顶着,顶着,费了点力气才做出和平常一样的动作,把门轻轻用脚踢开。屋里没人,她还没有来,她不是那么愿意来,她还在附近的地方和我一样周折着路线,浪费时间,只为推延这段枯燥的开场。我于是继续一个人在电脑上敲表格,抽一根烟,等待中感觉自己卑贱死了。

路上,我们一前一后,等红灯的时候,我接了一个电话。她在我身边说话的声音很小,听筒里的人不会听得清楚,即便听得清楚,也会以为只是路人说的。她说她要一些酒,还有一包烟。我让她先去酒店门口等着,自己转身去对面的街上买酒。工作日的下午，街道上尽是上了岁数的人，这里是老城区，街道本就狭窄，自行车和晾衣架占去了大部分位置之后，人和人彼此路过，都能呼吸到陌生人身上的气味儿。我买完酒站在人行道边等灯，看见陈念几乎依靠在一面白墙上，一肩挂着黑色的背包，脸很小，脸骨很瘦，眼睛细成一条线。她穿着件暗蓝色的针织衬衫，松垮垮地罩在单薄的身体上，衣摆一部分塞在裤子里。那些凌乱的褶皱牵引着我的视线，我目不转睛瞧着她，幻想一些下流的事。在她面前我总是不能保持君子，因为她那双眼睛无论看你或不看你，都只传达出两个字，两个让男人热血沸腾无所不能的字，别装。

你对她做什么都行。我还记得我们第一晚是如何开始的，一次行业交流会上，我和她以及另外一个与她同龄的成都男孩，当晚一起吃了饭。酒店是我过去上大学时附近的地方，路很熟，我和陈念手拉手穿行在熟悉的校园气氛中，对那个被我俩灌醉了的男孩缺少同情。男孩不知道是怎么回的住地，他也许早就发现了我俩的鬼祟，也许只是倒在路边，不知道什么时候被我俩扔了下来，到第二天睁眼脑袋里记忆的都还只是晚饭的味道。重要的是，我终于如愿以偿把陈念拐进了那个一百二一晚的酒店房间，开门就是床的地方。完事后她没有睡着，很久都睁着眼睛，我问她在想些什么，她不说话。所有的话都在床上说完了，那一阵她快活得不像你平日见到的那个人。

陈念总是喜欢在做爱前喝很多的酒。很多的酒来让自己投入，做醒着的梦。

这次仍是先有酒的前奏，洗澡的时候，能听见她很快传来捏易拉罐的声响，一听已经喝完，然后又传来拉环的声音。她躺在双人间的一张床上，靠里，拉上窗帘，看电视里放着的《动物世界》，南极企鹅们熙熙攘攘，抱成一团，护卫它们的蛋。我一丝不挂走出来，她便在床上向后蠕动一下，目不转睛，但我知道她看见了所有，才有那一下退。我去拉她的手，让让地方，干吗呀？她抿着嘴笑，让一个地方给我。去洗，我拍她的后背。陈念脸上有些倏忽变化的东西，这种变化让她再一次捏紧了啤酒罐，尽管里面还有许多。她低下头，轻声说了一个嗯，故意很慢地走向浴室，在里面刻意更慢地，解除武装。

尽管所有迹象都表明她不喜欢我，尽管我们的关系找不到一个合适的篓子去放。我在她洗澡时，喝完剩下半听啤酒，继续看电视里的企鹅，它们笨拙而团结地围着一个巨大的黑色圆点，用同伴的体温来试图对抗南极时速两百公里的寒风，那最外围的企鹅该怎么办呢？总要有人身处边界。我和陈念都有彼此固定的伴侣，都知道和彼此不会有任何关系，都不能在这段关系里获取比性爱本身更丰富的东西，但一年两年，这种关系一直持续，该怎么解释？已经投入远比获得乐趣更复杂更耗费的一些事了。听着水声将尽，我不知道每一次她独自折返的路上，是否有同样的感慨。

她出来，我要她躺在床上，她同意了。我去扭她的胳膊，她只是把脸别过去。我去找她的嘴，努力用舌头顶她的牙齿，她的头转来转去，艰辛地亲吻我耳后的位置，作为一种转移。我其实也需要一些转移，但此时此刻想到女友，非怀有愧罪的心情。这大概是男女不同，比方说我可以体会到一些陈念未说出口，但在她极痛快时，眉梢眼角泄露的矛盾的信息。她痛快而不敢叫痛快，不像我，在把身下人想象成女朋友时反而意兴阑珊，我这么做，毕竟不是在补一门功课。和女朋友交往四年，婚期年年顺延，明年是她妈妈给我定下的最后期限，明年这个时候，如果我和陈念的关系仍然保持，大概我会做出比今天更痛快下流的反应，我会折磨她像折磨失去选择前的自己，奋力吮吸，榨取不尽。我们在寻欢中有一句没一句地交谈，等同入夜的房间里，两个成年人做着最原始的角力，力气大到纷纷挣脱平日里的肉皮，只剩两具赤裸到镂空的骨骼，腿骨和腿骨之间剧痛的撞击，我们都来不及预想怎么处理结束后那些留在身上的瘀青，那些死过一回的证据。

泄软之后，她难得地在我身上趴了一阵，我下意识地将一只手搁在她腰上，护着我的小孩子。刚还热烈的关系正势不可挡地走向冷却，她爬起时脸上显出很懵懂的表情，头发半掩在脸孔上，嘴唇因口渴而发白，下床找水喝。我们前后去洗了个匆促的澡，为了让见面看起来不仅仅是为了上床，冲澡后都没有急于穿上衣服。只不过我躺到了另一张床上，各自吸烟，没有讲话，徐徐上升的烟雾在头顶上纠缠往复，比一双男女长情。我盯了会儿，始终装作不在意其他的感受。

最近还写什么呢？陈念躲在自己床上的被子里，靠着床头柜上的烟灰缸，掸烟灰。

你是长沙的，对吧？

是。和你写什么有关系吗？

怕你不能理解八九十年代东北的气息。我的烟抽完了，陈念适时掏出一根她的给我，我快凑近到她怀里，以要从床上滚下来的角度，隔着两张床的空隙由她点好了火。我能感受到被子下头她温热的身体依然潮湿，意识到自己多想再度钻进，陷入她编织的迷宫，但陈念不允许我耽溺。她自己也不。她点火的姿势里有一种下等人的卑微，这姿态让我俩之间又隔了好几层。

那个年代在我老家那些出色的大哥，大小地主之类，大部分进了牢房或挨了铜子儿。牢里不说挨枪，只说走铜。大哥们走铜以后，小兄弟们雨后春笋般一茬茬地冒出来，他们也有自己的传奇。我最近联络上一个二十多年前的小大哥，他现在和外界的联络人，只有我一个。

我意识到这个故事传达出来的味道，带着久远的霉气和孤岛上肃杀的秋草枯黄，在欢爱之后，讲起多不合适。但陈念的眼睛很像个老师中意的好学生，每一下反应都有着小鸟般的叽叽喳喳——我想听，给我讲。她从来不会叽叽喳喳，她这样做只代表她知道你需要什么，她想让你在爱死她的道路上长驱不返，就这样，茫然不知到了尽头，注定是空荡荡的悬崖。这样想到，我便有想流泪的感触，想像只老牛一样拱着两只磨损了的角在她怀里掩盖屈辱，她会在我这样做以后，暗自流露一丝得胜的笑吗？

他给你讲干了什么十恶不赦的事儿？她问。

陈念松弛下来，脸上泛出晚到的红色，好像现在才让自己安享了快活。我受到鼓励，继续说，他其实一直是个懦弱的人，虽然平日里耍凶斗狠。他的懦弱是他的前妻栽在他心里的苗儿，这是他的原话。他住的村子很小，前妻离婚前就一直在他眼皮底下去东屋的人家里睡觉，像去借棵葱一样坦荡。他一个人留在屋里，就哭，就磨刀，刀始终磨不好，可他喜欢把菜刀别在腰里走路，那样子就像有朝一日碰上那个奸夫，可以出鞘，也可以不出鞘。他喜欢那种深藏不露的感觉。他说那样才是真正的大哥，真大哥平时不出手，出手就是不想活了。可他一直想活，渐渐让前妻把他看透。离婚后，前妻也经常从东屋像还点儿什么一样，来他炕上过夜。他在她晚上睡着的时候猎狗一样盯着她张合的嘴巴，扔在一旁的通红的胸罩，感觉已经委屈自己这个人，不能再委屈自己这把刀。于是他头脑一热，离开村子，准备进城学做一个大哥。

　　陈念嘻嘻笑了两声，不知道是针对这个故事，还是针对讲述者的我。她很少有真正嬉笑的事，我便不能不在意，也许她只出于礼貌，看见我这么绘声绘色，不得已给点儿反应，现在很多年轻人都学会这一套。他们扮演受教者栩栩如生。所以这不是真实的反馈。我严肃地看着她，想她问我一两处细节也好，或者干脆教教我，下一步从哪儿切入。

算了,一时半会儿也说不完。下次告诉你。我拧灭烟头,下床去提裤子。陈念在床上没动。费老师,她突然叫我,我不能再来了。

怎么了?

下个月我要去海南结婚了,他现在人就在那边布置呢,结果我还这样。

还哪样?我蹭到她床上,一点点向她身子上爬,接触到我的眼神却如此让人可怜。一时我成了最拙劣的表演者,脸上娴熟的笑容化成了卑微和不相信。我去扯她的被子,一扯就开了,她紧张地用手推,从来没有的反抗,她不断说着求你,声音越来越弱。我终于还是钻进了她的迷宫,看不到是否她抱着我的时候,脸上泄露出我最讨厌见到的结果,像女朋友在四年前收缴我的那个晚上,她也在暗中展露出母亲对待孩子时,那种了然于心的笑。我不知道该说什么,只有克制着自己的呼吸,光赤的背上,陈念的小手鸟儿一样捋着我的惊慌。我却突然放开她,意识到她这样那样的表达都只在向我索取一个办法,一个只有奸夫可以出给奸妇的办法。我此刻应该宽慰她说,别怕,别怕,你男人不敢使刀的,你背后还有我。

陈念还是一个小孩子呢。我讪讪地笑,坐在床沿,捋自己头发。

我不是不想和你好。她说。

钟点房还剩大约两个小时，酒店正在装修，门外传来打孔机开凿的声音和服务员忙里忙外的脚步声，楼下不断响起欢迎光临。工作日的白天是天下男女偷情的时段，大家普遍用不完四个钟头。我回头，看见陈念正转脸望着窗帘外面的天光，光线在她脸上忽明忽暗。我拍了下她手背，同时按开电视遥控，在《动物世界》未完的节目中，延续穿好衣服的动作。企鹅已经不在了，现在是南美洲的豹子，它们中的弱者被强者不断驱逐，驱逐出一个又一个属于后者的圈落，和企鹅们合作的行为大相径庭。陈念也穿起衣服，她慢慢套着她那件蓝衬衫，拉开了窗帘。窗底下走过一个又一个人头，平头的，三七分的，秃顶的，没有一个想到该抬头望一眼，他们都错过她精致小巧的乳房展览。我穿戴好，在房间门口拨弄打火机，想说些什么别有用意，又藕断丝连的话。可我实打实只想让她走到我面前，张开双臂，跳出乳房。那时我将像最外圈的那些企鹅一样，笨拙地扑进她的中心，笨拙地挤呀挤。再见了。她光彩照人地转过身，对我微笑。我明白那是让我先走，于是我轻轻走到她的面前，扳她的脸，她仍然顺从，嘴巴绷得很紧，我们嘴唇碰了嘴唇。

3

我眼睁睁看着天黑了，看着岛外的世界被夜色吞没，如果你见过晚上的大海，便能体会我的心情。岛外没有灯光，岛内也几乎是黑暗，那场景说来可笑的是，你根本无法再辨认水与地的边界，唯有尽量不向远走。二叔的平房是唯一有人气的地方，点着微弱的油灯，仅凭那一点儿光，平房就成了岛。两个人面面相觑在不足二十平方的活监里，广播里嘶啦的声音也很耐听，只怕它也不响了。

我不再出门去看，那只会加深恐惧。我走回屋里，靠在一面墙上，屋内阴冷，炉子不是很热，二叔和它贴得很近，近到仿佛要伸开手一把揽在怀里，揽一个热乎的女人。我多么希望手边还能有酒精一类的东西，可只剩下半包烟，越抽越清醒，混合着炉子的白气，小屋里空气混浊难辨，让人忍不住咳嗽。种种烟气里，人一旦被视觉哄骗，就有几分真的信，相信自己身处一个熟悉且让人喜欢的环境里，相信身边有自己想看见的人。我慢慢嘬着烟，陈念的乳房小巧软嫩，有白糯米般清甜的外皮，她已将怀抱张开，好几次，好几次地，对我说好，说都行，像所有只在故事书里存在的洛丽塔一样，永不老去，不谈及房子和婚约。接着广播被人拍了一下，又对桌子撞了一下，信号依然收不到一句整话。二叔好像在征求附和地向我说着，我这不是也给判了吗？判的人流放啊。

来，给二叔说说，你在外面混得啥情况。说罢，二叔手里攥着已经砸断气儿的广播，凑到我的墙边上，近了看，他秃顶的面积不小，从头顶蔓延，剩下一圈圈由稀到密的灰白发。我不确定他对于"混"的理解是否还停留在当年，以身后有多少人追随为指标。如果那样说的话，我手下也有几个人，不同于二叔的是，我不再为底下人的爱恨情仇，为那些私人性的信息负担责任，我们上面和下面，只看业绩和报表。于是我回答当小领导，本事不大，做文字工作。他说，是没大意思。不过天底下凡是有大意思的事儿，总容易把人闹坏。其实你说你写小说，真有经历的还是我们这些人，我们这些人不能写小说，要不都去攥人了，攥完还能有读者，领工资，那是什么事儿？

我们那时候都瞧不起上班领工资的人，我说的我们就是那一股子，什么，对，势力吧。为什么？你们没本事才去见天儿上班，看人脸色，蹬车的蹬车，卖货的卖货，我们不靠什么，就与生俱来的，左右两个拳头，其实也是手艺活儿。别看你叔个子矮，实在是心灵手巧，怎么来说呢，掂包，绺窃，没一项不是技术。我是从小就冥冥中得到启发，训练自己怎么偷偷摸摸把人欺负了。比方说那时候上小学，我铰前桌女孩儿的长辫子。上课铰的，都下了课她才发现。讲起这个，咱们就不能不讲我爸，你爷爷，他也冥冥中帮助他儿子走这条路。因为后来老师把他找去了，说你看怎么办吧，人家女孩快哭得提不上气了。我想我爸肯定要骂我，可能要打我，可当我站在教室里，看见我当老农的父亲走进来，他眼也不抬一下啊，低头跟老师说，头发嘛，总得铰。铰就铰了，不是不能长。至于让我来一趟吗？我立刻憋不住乐了。我终于踏实，知道跟我爸是一个想法。虽然他打小不待见我，虽然他们都喜欢弟弟妹妹，虽然我在家是团空气，是个屁，可我到底明白了他们想要我变成个什么样儿。他们要我自己喜欢什么样儿，就去做什么样儿，没有给我定一规则。侄子，你能不能明白这意味多么重大一件事儿？如果连家里都不给你一点儿规则了，整个社会的规则就都落你个人手中，连亲情的包袱也不用背。他们从不对你有期望。没人对你抱有期望。跟我有关的种种事情，要给他们机会发言，他们都说一句不至于。

离婚以后，那个婊子偷人的事儿家里和你说了吧。丢人丢的你二叔我，大半年没在村里直起腰来。你奶来家就说，挺大岁数老爷们儿，让个娘们儿欺负得这么熊。有时候遇上那娘们儿回家，你奶甚至门也不敢进。这就是咱们这家人，我算是个出头的。其他所有人所有本事，都只使在了和自己较劲上头，永远地暗地嚼舌头，不敢明面跟人打耳光，我就敢。进城后，我很快有了班兄弟，从村里带的，从城里交的，兄弟姐妹一帮，有照应胆子更壮。在家就是睡，出外就是玩，每天在街上晃悠，从没见过那么平的路面，还有公园，公园里有椅子亭子什么的，农村就只有猪圈。我是真的喜欢城市，虽然咱们这儿也没有那么城市，可对我来说也足够了，人还是在自己熟悉的地界更容易满足。你知道那种上公交车没人管你要票的感觉吗？我没说话，我真一句话没说，售票员和我身后的小弟倒是有话说，他们后来学给我，说有好几路的公交车都已经默认我免票了，只要我一个人上车，包括我在内后面五个人的票都免，都是弟兄。这真的不是光荣吗？我是不明白什么叫光荣。

平房里能见度越来越低，二叔和我相对喷雾，带着压不住的得意说，所以我才能在第一眼看见小白的时候，就心知肚明，她必是我的，我当时有这个实力。什么也不需要想，带一帮兄弟去她家的路上，我想着小白就够了，一路上心里念叨说，小白等我啊。回想她从纺纱厂出来遇上我的那个下午，阳光在她小巧的脸上，阳光在她小巧的脚上，她走路都走得那么安静，一看就是个小孩儿，和我前妻一点儿不一样。我当时想，要是个诗人就好了。可我是个大哥。又想，我可以为她抢东西，为她杀人，蹲笆篱子。真想让你看看小白当时的样子啊。我身边一张她的照片也没留，这些年躲来躲去，日子难过，连上公共厕所都不敢去同一个地方，哪儿敢留相片啊。

你更该看看小白被我带的一帮兄弟围在当中，想哭不敢哭，颤巍巍点头的样子。她母亲在哭，父亲在哭，全都没用。我走上她家地砖，瞪着炕上看电视的一家人，兄弟们熙熙攘攘坐满了她家能坐的地方，那场面都在等我一个人说话。我于是说了，看小白眼睛说的，你们家都反对我这事儿的话，我准备把你家都给你干了。兄弟们纷纷表示是这个话——小白也不能只考虑她自己，她简直傻了一样站起来，和她爸妈不同，是连哭都不知道了。我说，你可以给我点儿时间，考验考验我这个人。但我真喜欢你，看见第一眼我就是特别地喜欢你，往后对你、对你家，没的说，只有源源不断的好。你信不？小白没有说话，我可以上去搂她胳膊了，拽兄弟们在她家开伙，她陪我在酒桌上坐着，她父母在厨房里哭着，可小白由始至终不掉眼泪。我特别喜欢她那种感觉，单纯得让我想起在农村老家一只小白狗，总是满怀心事远远地看你。

我目睹他的嘴唇在我面前发抖，张出小小的圆圈来，就像刚说了自己听不懂的话，而那些话还在房里飘浮着，证据如此确凿。我转头用手拨开门帘的一角，寒风溜进，在我左脸上飞快刮了数刀，细密准确。看不清外面有任何的动静，我觉得难熬，又关上门。两人再度陷入没话说的境地，二叔开始他绵密的哭泣，缓缓把身体弯曲到地面上，揪自己两只耳朵匍匐说，大侄儿，二叔找不到任何一条出路，你能帮二叔找一找吗？给我个希望。这趟来前，我内心煎熬不下于他，早想好劝他自首，不自首，谁都难活，造成了的错误不去面对，光想隐藏，能藏住行，关键全无可能。自首比被抓体面，像有时候死亡比活着更有希望，这话我就不能说了。我眨眨眼皮，去把他扶起来。他背靠土墙上，我才看清楚他脑袋边上抵着一行用砖头刻出来的字，大概是某个夜里他写给自己的勉励：打碎牙齿和血吞，来世做个好人。还挺押韵，我研究了会儿，听他吊着哭腔，边摇头边说,不指望任何人了。等明天早上搭你车走,你把我送上大马路。我说,不如直接给你送到地方,我也不赶。他说,求求你让我自己走两步道吧,直接送到地方,往后还能出去吗?我就是怀念街道、护栏和红绿灯啊。你他妈让我好好看看行不行。

后来我们各自在墙角找了个暖和的地方,蜷下来睡了。快六点的时候,我口渴难忍,挑开门帘一天空挂着幽暗的深蓝色,遥远的雪坡上星光已经黯淡。我还想出门,这时候江水的颜色也不会那么可怕了,岛有了度假的意思。我得赶紧去发动汽车,冻了一夜,还不知道状况。去拿二叔边上的暖壶时,发现他也醒着,一动不动地抱臂呼吸,也不看我,眼神涣散像即将坏掉的灯泡,偶尔缓慢眨过。我低声叫他,他便"唔"一声回我,我说出去发动车子,他也还是那么一声。出去后我掏出手机,还剩一格电,昨晚始终焐在背心里,不然早冻关机了,现在也得不断用嘴给它呵气,哄孩子似的哄它发亮。亮了后显示出女友的一条消息,和陈念的一个未接来电。我先点开消息,站在吉普车的侧面背风,半张脸缩进衣领里。女友告诉我她又不想结婚了,等我回去面谈。话很简洁,意思又挺复杂,仿佛是大战开始前空中先甩出的信号弹,只让你感觉眼前脑中都恍恍惚惚的，有点儿激动。我本来是不会给陈念回电话的，手机揣回，人却不往屋里走，我突然心血来潮很想看看日出什么的，还有新的一天里开来此地的第一辆车，第一个人。我都想看看。再跟人家亲亲热热问声早。

陈念的电话没有通，太早了，她不会起床，身边也不会没有人。我坐在江边一块还算干净的沙地上，风不断吹着，卷不动那些几乎被冰水冻住了的草叶儿和吃完了的冰棍筷子。我想起许多事，昨晚根本没睡踏实，思路总是一个个排队从眼前过，它们至今没过完。我的二叔哆哆嗦嗦从砖房里溜出来，我没回头，叫了他一声，抽根烟咱就走。车热了，你上去坐吧。他到底发没发声我后来也一遍遍问自己，可确实是叫不准了，除此外只有一串仿佛来自梦中的脚步声还算清晰，窸窸窣窣的棉鞋底，小跑过房。这是我最后一根烟，我想稍后到了车上好好跟二叔说说我的事儿，帮我分析分析女人，二叔，毕竟这该是咱俩最后一见面。身后没有动静，我拍拍屁股上的土，快跑过去，车窗上只有我自己胡子拉碴的脸，我在瞪着眼睛找不存在的事。是啊，他说了啊，打碎牙齿还得和血吞呢，他的希望只在来世有。可怎么也不亲口道个别。我故意很慢地发动了汽车，憋了几次火，后视镜里始终等不见一个探头探脑的人，倒是雪坡上多出来个小点儿，像生了两只不同颜色翅膀的怪鸟，叽里呱啦地叫。我把脸向后视镜里不断靠近，终于看见那是一人，一手抓红旗，一手抓黄旗，上面都印着一样的话，泗水岛滑雪场欢迎您。然后他就飞了下来，脑袋撞在坡下一早放好的石块上，再一动不动。后来我被警察问话，听见他喊什么了吗？你严肃点儿回答。我把脸绷得很紧，两手交织在一起，身子前凑，看着他说，我很严肃。他喊的是，我他妈终于看见城市了。没听见其他的，我往前开车呢，不知道他伤着还是没伤着。

　　第二天我就回杭州了，女友见我一晚上没回来，认定我去嫖娼，跟我黄了。我也没解释，心里感谢我二叔，那晚他教会我，很多很多。

4

　　回去后，过了一礼拜，我爸才从老家打来电话，责备我说二叔那事儿，我压根儿不该管。不报警，没几天尸体也被发现了，两个外地情侣去之前没打听好消息，远远看见岛上高耸的雪坡，就以为那还有个运营中的滑雪场，兴致勃勃驱车去玩。看见坡下面栽了两面旗，一面红一面黄，岛上有野狗在两面旗边上不停绕圈，立尾巴狂叫，看起来脑满肠肥。报警后警方最开始是当流浪汉处理的，但从死者鞋垫下面发现了遗书，每只脚上各放了两页纸，似乎料到了要被野狗吞食，鞋垫底下倒是很安全的。我爸说，你二叔也是个心重的人。你俩居然还有个交？不就小时候给过你钱，去学校接过你几次。我说，交情是不多。他又说，通知到家里时我们都不信，以为他早死了。原来他一直在老家，躲在泗水岛，开春儿时我们单位还组织去过一回呢，就没往滑雪场那边儿走，谁去那儿啊。我说，他也是想好了去个偏僻地方躲几年，计划什么时候重返人间。我爸说，没计划好。好在他没跟家里多联系，要不挺麻烦的。我问，他当年到底杀没杀那个女人？警方最后怎么料理这事儿的？我爸说，让认尸，我和你小叔去的。人死了事儿就算了了，那女的家这几年也不闹了，听说是搬走了。他在遗书里把事儿说很详细，一五一十都认了。我说，我想看看他那几页纸。我爸说，别看，他说话没水平，我看半天没看明白。警察也不给我们带走。我坚持说，还是想看看，这个题材的，对我写作有帮助。我妈不是认识所里人吗，帮我弄一份。我爸好像突然想起什么，说你等等。我听见电话里他穿着拖鞋踩地板的咯吱声，由远到近，又停下来默默翻着一些纸。我靠在沙发上，杭州总在下雨，家里晦暗如夜，女友已经连人带物，将这里清扫得一干二净，只给我剩下许多的啤酒。屋内安静到听得清楚楼上婴儿的哭号，我走上阳台，那里视野还算开阔，远处有被高层斩断的一条江水的线。我爸似乎戴着老花镜在给我念，这儿有。咱晚报登了一部分，家丑他们也登，好在是化名。听我给你念不？我摇摇头，费劲，你拿手机拍照给我发过来吧。他说，那你等我用电脑上QQ。我爸始终也没下微信，挺好，在他这儿就仿佛新时代也不存在。我想起二叔说过的，任是什么事儿，你不想它就不存在。他们兄弟俩，这到底是家教还是什么的，这一脉相承的思想。

我已经很久没有陈念的消息了，自上一次我们在快捷酒店分手后，我连她朋友圈都看不到了。那会是场什么样的婚礼呢？海南，椰林，白沙，热带气候，大约就是在这样的背景中，陈念走向人群的中心，扔出捧花，闭上她新嫁娘的幸福的眼睑，接着由人亲吻。杭州没有这样的气氛，连续一个礼拜，天空自清晨就是阴晦的，从高层看下去，一片雾气瘴瘴。我一直没去上班，工作室是自己的，索性专心休假，来专心处理和女朋友一场离散。她后来到家里陆续搬了七八次的东西，最后一次，我们就站在现在这个当初一起布置好的阳台上，双双仰脸看吊顶上的日式挂灯。大白天的，阳台上这两盏灯发出更为黯淡的青白色的光，近乎无用。我们的告别说来也没什么实在的意义，大家都早想放弃。我带了雨伞下楼去送她，小区里所有花草都沾着白雾，与人隔出难以言喻的一段距离，真相宛如梦境。把她送到小区门口时，女友说，伞也是我的。你真需要吗？需要我就留给你。不过这雨也不大。我说，不至于分这么清楚吧。她说，当然要清楚。这些年我败就败在跟你一直不清不楚。我说，不是这个原因。女友说，不废话了，给不给？我说，拿着。女友却半天没把手从羽绒服口袋里掏出来接，她只是石化一样望着我，挡住后面来的电瓶车的车道，人险些被撞。我把伞把结结实实按到她手里，又在她另一只手上放好她要带走的一袋东西，里面包括一个手电筒、两双没拆的袜子和那只我们共同养的宠物猫早已不玩的玩具球。伞一离头顶，立刻有绵密的潮湿感不断往额头和嘴唇上撞。她还在看着我，眼圈通红，似乎等待信号。我说，要不你再跟我上楼看看？除了伞你肯定还有别的东西没带走。慢慢找。她却因此头也不回了。那柄张开的雨伞她一直没打，也没收，就撑开着握在手里，像一把体积过大的防身武器。我不想再看她走远。

我独自去小区楼下不远的拉面馆解决晚餐，我爸还是把我想看的那些东西通过 QQ 传了过来。字体在沾了雨水的手机屏幕下很模糊，图片像素不高，我一边吸溜着面条，一边用手指慢慢滑着，放大看共有四页。本想借着饭馆里的烟火气热腾腾地看完这些字，却总是不知身在何方。那些字眼似乎都不安于只有简单的文字意义，而是在眼前的迷蒙中化作许多画面。我想起自己开车上岛时那一股子颠簸的感受，高一脚低一脚，穿越冰面时轮胎偶然的打滑。冰面尽头，是一方陌生的陆地，上面一间不大的砖房，你得往里开上很远才能最后拨开杂草的设障，穿越心底无边的孤寂。那时，人得相信信念，相信你终能看到一个值得跋涉的场面。平房里没有冒烟，旁边是一样寂寞的雪坡，寂寞的整个的泗水岛。车窗慢慢摇下，车后座上早已欢脱的半岁土狗恨不能立刻从窗户里跳出去，开始它心心念念的搜寻。我得先把那只狗教育好，给它戴上一段绳索，像个西部猎人身体后仰，绷直与它的联系 —— 它把全部力气都用在了挣脱那段绳子上，朝平房里狂叫。这时我能看见二叔探头探脑从门帘后头伸出脸来了，狗立刻扑上去，被他嘻嘻哈哈地扭在怀里，跟儿子一样亲热着。我停止想象，不想再流眼泪，尤其是现在被人群包围，在一家做拉面的小店里，面碗热气腾腾。可我还是和二叔一样有点儿感慨，突然需要一只毛绒动物，想把头狠狠扎进它的肚子里，扎进任何柔软温暖的东西里。

很多事儿都翻页了。

这天下班，我自己在家看《动物世界》，刚好在放企鹅的故事。我将手里的酒，粮食一样往嘴里倒，横在沙发上。一个外地号码拨了来，我看了一眼，连续按它两次，还是在拨，我接了，声音沉默好一会儿，怀疑是陈念打来的。这是她第二次给我打电话，岛上那次我没接到，后来她到底也没回一个，我们始终在电波里错失沟通机会。她问我说话方不方便，我说自己在家，看电视呢。她笑笑问，什么好节目？我说，企鹅，好像是上次咱俩一起看的那期《动物世界》，他们又重放了一遍。我把电视音量调小一些，问她最近在忙什么，如此神秘，还屏蔽了对我的朋友圈。陈念说，她其实同时屏蔽了很多人。我便没再问下去，听她解释说，最近有点儿不想接收信息，打算以后弃用朋友圈。我说，是你老公制定的新家法吗？陈念犹豫一下，说，我们还是挺保留彼此的空间的。其实我今天打电话给你，是想告诉你一声，我也开始写小说了，想你能抽空替我看看。我说，岔行可不好。她笑，你这么说我还怎么说下句儿。还有件事儿,我写的小说用了你之前的构思,你别不高兴。我问,什么构思。陈念说,其实也就用个开头。东北大哥被老婆戴了绿帽子,离家闯荡去了。就那个。我勾开一听啤酒,说你不会体会多深。而且我真不想让你写这个故事,换一个我都能帮你看看,这故事其实不够好。陈念说,但我已经写完了,磨了快一个月。好歹你在电话里听我说说,怎么批评都行,我接受批评。我连着喝几口,电视上,企鹅又再排出圆形的阵容,一圈接着一圈,最里的一圈渐渐成为最外的一圈,不断有补充。最外圈的企鹅头埋在胸脯里,瑟瑟发抖,像个不知道罚站到什么时间的小学生。我看了直心疼。陈念说,我为此特意去了一趟东北,你的老家,我甚至去了你说的那个岛。我们根本是在那座岛上度完的蜜月,那是最后一天假期。猜我看到了什么?我说,你看到了一个好结局。陈念说,你说得也对。但你不可能完全理解我那一刻的感受,你在宾馆讲给我的那个故事不过是个故事。我却亲眼看见了一个活生生的死人。这话说来挺有趣儿的,是活生生的死人。他刚死,头摔在大石头上,身上盖一半的雪,一半被野狗拖出来。我老公看见吓得不行,边打110边抱我,好像我也该被吓坏了,可我没有。我反而很庆幸,庆幸故事何其信任我这个讲述者，才让我看到一个跟主人公相似的人，应有的结局。我说，陈念，他不是你的主人公。她发出了轻微的笑声，我听见了。我把酒移开，同时听见电话那头打火机的响声，我们完全同步，又一次烟雾缭绕，只是烟雾没能再相交于同一块半空。陈念问我有没有可以补充给她的灵感？她已经知道故事里应有一个女人，应有一辆自行车一类的大哥送给她的定情物，应有一个误会的晚上，最后车被砸了，女人躺在车旁边，睁着眼睛在空无一人的小巷子里把血流到干。还该有些什么？我说，该有十来年的逃亡，近两年孤岛生活的体验，他对自己前半生哲学的总结。随后我掸掸烟灰，关上电视，准备回答她要的补充。

　　二叔一手拿着手电筒照明，一手伏在桌子上用碳素笔书写，他第一封也是最后一封给家人的信。房间里没有钟，他不知道写了多久，每天都是这样过去，到晚上天冷，到了白天没那么冷，区分仅此而已。他很久没写字了，更困难的是好多字忘了怎么写。自打十多年前那个晚上连夜出城，他去过湖南湖北，广州深圳，最后把时间留在内蒙古，晚上人睡在棋牌室的椅子上。他现在要写的这些话就是他每晚在椅子上翻来覆去睡着前，脑子里过的话。那时候他完全听不见麻将声，神奇地只能听到一些乡音，亲人和小

弟们纷纷呼喊他,归来吧,归来呦。小白也这样叫他,你就早点回来吧。多年后,二叔在某一夜泗水岛上的平房里,落笔道:

家人们你们好。有家我已回不去,有家我已走太远。可我到哪儿都是有朋友的,朋友教我一些道理,我才知道自己是被社会抛弃了的人,听他们的道理。就我这样的人,逃一辈子能咋样呢?不是说爱拼才会赢,我拼不动,翻不了盘。我想也许不知道哪一天,什么时候,我就会下个决心,离开这个世界。多少年我告诉自己不想不想,可没一天不想。我想小白,想她骑着我给她买的飞鸽,真就像小鸽子一样转啊转,一天就学会怎么骑。那时候我给她计划过买上多少东西呀,现在却连一张纸也没烧给过她。只能到下面给她付钱了。麻烦民警同志、热心群众为我收尸,麻烦我的兄弟姐妹,最后还得认我。对不起小白的父母,让你们晚年没儿女养老。我是个罪人,也起码有过好时候了。不说了,说到底小白,我不应该不信你。

我把页面从我爸发来的图片上退出,关掉免提,走到

阳台上。电话那端依然是陈念安静的呼吸，她似乎已在一个人想些事情。对面楼上有两家还开着灯，雾海在高层间无孔不入，像引人触摸的棉团，小区入口处明亮的街灯，映出路面上几摊坑洼的积水。有人在深夜归家，披雨衣，步伐匆匆踩碎那些光，有人骑着电瓶车开大灯在层层的小区绿化里穿梭，灯柱仿佛武器，笔直地探路。陈念悄悄叹一口气，问我是不是困了，她刚才想了许多不相关的，怕耽误我休息。我的确有些疲倦，现在也睡不着，在地板上坐下，打开头顶吊灯，一心推测远方的她，脑海中的画面。我问，你有没有想我？陈念"嗯"了一声，你继续说。我叫不准她还要我说的是什么。对面最后一盏灯也关上，我看见自己的脸清晰地出现在窗玻璃上，呼出浑浊的白气，蓬头垢面，眼睛发红，伸出手指在起雾的玻璃上划字。打字久了，手也很生，我在玻璃上划出咯吱的长音。像《动物世界》里演出过的，被挤到最外一圈的那些人，要说的话，张嘴就被冷风送走了。

独　钓

方片子在近岸边的地方将冰凿薄,一透光,中午气温升高,水温也升得快,鱼群在冰下聚没聚集叫不准,但总归是必要做的第一步。他等着小东和二黑,不时到岸上看看来车没有,等他俩来了,又会不会彼此搀扶,但凡有一个醉的,今天都难成功。方片子反复跟二人申说,这挺危险,别当闹着玩。午时已过,三点之前,就这么会儿稍纵即逝的工夫,出门前他跟老妈保证过,今晚做鱼。眼瞅太阳高挂,荒凉四野上,车轮轧雪的咯吱声,渐渐靠近了。

车停稳,半天没人下来。方片子去拽门,小东刚拔下钥匙,车里烟味浓重,空调没开,冷飕飕的,将俩人一路开来积攒下的埋怨都化作实体,雪片一样摔到方片子跟前。他想知道发生了啥,没人跟他解释,二黑僵着脸,转头抓车上的钓竿。小东给一瓶子烟头扔进雪地,囫囵过他冻得一嘴鼻涕的脸，四下看，问方片子，这就是你选的地儿？方片子引他看刚选好的洞，没透，现在温度够，人到齐了凿，正合适。小东说，你应该早点儿凿开，等啥啊，我俩到了就起竿，瞎耽误工夫。方片子没说话，小东二黑都头回冰钓，不懂正常，他愿意耐心教给两个发小，这不是垂钓园，不是夏天江边，坐一天就行。要有毅力，鱼都熬了一冬，人要不能学会等待，别想收获，播种还讲时令呢。小东打手势叫停，说知道他行家，别上课了行不？这一路，他跟二黑给彼此课上够够的，都听不进辅导了，想拿分儿。

　　可方片子还想给他们说，这里挺有学问，得知道选洞，留心冰层厚度。有些水域虽然在近岸结冰牢固，中心可能仍是一层薄冰，只有当冰层厚度大于一拃才可开凿。一拃，方片子摘下手套，跟小东比画，十厘米不到，越长越好，电话里跟你们说了，带短竿，带短的了吧？二黑点头，鱼竿被他架在肩上，像个猎手架好了弓。要带红虫，腥味儿重，冬季鱼蔫，刺激必须强。饵不活不行。对了，方片子手一拍，盯紧俩人，千叮咛万嘱咐，带墨镜没有？二黑一笑，带个屁。我来钓鱼，不是来当杀手。小东说，行了方片子，赶紧弄吧。我有散光，不怕雪盲啥的，眼一闭一睁，看得是光明灿烂。方片子自去给墨镜戴上，三人齐力，给最后一层冰干通透。泛荧光的冰块下头，水流看着慢，实则湍急，又黑又亮。你们总该带凳儿了吧？方片子说。小东看他，我最后跟你说，今天心情不好，来这儿散心，开阔。你再叨叨，我现在回，二黑跟不跟我不好说，我一定走。不信你再说一句。

方圆十里，就他们仨，位置是方片子几天前侦查好的。远望能看见废弃了的东湾大桥，所有远离市区的地方，都有冰钓爱好者长年驻扎，方片子和他们混过一阵，学会了经验，也学会他们的体验，即这门爱好，还是讲求单独。有经验的猎手不需要成群结队，冰钓是孤独者的选择。他自己试了几回，的确不赖，尤其有些时候，钓着钓着，雪花下落，感觉人成为课本里的插画，差蓑衣和斗笠，不然便实打实地独钓寒江，享一个宇宙的孤寂和自在。方片子很想把这种高于世俗的体验同人分享，可他没成家，没孩子，身边只一个老妈，朋友基本没有，说不上屈指可数，屈指也就二黑小东俩人，而他们也是在若干年后，同为失意的情形下，才找见了彼此。洞里架下俩竿，二黑没下，站车旁抽烟，算听进去方片子的话，即多网多收，纯纯妄想。

等待就是进程。方片子喜爱冰的颜色，特别是封冻住的江的色彩。冰洞开凿产生的碎片，在原本平滑的浅蓝色上，纷飞出白色纹路，像那些历经百年身价飞涨的瓷器表面，线条开裂，横七竖八，与经过烈火不同，眼前则饱经封冻。等到啥时候？小东问，鱼是不都冻死了，不知道咬钩。我们可都按你说的做的。方片子说，要等。小东说，你等吧，有鱼叫我。早知道这么冷，我就不下车了，学那孙子，二黑早回车上了。二黑正走下来，手揣棉袄里，骂上小东，让你说的，我这么窝囊。小东说，你不窝囊，没窝囊人了。还知道放个屁啊？二黑不置可否，脸色平静，方片子一望便知，二黑没喝多，但有酒打底，晃荡着朝两人来，拳头也攥好了。小东和二黑脸对脸站着，冰洞下有鱼打滚的痕迹，没咬钩，猎物跑了，方片子一声叹息。

　　他们没对彼此使拳，被环境的孤寂压制，双双回洞口蹲下，凝视方片子的鱼竿。浮漂动了，小东跳起，干他妈的方片子，你个傻子，起竿！方片子本可以等那条大鱼，凭感觉得知，不止一条围着逡巡，还是下意识收线，挑竿，看银光闪过，法罗上岸。他有点儿灰心，老妈不爱吃这个，刺少，但是肉厚，不比鳖花或鲫花，小鱼炸了还行，冷水鱼讲究就是酱炖，吃一个鲜嫩。小东把鱼摘下，扔桶里，埋怨说等了半天，就等来这。他又在质疑方片子选址不对，你有经验,经验哪儿呢?方片子说,是你让我起竿的。小东说,我让你起大竿。方片子说,不钓就别指挥。小东笑起来,指给二黑,这小子有脾气了,不让说。咱这趟是图啥,看他节目?二黑笑了,一手掐腰站住,他背上的鱼竿还没落水,还像个猎手,气定神闲站在一处。他叫了声方片子,意思不明白,算安抚他,别和小东一般见识。他自己就不见识,感觉经风一吹,寒气一冻,男人的心事也和游鱼一致,可以冰封,对于饵料,能狡猾闪过。

一个钟头过去,收获两条法罗,几条老头,老头鱼被方片子攥过两手,攥得精滑,心想到家,要自己给它们收拾干净。老妈岁数大了,记不下事,鱼头是有毒的,得剪掉,再细致地摘下内脏。他自己周全家里俩人吃饭,没十年也八载,平时都好度过,无非将小时候老妈料理他的招数,再还施彼身,难度过的,是随年岁经长,不咋熟悉的那个成人世界。他不爱烟酒,一时半会儿融入不了小东和二黑,但主打一个伴随,觉得他们可能和自己一样,也需要来自同龄人的宽慰。在一同走过不见希望的求学路后,期盼得到来自他者的风,吹醒死水。哪怕对彼此吹牛×呢,牛×也是亮 —— 方片子能吹的,只有钓鱼。在他听二黑和小东谈论家庭，谈论哪个男的不是人时，偶尔贡献一句，三花五罗十八子，咱们冷水，咱们更嫩。说完，酒桌要凉一阵，无论小东还是二黑，眼底都一片无助，在空地上费力跋涉。方片子静待气氛再回热闹，几张桌的叫骂中，隐约看见自己的世界，是白天蓝冰下，一个个没有安慰的洞，此消彼长，像打地鼠。

就这儿干等？小东问。方片子摇头，不是干等，也不是不等，一种策略而已。他不知道小东和二黑是怎么看待等候的。二黑自去抽烟，小东跟上，在冰冻外围走出螺旋，谈话声让方片子和鱼，都听得一清二楚。二黑，小东说，该舍就舍，别以为能感动中国。岸上有俩人脚印，以及伐倒后还没带走的整根原木。二黑说，你不知道啥叫责任，别问，你不知道。小东说，不算方片子，咱俩是不在一块儿，二十来年？跟我你都不掏心，跟谁？二黑说，我不针对任何人。你要因这个挑我，咱俩白交。小东说，你太不潇洒。二黑踢走一块雪，我是男人，能扛的自己扛，没义务把什么都告诉你，我有自尊。小东说，你就是怕人看笑话，我还不知道。二黑说，那的确是我白交你。小东眼睛不眨地看他，想一通拳给二黑揍死，又茫然所知，啥也不能解决，感觉是伤了心了。二黑比傻×方片子还难交，方片子说不知道的时候，是想有人问他，啥不知道？二黑说不知道的时候，是想让人反躬自省，你凭啥不知道。这种居高临下的态势，别说发小，谁都难消受，小东对空无打了两拳，二黑还是哼哼着笑。

你们得等。方片子望着冰洞，说好来钓鱼，计划那么多时候，真来了，留我一人守着，那我自己也行。二黑蹲在他身边，他第一次听方片子说冰钓时，就觉得这该是单人活动，他也一直渴望这样的气氛，不同于方片子，在漫长的寂寞后期待同盟，在自己看，所有伴随，都是消耗。离婚后，他对人情有了天翻地覆的感知，事事也无不坐实自青春期起，便恒守于心的理念。如果你不想显得扎眼，就要学别人一样，恨爹骂娘，糟践你的生活，而非糟践自身。可有些话，只有放在被酒精战胜的肉身中讲出，才显得不那么格格不入。二黑从方片子肩后，望去对方，不是第一次体会，像方片子这样视若傻×的存在，也许享有更饱满的自由。没奢望，全是刚需，非得如此，才好不被贷款和婚变压垮，心存一个童话。

太寂寞了。小东说，我想是有四五个老哥，在边上结网。查干湖冬捕你俩看过没，一网网大鱼，热火朝天。方片子说，那是活动。二黑问，咱有啥不同？方片子说，咱们是狩猎。小东说，自己跟自己熬呗，你钓鱼，鱼钓你，谁解乏谁算。方片子换了手，说也可以这么论。小东说，不网住自己就行，一竿钓一个，冤种才上钩。二黑看他，你把话说明了。小东摇头，我没说你，姜太公钓鱼，愿者上钩，都自愿。方片子听不懂俩人的话，不想懂，他们隔着距离，还各自揣兜，对洞里的鱼货看热闹一般，不够上心。时间一分钟一分钟过去，小东其间回到车上，顺窗给二黑扔烟，后者没一次接到，在雪地里寻摸，光是看着，方片子也觉得不妥，那姿态简直像是给狗扔飞盘。上学时二黑小东坐一张桌，俩人成绩不分胜负，都在车尾吊住，毕业后，结下了相比过去更深厚的情谊，当双双步入社会，也各自吊在尾部，虽说分开了车厢。

　　我今天等你，还是小东在说，今天不给我话，我给小凤说你死了，掉冰窟窿了，她不用再等，可以换人。他又喊向方片子，钓你的鱼！方片子不再回头，却深受屈辱。二黑说，我是不给你脸了，钱小东？小东说，我给你脸。二黑说，我和小凤的事儿，跟你有啥关系。小东说，真他妈可乐。和我没关系？一个我兄弟，一个我亲妹妹。我不乐意看你俩好？还是我给你俩介绍的，别忘了。二黑说他没忘，也不用老是提醒，他对小凤是真心，但前妻带着儿子，过得不易，他不伸手帮忙，不是男人样。为啥小东理解不了呢，这就是时间问题。方片子听俩人撕巴，分神，凝视鱼竿，漂半天不动，像是冰层之下，也久没听闻是非，想把戏听一完整。方片子，小东一声吆喝，猿猴似的拉长声音，方片子！他哼哈带笑，来我给你讲讲，你这黑哥，外头该多些账。方片子捂上耳朵，说我不听，你俩是哥，你俩解决。我被你们骗了，以为真的来钓鱼。小东笑个不停，拍膝盖一手指二黑，一手指他，我真长见识，他说，你俩都属那个鸵鸟的。二黑不发一言，烟头在他指尖闪烁又丢失。

这个洞不灵，小东看看桶里的渔获，说。他变着法地围窟窿踩踏。方片子劝不住，他们学不会耐心，把鱼都给劝走了。冰洞幽深，只要是洞，对方片子而言，都饱含诱惑。他起先有理想做考古学家，后来思维收紧，走入偏狭，专拣盗墓小说看，牵挂的不是宝物，而是深处有多深，无人知晓的庞大黑暗下，有没有另一条抵达开阔的路。这些他能讲给谁听呢？他看见小东左拐右拐，消失在一个山坡后，二黑说他去撒尿了。他和方片子一起静静待着，据方片子观察，二黑见老不少。后者给方片子的印象一直是只黑瘦的豹子，孤僻，凶恶，其实自己给自己舔爪子时流露的情绪，比上学时姑娘还见脆弱。是脆弱让二黑总那么迷人，无论男女，都感到自己在悄无声息被其吸引。二黑说，别他妈看了，傻子似的。方片子问，小东为啥骂你。二黑说，感情的事儿，你不懂。方片子说，好吧，我不懂。我有啥不懂的，你们老觉着自己懂。二黑冷笑，处过对象吗？处过一个吗？方片子动了动没有变化的鱼竿，说到时候，我妈会给我介绍。给你介绍到被窝里去？二黑今天一直在笑，像小东一直在骂，方片子一直在说鱼的事，在坚持等。风变大了，把近处碎冰和远处的雪片吹向人的眼睛。

　　二黑说，还你俩玩吧，我要走。小东回来，问他打算咋走。二黑说开车，他要回去见小凤，明摆着的。你们有俩人，能再叫着车。小东咧嘴笑，对方片子，不是你说，他是人不？方片子也觉得事情不该是这样结果。他想的是他们能一起开车回去，带着满满的渔获，都到他家。不说好了的，他来做鱼，给他俩下酒，也让他俩见见老妈，陪老妈说说话，告诉她，儿子在外有朋友，都人高马大的，体面极了。他听小东也说行，说他晚上的班，白天在家睡饱了不好吗，养精蓄锐，多挣点儿钱。结果为陪朋友，来钓什么破鱼，钓个屁！小东一脚给旁边的鱼桶踢倒，鱼顺着流水滑出，在冰上卖力蹦跶。方片子给鱼抓起，可每抓一条扔回桶，不舒服的感觉就重一些。小东二黑已经在互相扯衣服了，半天没动真格。方片子问，为啥这么对我。他走过去，一把推开俩人，指着小东，你为啥这么对我？

我对你咋了？小东明白了必须干个人，不然邪火出不去，可没想到是对方片子。想明白的时候，已经给方片子揍进雪里，骑着他，方片子嗷嗷号叫，越叫打得越重，而二黑一直看着。行了，二黑说，给方片子揪起来，小东嘴上不停，一直问候方片子的妈，方片子的生活方式，他在周围跳舞似的走路，抬手给桶里的鱼倒回了洞。方片子听见鱼被倒进去，像倒几块石头子，发出沉重的咚咚声，他嘴边淌出血来，擦一把，样子吓人。其余俩人快速想起过去的一个时刻，即当着所有人在班级，方片子也这么和老师对峙出。他好像从来也不觉得砢碜，怎么狼狈怎么展现给人，而不是去回手。方片子从不回手，他就是欠，让谁都觉得他自找，大家都有其他敌人和仇恨，谁也没拿他当个对手，可方片子怎么就一回回往上撞，撞到如今都不明白，二黑和小东可能是他遇见过的最善良的两个人。当他们还愿意陪陪他，让他有个平等机会出现——不扪心自问吗，谁真伤害他了？他又有啥理由，不能咽下去。

二黑让方片子冷静冷静，回车里坐会儿。他们都上车了，桶和竿留在原地，估计方片子还准备再钓，到时他俩就先回去。方片子，二黑给他拿纸，擦擦。小东坐在后头，说刚才都蒙啦，真蒙。不是故意的嗷，片子。他伸手捏方片子两只肩膀，跟二黑示意，这事儿挺有意思。他们都等着方片子说点儿啥，哭也行，给个反应，他俩就可以哼哈地安慰，然后结束今天。方片子擦了脸，说他好几年没挨揍了。他把血纸团揉在手里，感觉小东和二黑之间，气氛和睦多了，上学时他俩也一起这么揍过人，每次揍完，俩人感情更好，更像兄弟。如果能顺利渡过这次的危机，俩人还要一个嫁妹，一个娶妹，成为真正的一家，小东还想给二黑也发展成出租车司机，怂恿他把这台破车卖了，换个能拉脚的。我咋记得过去你老挨揍呢，小东提醒二黑，你记得不？学校谁得谁揍他。方片子说，出学校就没有了。二黑说，是，法治社会，小东你以后不许这样。小东点根烟，往外吐气，边笑边咳嗽，像个被对象埋怨的坏小子，说保证不了，最后一回。

他俩打配合说越来越冷，太阳眼看下沉，今天不可能有啥收获。何况，他俩后面还有事儿。方片子，你也听见了，都十万火急，整不好出人命啊。小东吓唬他，我那妹妹，性子急，我都整不住。方片子说，都怪你俩。现在两点，三点前都还能钓着，再试试。二黑眯眼看他，我俩陪你够久了。方片子说，没有，你俩没陪。小东发出忍受的叹气，感觉被折磨够够的，他越过方片子，抓二黑胳膊说，来，你把门给他开开，让他去钓。车下比先前昏暗得多，乍暖还寒，白天如一场漫长的流星，不给人后悔的机会，许愿便再次结束。方片子一动不动，他挺明白的，等我下车，你俩就会把车开走，是吧？二黑没说话，自刚才，他就问自己，和方片子到底是不是朋友，他是什么时候和他们混到一起的。二黑和小东一样觉得好笑，理解了小东揍他的理由，这么艮呢，感觉精神不正常。方片子难道看不出吗？哪怕现在他气呼呼地甩门走人，给他俩送句"滚"，也算种气魄。方片子没有。只是跟个赌气的孩子一样，对峙同他并不亲密的父母，好像他的情绪，还能给俩人造成啥负担，浑然不知，要抛下他才是他们最大的共识。

要是你俩烦我，你俩下去。方片子说，车也不远，我顺窗说话，你们能听见。我想让你俩帮我钓一条，不挑大小，有一条就行。跟我妈说好了，今晚吃鱼，得让她吃着。

小东还想说什么，二黑已打开门，招呼他下来。走前二黑和方片子说，十分钟，行吗，我俩就钓十分钟。要没有鱼，你也别抱怨了。方片子把手表从衣服里拽出，说他看着，十分钟行。小东说，你就惯他吧。方片子却喊，别骂我了，我能听着！小东回身比个中指，跟二黑大笑。这小孙子，小东叼着烟，在洞口蹲上，换他拿竿，上头红虫早没影了，让二黑再给他捻一个。二黑勾虫，小东撇他，×，我想给你衣服勾了呢。二黑说，咋不勾你爹。小东说，以后都备不住是你丈人。叫声舅哥！二黑说，碰上你这家子，算我没积下德。方片子喊他俩不准再说话了，听你俩说，鱼都精神了。不能让它们精神，得浑浑噩噩地走入死亡。小东压低声音，学女人动静，得浑浑噩噩地走入死亡。上学时他语文也不好啊？二黑一笑，蔫人出豹子，出大脑炎。你没觉得么，他有问题。小东点头，觉得了。方片子一字一顿，我没问题，我就是不爱说话。他盯着他们车下的后脑勺，像上学时，他坐在最后，盯着一排排漆黑的后脑勺，很想钻进他们的思维，找到那个将自己和别人分开的路障在哪儿。方片子委屈地抽着嘴，刚才没哭，现在想哭，哭的又不是刚才。

才安静一分钟，竿动弹了，小东眼睛发亮，被二黑按住，他说，你等等。小东看对方，二黑有些时刻，会让人懵懂着想信他，跟随他，小东霎时想，如果二黑也开出租，会很快混成小圈子里的大哥。还设想，往后年节再回家，二黑坐在桌上，身边是他妹妹，小东和小东一家人会把所有专注都奉献给他，相信二黑瘦弱的肩膀和那种虽让人感觉冒犯却饱有力量的稳当，能带领全家收获尊严。尊严，男人这辈子就图个尊严。过去二黑和他喝酒时这么说过，小东挺不以为然，就这一瞬，感受着旷野安静，他闻见二黑身上的汗味，深感赞同。听二黑的对了，一起竿，带上居然是两条，一条吃饵，一条吃前者的尾巴，都咬得那么死，饿疯了似的，脱水还不放松。鳌花带鲫花，给俩人乐的，尤其小东，小心翼翼抓着鱼，往桶里送。二黑喊给方片子听，收成了！方片子知道会是这样，把手放在车上不灵的风孔处，感受微弱的暖意，太阳几乎消失，藏到云后。

  二黑要走，小东问他干吗不再试试，他感觉现在运气到了，也许方片子真选了个好地儿，这里聚鱼，鳌花也不便宜。好容易来一回，方片子就要一条，钓多了，咱们卖呗。他打了一下二黑的肩膀，没到十分钟呢。二黑回头看车，方片子人如外号，理出梯形的头型和他的国字脸搭配，木讷得像块青砖。方片子死不瞑目的眼睛瞪着他们，嘴唇半张，又像刚上岸那些鱼，吞吐着模糊的气泡一样的语言，不知道在和自己叨咕什么。

方片子在想他昨晚写的日记。老妈睡下了，客厅就他自己，电视放着电视剧的重播，老小区，楼上还有冲马桶时那种总让人醍醐灌顶的、崩溃的打扰。如果能在看到一朵喜欢的花的时候，就笑起来，不介意任何反应，说喜欢它，说我从来没有见过它。如果能在面对喜欢的女人的时候，狠狠抱住她的头，说你看清楚，欲望是你带来的，蔓延去了冰层，将咱们都给冻住。假如能够，说我想说的实话，就不用一直进行幻想，维持休息，在你们一次次揍我的时候，认定有另外一个世界，在人类无望达到的认识下头，遥远，漆黑，珍贵。我看到过，在我身上，有了跃跃欲试的凶神。这就是我为什么没人喜欢，也是为什么我信赖自己的心肝脾脏，远超相信人生有公断。我绝望小心地活过三十五岁，吃妈妈的养老金，我能欺骗更多人，像冰层下的鱼，欺骗过一个冬天。假如神明就是这样塑造我，要我伪装，要我献祭。假如献祭能够让我真清醒，我已经在走这条路。写完，他念了几遍，方片子很容易记住写下的话，虽然这从没让他脱颖而出，但一定有所帮助。老妈也起夜，冲响他家的马桶，经过方片子时，问他为啥不睡。

她猜他兴奋,明天要和朋友去冰钓。方片子说,可不,小东和二黑玩这个都是第一次。

方片子摇上车窗,看到他们和孩子一样在每次起竿收鱼时欢呼,拍手,他们都学会了小心地开心,刚被小东打走的墨镜,现在也被找回,戴到后者脸上。二黑越来越快地眨眼,光线虽弱,地面还是那么白茫茫,冰还是那么惨亮亮,气温快速降低,方片子知道,他们撑不了多久。就这样吧,二黑揉着眼睛去提桶,挺沉了,得有十条,差不多。小东收好家伙什儿,跟他说,以后没事儿咱俩也能来。你说呢,多有意思。二黑说咱们还得学,方片子有用。小东把这句话大声重复了,让方片子听着高兴,人像是这会儿才被寒冷战胜,往车里一蹦一跳地走,嘴里乱唱。

二黑拽把手,门一动不动,疑心这么会儿工夫冻住了,可他清楚记得走前车里插着钥匙,没熄火,手机也留在上头。小东说方片子真行,给自己锁里头了。他咋这么笨?小东敲玻璃,告诉方片子按哪儿解锁。但是二黑把他拉回来,让他好好想自己,再想想窗里方片子的脸。方片子把手放在方向盘上,听远处传来枪声。这儿挺远的,靠近刑场,今天是处决的日子,他也不再等待。方片子转着方向,像转动上了钩的鱼嘴,想把什么给拧下来。

方片子，别闹了啊，没意思。二黑说，谁也没想把你咋的，都给你钓鱼了。方片子就算说话，俩人也听不见，车窗很厚，车里不算暖和，但外面一定寒冷，这个天气，晚上零下二十打底，再晚，和西伯利亚有一拼。二黑碰碰小东，示意他道歉，说啊。小东喊，他、他妈听不见！让我道啥，都你给惯的。小东把脸近近地凑在车窗，笑着，手指方片子说，再给你一次机会，现在把门打开。方片子也扭头看他，后者的表情和手势太过熟悉，每回挨揍之前，如果对方还有耐心，就有这番表示，好像如果方片子给他一个机会，他就能给方片子机会似的，他们想要的都不是这个。看方片子一动不动，小东疯狂踹门，找石头砸窗，二黑问他干啥？他可就剩这台车了。小东说，车能再修，我冻坏咋算？他俩站在车头，先是好笑，慢慢地笑不出来。冷风快给钻透，没带来冷静，只有愤怒，还让人被情绪烧着，再坚持一些。二黑内心之前的问题抛了回来，即方片子算不算他们的朋友。现在问题换个问法，他们算方片子的朋友吗，啥才算朋友？

二黑手机响，方片子接，是个女人。她说我是你嫂子，让二黑接电话。方片子说嫂子好，二黑没和我在一起，我是小东。女人说，小东啊，声儿咋还变了。听说你们今天钓鱼去，真有心哪。看方片子拿自己手机接电话，二黑脸色一变，现在砸窗的是他，想让电话里听见，好有办法解救。方片子说，头回来，我们都迷上冰钓了。太有意思了，不想走都。女人察觉不对，她想到了另一方面，是不骗我呢，你俩到底在哪儿？方片子放开手，手机就像刚才小东往洞里扔的鱼，叮咣一声掉到地上，随后便给关机了。他犹豫过要不要再学几声冒泡的动静，或许更好，可已然如此，就这样吧。他其实有点儿得意忘形，不单出乎小东和二黑的意料，也出乎他自己。方片子突然觉得，老天爷终于想起了一件事，即他并不是天生的哑巴。他一直闷着，而等待，没让人丧失表达的能力。现在，老天爷给他一个时刻了，让他看见先前一排排的后脑勺，都聚精会神转过头，期待方片子心情变好，他们就能得来继续活人的机会，而不是作为木偶存在。这种机会，方片子只在最美的梦里有过，醒来后，抱着枕头，他深陷其中，身体还打哆嗦，等老妈来叫。老妈会带着无能为力的音色，走进屋，拖着两只洗脱色的棉鞋，问今天他啥安排。他反问她想吃啥，这就是安排。老妈老了，越来越老，和所有东北父母一样，即便撤除了对儿子能够建功立业的奢望，也最想看见儿子是个正常人。什么是别人眼中的正常人，男人嘛，要能说会唠，烟酒不忌，到哪儿都能找见关系，将个人名字一报，等于报出所有履历和本事。再不济，有几个狐朋狗友，搬家的时候来撒把力气，最后喝多，醉在桌下，仍拽着彼此的脚，说你是我的亲兄弟。

　　方片子过于激动，找来找去，车上啥也没有，抽屉拉开，剩半包烟，他最烦这个，没一次想过尝试。吐出来的烟雾中，他看到小东和二黑，肢体蜷缩，耐心蹲在地上，即便不时蹦高，蹦也是耐心，开始讲究一种保暖的策略。方片子一直按策略训练自己，晚上回屋，关门，对着四白的墙壁，想有一人，正静静同他提问。那人关注他的每一延宕，和那些呼吸里不消多言的哀伤。我也很关注八卦和娱乐，方片子坐得很自在，跷腿，像电视里一个接受采访的艺术家，挠挠自己没啥可挠的发型，说，我更在意内心轻松的方式。如果你活在我的处境就能知道，这里和冰下一样。海明威知道吧，他有理论，写小说才这么用，但如果你问，我要说，很多时刻，人生一样。问题不是写小说才有，是你凭什么让人这么关注，想去研究你的八分之七。说实在的，我不想告诉谁，谁也不配。但有时我又贱贱地希望人知道，我有那八分之七。真好奇，你们是什么时候都上过了一样的补习班，学会去表达自己，学会那种让我觉得害羞死了的东西。我一表达吧，冷场，冷得比冰还冰。上学时班主任指着我，当众宣布，他不用医学报告给鉴定了，这就是傻子。方片子咳得难受，痛快，随之而来恶心也迅速，和说话一样，得给什么吐出来才好。二黑在窗外挥手，星星都出来了，方片子却真沉迷，他对外界感觉不到。鱼冻一冬，也是这样感受，但凡有饵，就想上钩。让方片子上钩的东西叫自在。面对俩人，他也挥上手，作为一种鼓励说，你们现在，才到八分之三。

小东没放弃，还不断散热，浪费体力，二黑想拽他，拽不住。小东每想拿石头砸窗，方片子便埋怨地看他，同时给车发动，前后行驶不远，遛狗似的，看小东一次次摔，干开不走。二黑来敲窗了，手点在玻璃最上，让方片子明白，落点儿缝就行。方片子其实也想听二黑说话。二黑牙齿磕得透响，小东刚想扑上，便被前者一脚放倒，二黑骂小东，是方片子见过最厉害一次。摇开缝儿后，二黑甚至对方片子说，你要喜欢，我给他揍半死都行。片子，你开门。你不知道多冷。方片子说，二黑，不想害你俩。二黑说他知道，你心里有冤，我们平时对你，太那个了。方片子说，我不想害你俩，就想难为你俩。二黑问，是这样吗，片子？要这样，我也不是威胁你，往后咱还处不处？我能保证自己，小东多虎你知道，你娘俩往后还想不想好？方片子笑，又来这套。他说，不不，我不来了，片子，你听哥说。方片子说他听着呢，他们很少这么说话，如果非得选一个，方片子手按心口，二黑，你可以是我朋友，一个知己。但你心比谁都黑，小东是个傻×。二黑说对，小东是傻×，你从来不是，我们小瞧了你。方片子心酸地笑了，刚才我跟嫂子说，我是小东，和你来冰钓。我们迷上了这个，要很晚回去。她有点儿着急，我没解释，给你手机关了，你觉得这样行吗？二黑说太行了，我烦死那娘们儿。但你不该关机，还有小凤，小凤是无辜的。她很轴，今天我不回去，真像小东说的，会钻牛角尖儿。

方片子问他，现在能和我说说吗，你和小东一直背我的事儿？你俩以为我啥也不懂，要是朋友，不懂也替你分担。爱那个小凤？二黑宣誓一般，爱，因为有爱，他这条命不能报废。方片子说明白了。二黑，你让我感动。二黑手指抠进窗缝，此时此刻，一点儿温暖，就能让鱼恍惚。方片子也用手勾窗，在上头哈气，暖和点儿没？二黑摇头，太窄了。小东哭的声音已经微弱，他开始一件件解自己的衣服，二黑想抱他，又舍不得这一缝隙的希望，抓耳挠腮，就差给方片子跪下,说他们会洗心革面,真真的,往后用所有时间听方片子说所有的爱好。他们是两个傻×,二黑说,我们和你比不了,我俩命贱,都有包袱,给个宽大领导。方片子头回被叫领导,看表,快七点了,小东脱到只剩线裤,小肚子垂垂着,不断拍打,也没红起来。是小东先给方片子跪下的。方片子听见了,风声将声音吹走时,仍带一句脏话。二黑低脑袋说,他没知觉了。

是个明亮的夜,方片子下车,给俩人搀回,他们都近昏迷,一会儿哆嗦一下,回座上跟触电似的,视线不能聚焦。返程方片子开车,他惦记后备厢的鱼,鳌花鲫花,还有柳根,今晚够了,有这些收获,往后再和那群老头说起,也能吹嘘,他找见了个天然好窝,学会冰钓的本事。小东口齿不清,叨咕让人心烦。方片子抽口烟扔掉,说你再来一句,给你扔道口。明早上一样结果,扫大街的发现你,和冻死个酒蒙子一样,报告政府。二黑提议,咱直接开医院吧,我耳朵疼,感觉烂了一块儿。方片子回身看,确有这个迹象。小时候听过,烂耳朵烂耳朵,耳朵在冻烂前,奇痒难耐,那么也许要怪二黑自己抓的。他还想问他俩,现在心里是何感受,是不是体会过命悬一线,终生都享受不安？方片子再说，其实是很好一课。让你们知道冰洞多深，今天但凡你俩谁，多揍我一拳，就沉底了。我左右没嫌疑，意外，死无对证，年年都有掉冰里的，但我没想这样。他迅速被自己感动，吸鼻子说，二黑，至少你明白，我渴望啥。

二黑说他明白，从后座拿鱼线给方片子脖子勒住，没深发力，窒息使人晕眩，就像他俩刚才濒死，也体会到一样的干涸。小东跟着缓过来了，这番变故，让他面对二黑，简直流泪，啥叫大哥？大哥比谁都会忍，更切记忍到最后，无须再忍。俩人各自坐上方片子一条胳膊，把后座放平，方片子躺倒了，被击鼓传花，抽耳刮子。小东说，我能宰了他，你信不。二黑点头，那咱俩也得蹲笆篱子。说穿了，你眼里有他吗？小东不住打哆嗦，巴掌越抽越狠，都不像出于自己，是过于强大的寒冷，代风行使主权，抽，就是一个春天。方片子奄奄一息，让二黑小东跟起初一样不懂，前者到底图啥。好像就等待那个挨打的机会，都给他打出习惯来，偏往上撞，像鱼爱咬钩。一时的吃饱这么迷惑人吗？二黑捡起手机打开，小凤信息冲出，我爱的是你。二黑回一行，我就活你。

给他扔道口吧，还有他的竿和鱼。鱼留一条就行，其实都多余。二黑在夜色下伸出手说。雪下不完，一场接一场，未经寒冷，都想不到人世多暖。方片子昏迷着，被架下车，这里逼近市区，笔直开能到机场，但路灯少，行人杳不可闻。倒在地上七扭八斜的他，还念叨鱼的事儿。二黑说给你留了，你摸摸。小东有些怕，问，咱算谋杀不？他觉得给方片子揍个半死，以后不来往就行，毕竟最后他也没想要咱俩命。二黑却说，他想过。小东点头，是，他自找的。二黑，这是给他一教训，你说呢？二黑说，一个惨痛的教训，从今往后，方片子没朋友，没人不嫌弃他，也许除了他妈，他妈也快死了。再上车，小东给二黑抱住，后者起恶心，但没推开。听小东说，这辈子，我跟定你。二黑认真地看清后者由紫逐渐转红的嘴唇，内心波澜，压低音调问，为啥？小东说，为我们经历过生死。在我倒在地上撑不住的时候，你踢了我一脚。二黑把车开走，后视镜里方片子躺在雪地上的身体，就像一块铁皮，刮不起来，会被盖住。二黑一手握方向盘，一手握住小东，咱们是兄弟。他说，到啥时候都是。小东哭了，说刚才他真的感觉要见上帝了。他不信教，信有因果，你不信吗二黑？我们都是好人，可我们都不少该账。二黑说信，但个人路是个人走，不能老存幻想，有人给你搀一把的时候，你最好别哭。说着二黑给空调转到最大，冷风稀薄，流动着，他俩共同回想，刚经历过的无助，像你在世间的一切呼号，都得不到回应。这感觉是很可怕的。二黑告诉小东，他想有个知己，但感觉谁也不是。方片子的体验，他其实也有过。

可你心好，小东说，你没丢下我不管。然后他紧着抽烟，发现方片子抽了更多，觉得这不可能。二道不远了，老厂房，拐弯就是，小凤在家，二黑一进门，她可能就会把自己哭哭啼啼挂他身上，说你老婆今天又呲哒了我。二黑会笑，让她安静会儿，她向来喜欢听他讲故事，那么今天的，主题该是柳暗花明。你不认识方片子，他要捋她头发告诉她，让小东在旁补充，一个上学时的傻子，今天险些害死我俩。别问，我都不知道为啥，他能起杀心，最后又给我俩饶了。小东还会喝酒撇嘴，说二黑给想复杂了，借他俩胆，敢干这个。二黑仿佛能看见方片子，按着肋骨，随后在雪地上虫子样挪动的身形。他问小东，咱俩给他留鱼没？小东说留了吧。二黑问留的啥。小东说柳根，手一样大，他起手第一个攥住的，就那条鱼，这他还觉得可乐，留个屁，咱俩仁至义尽。车停小东家楼下，窗里，灯直截了当明亮着，二黑不想说话，就这么看。等会儿他们还会喝酒，享受热闹，小凤会勾住他的脖子，再笑自己哥，就你，会做鱼吗?还钓鱼。小东必然把气喘匀,说钓人才不易。

方片子不容易地爬着,浑身上下,血筒直忍不住,吐脏水一样往外,沁透随他爬行带出的轨迹。不知道过多久,有人叫他,同志,醒醒。同志,你不能这么吐,胃出血了都,喝多些。方片子咕哝着,来人冲他弯腰,给个地址,你说话。方片子问,得鱼没有?对方拿脚刮刮雪,说看着有一条,冻得梆硬。不是,你在乎这干啥?保命要紧。方片子说,有用,我妈在家等鱼,今晚做鱼,最好酱炖。路面雪花纷洒,大雪时候是这样的,天染成红色,不见启示,但仿佛耳畔有个杀神,跟你说杀,杀,也跟你说,收,收。方片子知道,今天是杀不够,也收得晚,这样结果,挺合理的,至少他还落下条鱼。鱼结了霜,不复精滑,他想给鱼在胸口焐暖,还冲路人笑说妈妈,我终于感到了自由,和冻死的鱼也说,不用担心,我有朋友。朋友在我两只眼睛里,像遥远的星际,闪光闪芒。路人说去他妈吧,这人疯了。方片子那晚能看见通道,没如此清晰过,简直像专迎他的,带酱炖的香味儿,人缓缓走进锅里。我要说出我喜欢啥。方片子说,我喜欢一朵花,就用我的语言告诉它。让他说着了,春天时候,二黑和小凤在婚宴上,也敬出祝酒,感恩戴德鼻头发酸 —— 走一个吧,给我们所有的朋友。

慢回身

1

将会下雨一周，预报上这么显示的。今天是第三天，我和平时一样在中午起床，想着怎么打发时间，想出玩拼图的办法。一千五百片，迪士尼主题的，几十个小时候和我挺熟、大了都忘却的卡通形象言笑晏晏，齐聚一堂，拼这个，怎么也得两天。雷声轰隆着，李旭东突然回家，穿件洗松懈了的POLO衫，配西裤，站在玄关脱鞋。他问你吃饭没有，自问自答，说他也没吃。不，吃过了，但可能别人吃得比较多，他喝得多，李旭东中午也有饭局，通常是面对那些前天晚上来的客人，领着坐游船上喝茶，晚上再是一顿，最后给送去车站或机场，拥抱彼此，约定下回再见。这次服务得挺好，各方各面的，对方总这样说，给李旭东五星好评。他现在不该出现在家，更不该有所逗留，我给他拿水，让坐下歇会儿，想着看时间，下午还得去呢。他说不去了。我纳闷儿，调休一天？他说，不干了。刚在桌上，已经和王彬说完，敬了一轮，给王彬多敬三杯。我起身想掏李旭东兜里手机，他没让，说现在做啥补救都没用，他已经离开公司了。时也势也，他一直挺受逼迫。

又拼一会儿，外层缺少几块，四面不能衔合，我去阳台上站着。李旭东睡在沙发上，枕两个靠枕，手搭在我的一本硬壳书上。那书我总想好好看一遍，每次都困厄于人名和记忆，有时从中间翻起来读，读到想哭，屋子常日安静，兜住许多的丧气。我用剪刀起开一瓶罗斯福，给远方的朋友林珍女士去电话。她说刚开完会，你什么事儿？我说，在喝酒。她说，等我两分钟，上个厕所。我以为她要把时间花在去厕所上，结果厕所才是她的目的地，在那里她可以戴上耳机，好好和我说话。我一直感激林珍的存在，感谢说多，她不想听，我还挺热衷讲，她说再这样下去，早晚有一天，她不得不离开我。我问，为啥？她说你知道。你是不特希望所有人都离开你？我说，挺哲学，但没那么严重，是李旭东出的事儿，他好像没工作了。他要没营生了，我怎么办？林珍说，自食其力呗，想听别的答案，还是你有别的答案？我说，没有，没试过，从不敢想。她说，真的，如果我不是打十二岁就认识你，咱俩早掰了。我喜欢这个话题，希望她延伸下去，我现在需要的，就是和人大吵一架。吵过之后，全体离开，外头大雨如注，也许我还出去跑一圈呢。

林珍给我讲，人生贵在拼搏，拼搏不会都有成果，但不拼不搏，人生这么过去，你的下场，今天都算好的。她的确和我越来越远，也许人往高走，眼界加宽，心眼变深，看待世界就会不自觉发淡。慢慢地，就什么也击打不了人的灵魂了。这当然是成绩，让我反躬自省，是不是也学着用一样办法度日。想了三十来年，终归觉得没劲，便又去开瓶酒，兼踹李旭东的脚腕子。他蜷缩住，一米七的身体牢牢抱住剩下的靠枕，有眼泪在浅眠中滴下，他应该听见了我们的对话，心怀怨恨，睁眼瞧我的下一步举动。我坐在他身边，打算学电影里头的人物，给受挫回家的老公一个爱的怀抱，说没啥的，家还在呢，我也在，《春光乍泄》里不是说，我们从头来过。我没说这样的话，只是摸摸他的烫胳膊，这条努力赚钱养活了我十几年的胳膊，一想到它变枯变废，就让我忍不住去拧。用的力气不小，它先是红了，后又白了，在李旭东咬牙忍耐下，催生他更多的泪水,最后嗷嗷埋头,低着哭出声音。我想了想,抽几张纸,塞他手里,他想了想,揉成一团,扔回我脸上。

我和李旭东当晚出去遛弯。多年习惯,只要他在家,再晚,我们总会出去溜达一趟,围绕小区周围的商户街道,至远转去江边,手牵着手,不说话,该走也走。洗过脸,他在系鞋带的时候跟我道歉,说今天有点儿不尊重我。我问是扔纸吧?啥时候这样对过我。他说,这不对,他知道,遇到再烦心的事儿,也不该去挑战我,何况这是羞辱。我默默听着,想问对我掐他打他,他就没记忆吗?不用问,一定没有,不然他也不会和我凑合这么多年。我一直觉得李旭东有点儿精神疾病,万般忍耐,跟在我手里掐着他什么短处似的,常表白,说只要和我一起,人就有了活气。多么犯贱,越这么想,我越瞧不起;越瞧不起,我越离不开他。事到如今,我在思考关于离开他的事情。李旭东拍着胸脯,领我去告示牌前,说就是看看。我们踩着下过雨的水坑,到处湿漉漉的,空气有着鱼的腥味儿,吃海鲜的季节到了。整一面租房的信息,都是我们这片儿,七十五方,月租三千;六十五方,月租五千;一百零八方,月租八千。我说也没就业信息啊,发现李旭东正暗中记忆着。他记忆的时候,干动嘴唇,信息念一遍,基本就能记全。不靠这点,双商不高,他也不能念到985,从农村脱贫,到新一线,这借那借,借下银行两百来万,有了我们这套婚房。

他还在问我饿不饿,坚持去楼下那家粤菜馆,说上回点的海鲜粥我说好吃,给得也足,鱼虾螃蟹应有尽有,米粒熬得烂烂的。我不太饿,灌过了酒,在平时,会想吃点儿米粥,今天我只是看了看他的侧脸,那张脸闪烁油光,还微笑着。我俩拐进了一家兰州拉面。店里基本坐满了,清出一张台子,我们先到,有了座位,几个人站在门口探头探脑,计划着坐在道边儿,也对付吃了。李旭东和我商量,再加俩小菜吧,两碗面,俩小菜,两瓶汽水,还算一顿丰盛的晚餐。我说,两碗面,可以了。你不用刻意这样。他问哪样了,不就平时水平?他往油渍麻花的桌上探手,拍我的手背。李旭东说,我从不担忧明天,不然不会去制造今天。他越这样我越想把刚上桌的小碗赠汤泼过去。李旭东开始喝汤,看来的确没啥心事,吸溜吸溜的,品评说胡椒味儿还是重,他不喜欢吃胡椒。

他喜欢什么,真说不上来。一起十来年了,感觉李旭东对什么都行,什么都能应对,所以我不理解,他为什么今天辞职，主动告别一份能养家糊口的工作。我绞着筷子，盖浇面结实筋道，咬开有点儿白芯，最喜欢这种。今天食欲不够，它们团结团结着，给筷子裹在中心，竖立起来，被李旭东一下打平，像个做着康复训练的病人，突然被撤去拐棍。李旭东说，筷子插饭，上香似的，不吉利。我说，都不知道是不该去算算命，咱俩今年不是犯点儿啥吧？才几月，出好几个事儿了。当然你今天这事儿最大，希望有一锤定音的效果，置之死地，赶紧后生。你说呢？李旭东说，没问题，我不是一时冲动，都考虑过。我说，千万别跟我讲你咋考虑的。他说，不讲，快吃吧。

不下雨的时候，街面上吃饭人多，和北方一样，也在夜晚支上伞篷，塑料桌当中放啤酒桶，拧开龙头，酒哗哗放出，一个个传递着喝。场景不同的是，电瓶车从狭窄的街道里耗子一样蹿过，他们更多的同行没飞驰在轮子上，待在电瓶车上，在广场的临街，跷开脱了鞋的脚，安放于前挡玻璃，和雨刮器一样给擦着窗。孩子永远这么多。再怎么降低生育，出现还是出现，一茬小孩配一茬老人，我和李旭东牵手走过他们，闻见奶乎乎的气味儿，也有老人专属的味道。舞曲震耳欲聋，几个红蘑菇似的东西摆在砖地，形成不连贯的赛道，几个红蘑菇似的孩子，戴头盔穿行其中，背手低身，几次将我们撞着。老人还有自己的活动，除了舞蹈和天伦之乐，他们恪守时间，九点一到，冲锋进打折超市，我们一样被后者的旋风刮过。我挺迷茫，觉得那样的超市，现在也该去看看——一家子没工作了。我一直没有，李旭东此刻没有，明天大概率也找不到，得想出办法，赶紧的。李旭东说，我死也不会进去。我说，做饭是我的事儿，我做啥你吃啥。你吃不出肉是四十五还是二十一斤。他说，倒是。你别买便宜东西，行吗？别糊弄我。我没回答，很快就到家了。放开牵我的手，李旭东抱着电脑往书房走，他进去第一件事准是大哭一场。我不想听见，我打开电视看电影。

女主穿着一身现在也不过时的蓝色套装，戴深蓝色帽子，充其量八十斤，脸色惨白，神情慌张，背景里有棵硕大的圣诞树，都在欢度节日，她也跟天祝祷，不对她们信的是上帝。她跟上帝商量着，疼痛消失吧，快快远离我。不知道咋，女人咧嘴一笑，天上过去了一架飞机。我跟着咧嘴，正是喝酒的气氛，酒精来到吧，快快占据我。夜深，和李旭东抱在一起，他问我害不害怕。我说有点儿。电影没看完，已经被吓到，它讲一个女人怀了孩子，以为所有人都要伤害这个孩子，不知道这个孩子，才是害她的元凶。

他离我远了点儿,说最近不会碰我。我们最近都别碰彼此,昨天不是刚碰过吗,碰得挺好。他害怕,昨天没事吧?我想应该没事儿,孩子要是选这时候来我家,够犯倔的,我不喜欢倔孩子,你喜欢吗?李旭东迷迷糊糊,说都行,只要是咱俩的。他最后迷迷糊糊,说现在时候不对。我转过身,等他起呼噜,好半天都很安静,李旭东又在夜里想事儿了。

当晚我做了个梦。梦里生完孩子,她被亲人围住,我来不及看,摸见肚子上添条横疤,像一条拉锁,还能再次被拉动。我走来走去,疤痕尚有重量,似卸货没卸完全,而顶着它,在人潮中度过余生,将成为我最可识别的标签。我说,得让我看孩子啊,男孩女孩?我妈告诉我,是姑娘。李旭东在角落里蹲着,我踹他起来,他简直不可置信,更不可信孩子居然生得挺白。我也说,不可能,我生不出这么干净的小孩。可我还是抱着她了,她很轻,很嫩,像粽子叶包住白糖糕,我上去就想咬一口,又是在咬自己的肉。李旭东把孩子接过,搂过,他很有分寸,给轻微晃着悠车,仿佛一辈子能这样算了,啥都公平,再无怨恨。我一直担心自己会在生产中死去,想不到这么轻松,没感知半点儿疼痛,在梦里做梦似的,娘俩平安,把孩子接到了世上。

我妈搀我一把，问她，顺产还是剖宫产？她说有个难关，让我学过两年外科的父亲给攻克了，没造成风险。生产时，我两只脚是倒着长的，像个天生的畸形，往后撅脚指头。我想了下这个画面，《危情十日》里的凯西·贝茨，用锤子打碎一个躺在床上的作家的脚骨，就那样子，畸形脚被我爸用手硬生生给掰回原处，又和正常人一样向前走道，接着，我姑娘呱呱坠地。动一动脚，也没感觉疼，想再看眼孩子，四周都是白璧，微瑕的李旭东抱着一尘不染的新生儿，原样蹲下，跟着隐了形。我什么也看不见，醒来手搁在肚子上，怎么摸都是滑的，有点儿小肚腩，纯喝酒喝的。

　　窗户被雨打得噼里啪啦，凭光照，断不出现在几点钟，我给林珍回消息，说没吵架。家中有了另一人的动静，工作日里我很不适应，有人没经同意就要分享我的独乐世界，这人还是李旭东。朝外喊一声，他进来了，替我拉窗帘，起不起？他问我。穿戴好的他，一身运动服，再次确认今天他没班儿上。我说，做了个好梦，咱俩有孩子了。他说真不错，你等我回来再说。问他去哪儿，李旭东叹气，不得想辙嘛。先回公司，把东西收一收，再和同事都告个别，签几张单子。没事儿，你不用操心。我说，意思是你中午还回来，家里可没饭。他说，不回，完事直接找朋友去，今日事今日毕，趁热把代理拿下，以后专注跑业务。我寻思这就是无缝上岗吧，他真有办法，虽然之前也和我提过，我一直没往心上放。他意思是，往后没有五险一金，咱可以自己交，他还是该谈判谈判，该出差出差，我也该在家，还在家待着。

他走后，恢复往常，空空荡荡，变化都生在新闻上，若不打开和外界的通讯，三室两厅几年如一日，人能活成野仙。我用小号登录微信，十几个红点窜出，文字过多，加载让人犯晕，一卡顿一卡顿的，昨晚我做梦生孩子时，对面刚开始发情。我解释说，心情不好，没看手机，别气啊。刘一川说，最近总这样，我真有意见。我说，别，本来我就情绪不稳定。他犹豫半天，对方正在输入，其间我泡了咖啡，萃取液加羽衣甘蓝加黑莓粉，怎么营养难喝怎么来，反正，得补全乎。我就着外卖喝这杯稀奇古怪水，恶心不咋恶心，只不断发怔，怀疑有点儿智力的人是不是都要养成祸害人的恶习？一旦培养，它信马由缰，长驱不返，和别的杀猪盘相比，我单线服务，专注攻杀刘一川，不图财不图地的，图他和我一样是无业游民，还愿意和我探讨人与人性，死与死期。昨天他发的信息，关于溥仪在天津，面对各类邀好，怎么判断孰真孰假，孰真的可以依仗。我问,哥,你想复辟啊?他终于打出字来,我面对你,就像溥仪面对东山再起的诱惑。我说,哥,真有文化,你说的我一字儿不懂。刘一川回了个皮笑肉不笑的微笑,跟我说,听就行,我做你的庄士敦。百度了,庄是溥仪老师,写了本什么黄昏,把溥仪发育时那点儿隐秘抖搂个净,非我族类其心必异,我正告刘一川,我是一个正常人。刘一川说,没说你不是,你有颗金子般的心。我挺高兴,他又说,看看腿?想骂过去,见自己盘腿坐着,比例是挺耀眼,大腿如半斤米袋,小腿如八两哑铃,李旭东曾经赞美,然后就把我私藏。私藏就私藏吧,好在对方从不会说,看看肚子。我给刘一川选角度拍一张发去,对方跟要死似的。互瞒互害,我只知道他是加利福尼亚人,IP地址这么显示的,他一直和我抱怨老家房价过高的问题。

一年以前,我都不拿朋友当回事儿,他们总是存在,总拿你当个桶,什么情绪都往里塞,状态好的时候,我不拒绝,可人总有看顾自己也费劲的一个时间段,当下正是这样。刘一川从附近的人里加上我,拿我家小区为圆心画轴,圈出五幢居民楼,一想到他家窗户可能看到我家窗户的光,他就哆嗦,连说自己不敢。李旭东当时不在,问他为什么加我？问完身后似有豹子追赶，我嘴里叼着急支糖浆，平咳喘，不平心跳，挺激动的，迅速给自己想好了人设。他说，我不相信人类，人都爱炫耀，我没跟你炫耀过什么，除了我的精神痛苦。他说得对，但有没有可能，一个人实在没啥可炫耀的，才愿意炫耀精神痛苦。我问，总得有个事儿做吧？我是女的，不用养家。他说，我姐夫开饭店。家就我和我姐，他俩不孕不育，产业到头都是我的。不是，我想就你先前的话讨论一番。我往上翻，先前说啥了。他说，宝宝，这样说可能得罪你，为你负责，必须告诉你。女性不自立，属于自掘坟墓。不同于男性，讲求一个社会价值，女性拼搏更多的，是容貌、身材价值。要么这两点你属于天之骄子，但厚积不薄发，男人也不会拿你当回事儿，你说呢？我说，对啊，哥。我说我想自立，手头有个股票，需要找你发验证码，咱一块儿挣钱呗。刘一川说，咱们之间，不谈钱。我需要你提供女性特有的情感价值，比如崇拜，比如驯服。你对传统文化什么看法，对三从四德呢？我说，你连续从我三次，到第四次，我答应你，我就得了。他大笑，淘气。我说，哥，我一个单亲妈妈，带儿子，还不会说话呢，我需要有个人从物质上，各方各面，照顾我。中间他提出打语音电话，我打了，蚂蚁打我这儿过都死无葬身之地,夹子高手,夹出青春期。他听后十分满意,发来二百红包。我先说不收不收,后说感谢感谢,我没法报答你。刘一川说,看看腿。过后我咨询林珍,她毕竟干法务的,这样构不构成诈骗?她告诉我,金额太少。问那要积少成多呢?

我一直没工作,也许因为身边一直有着李旭东,他是借口,也是元凶。大学时候他和同事来我学校踢球,操场是我最愿意待的地方,塑胶跑道塑料草,我没事儿就搁那薅草,坐稳了,一薅一个逃课的下午。认识的人都不爱和我玩,关系维持在遥远地带,我交了挺多网友,最早是笔友,盖着静安区的邮戳,给我寄《新民晚报》。我没少骗他们,男女都有,到大学更肆无忌惮,经常骗个晚饭,有眼缘了,再骗个晚场电影。有次我和对面大学的男生在他学校,绕操场走啊走,他死活不看电影,说想听我唱歌。我提不起劲,给他唱了首高凌风的《燃烧吧,火鸟》。他在听我反复唱火鸟时,站住,掰我的肩膀,挺客气地把我送出了校门。我回到自己学校薅草,薅到星光出现,手里才拔下两根,足球冲脑袋过来,撞了我一下,李旭东这才发现阴影中坐了个人。他直道歉,劝我去看看。我说不疼,就是发晕。吃了一顿必胜客后,我不晕了,彼此留下联系方式，意外中的意外，他有房有车，比我大上挺多。我俩处上对象，属于破车合上了车辙。

那时婚房还没下来，我知道位置在哪儿，李旭东领我看过，荒烟蔓草，附近都是工厂，不是挖掘机就是挖掘机，挖掘机颜色好看，湛清碧绿的，还画着外国名字，我觉着高级。我基本不和他说家庭情况，不是说不出口，而是不想再骗。对他，我知根知底，农村，沿海，东北，扶贫。他妈妈身有残疾，我问爸爸呢？他说爸爸给人务农，这就是能走能动，不算一个负担。挽着他的时候，我走路也能睡着，有时烈日当空，他都以为我见面前先喝了酒。我被他背回出租屋，放在床上，床头放着许嵩的歌，《紫色围巾》《我的妹妹》，李旭东不断拿棉花泡酒精，给我擦手心与脚心。我会枕着他胳膊入睡，没感觉受惊动，不到七点他便起床，赶往公司去的班车，在座上吃葱油拌面，配一袋豆奶。醒来，我恍惚一会儿身在何处。他洗过的被子清新极了，出租屋的一切都既寒酸，又干净。衣柜里没几件衣服，一套化纤衬衫配掉了拉锁的西裤，和人一样单薄地立住，我拨动，它转一转。我给穿上，在镜子里照着，想自己也能是个好销售，今天卖楼盘，明天卖手机，晚上再喝顿客户大酒。我妈这时打电话问我在哪儿，我说导员办公室,开会呢。导员随后问我,啥时候交检讨,明天就是批斗大会。我说,我结婚了。导员说,别逼我给你妈去电话。我说,去吧,我妈被我气停机了。他说,别逼我跟校领导报告,让你不能毕业。我说,去吧。不跟你说我结婚了?

我和李旭东在答辩下午领的结婚证,我都没洗头,套件米色毛衣,怎么看自己怎么让我想到小时候在《知音》上读到过的风流妇女,最后被老公公在苞米地里攥死,留下的生前相貌。她何其无辜,被黑色条带盖住的眼睛下,嘴抿成薄薄一线,仿佛在诉说她也就能这样了。同类的报道曾让我在童年提心吊胆,为那些我还不能明白的满足,不满足,得到,得不到。有时候,人得干出疯狂的举动,证明自己是人,不是被绳牵的动物。我这样叙述给走出民政局的李旭东,他把我烟味弥漫的嘴唇吻了又吻,安抚说你闭嘴吧,大喜日子聊点儿喜兴的。我想确认,婚前财产,房子没我的,是吧?他说没你的,但我是你的。我非常能挣钱,你该有信心。一对对小夫妻往同样的门里走,我更乐意观察那些隔一扇门,办理离婚的两口子。李旭东不让我看,像他所信,不能有一点儿不幸的预兆,我们该办个婚礼,哪怕只在他老家。我问,你老家有井盖吗?他说农村没有，水从地里就流出去了。那的确省步骤，城里还得拿红纸压压，讲究更多。他带我步行前往建设中的新家，路上，经过高架，经过绿化带，经过数次电瓶车的刺杀，他踌躇极了，问，真不给你父母通个气儿？至少告诉他们户口本如今放在哪儿。我说，他们知道。他们一直都知道，从我落生不久，就知道这是个祸害人的孩子，但凡不亲近，她都不祸害，越亲近，越被无差别捅刀，循环往复，不留慈悲。时至今日，我仍不想和李旭东讨论我的家庭问题，我只是常叙述给他，童年、少年度过的美好时刻，油豆角酱茄子的浓香，冒着白气，盘桓在一次次晚餐桌上。

房子交付，我和李旭东迫不及待住进去，床没置上，水电通了，俩人夜里打开客厅的灯，一人一个木板凳，靠着枕头，数对面几扇亮窗。我们羡慕那些有床睡的人家，估计对方也羡慕我们，没床，俩人找也找到一块，脑袋里都是生命和谐，万物大同，情深似海，海纳百川。我迅速接受了从学生到主妇的蜕变，给新家具擦灰，给旧家具归类，最后都不擦灰不归类，看它们爱往哪儿放往哪儿放，我躺下来，领略电视节目。心血来潮，也给李旭东做饭，锅烧坏两个，刀具都还稳健，他通过几回肠道，确认和我的菌群熟悉，也对新的菌群保持开放，百折不挠，人正常活着。我想不出家庭主妇还能干点儿什么。洗衣服有洗衣机,吸地板有吸尘器,洗碗机我们置不起,可只要常点外卖,就能解决碗筷涮洗问题。总之我们生活一处,十分和谐。李旭东一年有半数日子出差在外,那半数,是我最无法无天的时光,谁电话也可以不接,除非想接。一个晚上,我刷手机,刷到关于职场霸凌,还有职场性骚扰的问题,看得我嘴唇发干,非常义愤,想喝酒,合计再三,烟酒都戒了,我想到肚里的小儿。害怕他落生成人,长大后,向我请教:妈,我怎么才能被不霸凌不骚扰啊?天啊妈,你没进过社会——我从床上坐起,穿鞋下楼,朝江水方向笃笃地走。天上一颗星也没有,伸脖子看,没飞机经过,对岸仿佛镜像,别以为贫困对岸一定有高楼显照,我这么想,矮房对面一定还是矮房,高楼对面一定还是高楼,一切都一样,才坐实这是环境。我默默捶打肚子,在心里计数,半夜一点五十一分,过一人,我少捶一下;过一分钟,我暂停一分钟。

2

明天再解决明天的问题,今天的问题若不解决,也放到明天处理。我在四月七号的早上狂呼乱喊,为发表喜悦;很快又在十一月四号的下午,哀沉不已。在圆满实现一件事后,悬念过去了,平静如假死一样降临到身上,这是哪本书上说的,它很会比喻。我坐在马桶上发愁,不知道该不该告诉李旭东,前提是我自己还没能消化这个内容。李旭东在哪儿,我不知情,自打辞职,他每天更少出现在家,到晚上八九点回来,都让我怀疑他是不是进了私企,拥有了时兴的996。回家,他也不聊,今天见了谁,做了什么。很奇怪,过去我对他常问这些,不咸不淡的,他都愿意讲给我听,现在却成了保密局一员,言辞相当稀少。他见我把家里存酒都摆在了门外,问是过期了吧?我端菜上桌,一荤一素一个汤,今晚有他最喜欢的酸菜汤,李旭东吃这个,百吃不腻。稀碎的羊肉片在酸菜里浮沉,每片顶着少许辣椒面,香菜最后撒,小绿帽子一扣,神仙也有食欲。他一概风卷残云,身上发汗味儿,嘴里发出抽水机的动静。我说,到时候了。他说,你别急,我刚上轨道,今天谈了一个老客户。我犹豫再三,搁下筷子,通知他说,孩子来了。

李旭东费劲地按遥控器,电视不听指挥,可能是遥控的责任,它发黏在一个选项上,任凭怎么用劲,折磨它,到它真跳脱的时候,又在选项之外。李旭东反感所有和日本沾边儿的视频。他按啊按，保持一言不发。说实话，事情出乎我的意料。我俩之间想要孩子的，从来是他，我遥远的婆婆，只在电话里吐露声音，有时娘俩背着我聊，一聊一个钟头，折返后，他唉声叹气，会抚摸我的肚子。我感受到一种不能把控的惊讶，让他别吃，也别按了。他离开布满温馨的油点子的餐桌，越走越快，把自己关进卧室。不免想起几个月前，告诉他同样一个消息时，同一个人情绪的对照。是啊，我也变化了，可他怎么能变，就因为失业？我接棒李旭东不用的遥控器，搜索收腹操的锻炼。上提，下蹲，蹲没几下，再动不起来。此刻我非常需要酒精，或一根烟，如果我不是一个怀着孩子的——说妈妈还为时过早，我会痛快一些，他同样不必就此烦恼。刘一川没这类烦恼。后者和我发着消息，又散出一点儿信息，说只要我嫁过来，永远不必担心，生孩子，坐月子，婆媳矛盾更丝毫没有。我想问你没妈？没发出来，他解释说独生子，谁也管不了他。这难道不是世上另一个我吗，我不想认识我，哪怕他是男的。刘一川打出许多表情包，他发现了，给我普及历史知识，纯纯没用，我不懂，除了能拿他开涮。我问的是，你会不会觉得孤单？他说，会，宝宝。每天我都有活在岸上的感觉。不是你一个人落到孤岛，单独配单独，是可以接受的。谁也接受不了的，是留在海岸，身后是海，身前是岸，漂啊漂着，看到螃蟹从你身边打横也走出很远，而你根本动不了。他一说，让我觉得可能喜欢了他。李旭东可怎么办？刘一川想知道的则是，跟他，我儿子怎么办？他一天给自己布置八百个问题，粘牙赖口，易陷入想象，问我带着儿子嫁他，儿子叫他爹，还是哥？我说，哥，你别想了。刘一川说，宝宝，我必须想。

除我自己，林珍是唯一知道发展全貌的人，对我和刘一川的交往，她不干涉，判断了意思不大。你俩之间掺杂太多欺骗，林珍说，你责任多，我比较懂。可到了法庭，法律不会袒护你。我白天不断给她发信息，说我本来都不觉得是个问题，如果李旭东没失业，日子该咋过咋过，不被刘一川影响。她激赏我，行啊，还是挺现实的。我照实说，不是现实那么简单。论现实，我怎么能相信刘一川？和李旭东都过多少年了，他怎么样，我知道根底。人不会为了吊在眼巴前的萝卜去放弃一片萝卜园，除非有散光。有的问题，喝上酒我更清楚，懊丧在于孩子来了，像个球童，把打散后不想打的球，重搁进三角框，在球桌上，又组成完整的阵型。我说，有没有可能，往后我换一种活法？让李旭东也得自由。他就不该在我掌控之下，人的厄运，可能是人的契机，我俩本就相互凑合的人生，将因此开辟两条新的道路。林珍说，唠点儿干的吧。李旭东至少有养你的意识，他习惯了。换别人，谁这么认命？我说，别人还没废我武功呢。话到此，我回想自己是否拥有过一身武功，但我确曾和别人一样，有拯救世界的野心。

　　李旭东在家滴酒不沾，我喝过酒，不管白天黑日，在沙发上沉睡，兴致一起，招呼上回家的他，来了，大爷。李旭东蹑手蹑脚给我拿盆，放地毯上头，这样我侧身便能吐出，精准方便，解决后患。他从不明白我为什么要喝这么些酒。他说男人在酒桌，是一个世界，那个世界通行的规则，就是谁趴下，谁完蛋；谁屹立不倒，谁签成单子。有人让你签单子了吗？我吐着口水结成的泡沫，说没。他给我擦嘴，这不得了，小傻瓜。他说再也不会让我重现某年某月发生过的事。越这么说，我越记得，那是我第一次见面李旭东的顶头上司，王彬。王彬丹东人，单眼皮，身量高，一点儿不瘦，穿拉夫劳伦格衬衫，手表什么牌子没看清楚，但当天放我耳边，跟跳舞一样走着针，哒，哒，还跳快三步。桌上都带家属，王彬不劝别人，单点李旭东，平日我听够够了，知道李旭东多不待见他。待见，不待见，相互作用，永远别指望你的不待见能换来对方的视而不见。

李旭东赔笑，彬哥，我今年体检，血压有点儿高。我媳妇年轻，你看着了，我俩正在攻克一个下一代的问题，得封山育林。王彬说，喝，我拿你当兄弟；不喝，生一串儿出来，叫大爷我也不听。我在桌底按住李旭东，知道他不行了。他其实喝得不多，只是太急，这会儿转脸要吐，我一按，他直接在桌下喷泻。同桌家属纷纷逃散，同桌哥们没一个给让杯水的。

开一瓶白的，我嫌费事，那瓶不行一块儿开了。王彬让走服务员，说，妹妹，咱一瓶一瓶来。分酒器里，不同于水花流淌，酒滴滴精湛，还有点儿挂丝。我问，干吧？王彬问，不讲节奏？他话没完，我捆了，属于不讲策略的打法，先涨涨士气。我俩连干三杯，其间谁也没动筷夹菜，单调的咽声里，一幕幕半夜他驱动李旭东，去查查报价，问问产品器容量的训斥声，于记忆沓来。王彬有个江南妻子，生下两女，一个叫圆圆，一个叫点点，他最让我愤恨，是不管几点，硬要给李旭东叫去，让他倾听后者分享，同为中年男人的心理困局。李旭东说，我就是他一个牲口。我说，你就是他一个牲口。你还给他孩子找补课班上，给他媳妇安排健美操，废物啊你是。李旭东说，职场很难，你坐享其成，就别管了。我的确坐享其成。我享受一年中丈夫一半日子在家，一半日子在 KTV，回来告诉我说，陪领导去的，跟人手都没碰。我的每个电话都被按掉，当领导在自家小区楼下，望着窗灯，干不上去，跟以为李旭东住对门似的，拽他唠嗑，忽略对方两点半走，至少还有三十公里返程的事实。我飞快喝掉一杯，问王彬，养生哪？他眯眼笑，突然瞪大眼珠，捂嘴不及，冲天一吐，后背在桌外起伏，跟打 B-box 一样，吭哧咔哧。我这才骄傲地面向李旭东，当他也倒在地上，只是不玩儿音乐。

自此，我常出席在王彬的酒桌上，几次李旭东不在，王彬会介绍说，这是李工之妻，属于我们内部武器。我提醒他必须到哪儿，都点出李工是谁，又必须在桌散，不告诉李工发生了什么。可我还是跟王彬求饶了，说封山育林，李旭东封山，我不能不育林，我俩想有个孩子。你有圆圆和点点，能体会我们的心情。车内代驾在前，我和王彬肩膀凑肩膀，坐后头哥俩儿似的，他伸手指点江山，继而封住我嘴。我清醒地听到他说，打住诉苦。王彬说，李旭东已经岌岌可危了。他不懂事儿，你也不懂，一家棒槌？我说，喝酒我行，业务上他行。李旭东脾气很好，认呲哒不说。我希望听到王彬反驳，哪怕是句客套话。车昏沉沉地开去江岸，直到我打开车门，王彬都昏睡着。他手机响了消息，没看,我手机随即作响,是远方的李旭东:宝宝,开三个点儿车,我终于到了吉林白城。

奔现,刘一川事前提醒我,真人没照片显瘦,身高也有水分,只有浪漫不假。他准备了荧光棒,演唱会应援用的,歌星塌房,会没去成,省下俩棒,试验过开关,都还能发亮。商场门前,学生没放假,三五成群站着,挺能表达,尤其擅长表达惊讶。我听了会儿,耳朵闹腾,看见刘一川带荧光棒走来。中等个子,一脸痤疮,头发略长,感觉烫过,又被午睡压得趴下,浑身散着油味儿。我们一起走到对面的五星酒店,喷泉拔地而起,随起落带出颜色变化,彼此看看水花,对实际有了判断。他要拉手,我没矫情,让他拉住,他说,你和照片儿也不一样。理解,女孩儿都爱美颜,美颜就按你们需求设计的。我说你真会安慰个人。他说,不是讽刺啊,挺满意你。我提议吃点儿啥吧,饿。他没二话,也递给我一个荧光棒,我们招摇过市,像一对儿智障。

他带我去那个他提过的个人产业,小饭店,开在沙县和黄焖鸡之间,招牌上写,远东料理。他姐夫姐姐都不在,一个二十出头的女孩守在柜台,刘一川跟她叨咕几句,自此女孩给我们点单上菜,视线但凡瞥过我,都带一种自家少爷被抢了的女二心理，痛苦写在她脸上。我看着放在一次性台布上的荧光棒，里头的塑料颗粒，有些沉底，有些黏在透明外壳，晃一晃，殊途同归，也一齐亮着。刘一川说，可爱。他手托腮，边看我，边抽烟。店里没啥人，他解释说因为定位，他们给自己定位是中高端餐饮，不然不能叫料理。我听过法国料理、日本料理甚至安徽料理，没听过远东。据刘一川讲，这是他给他姐夫献的策，算技术入股，远东阴谋听过没？有那么一个电视剧，讲张作霖溥仪，也讲北一辉，日本最出名的法西斯主义理论家。北一辉有句名言，日本是个狭小的国家，为求生存，侵略就是日本的正义。我觉得这时该表现对他储备的崇拜，但这属于一句我能听懂的话，怀疑是这样吗？他说，是啊，不单国家，个人也是。任何被审判认定的不义，另一层面，意义全相反。我摇头，别谈国家了。我不知道他说的哪儿不对，但就不招人听，大义小义，还不是一个义，我在小义上，毛病挺大的。俩人坐不满圆桌，可女孩每次上菜，都要站我身后，喊出一声，慢回身——吓我一跳。刘一川看她，看我，带一样暧昧的笑，说，看你就不常出来吃饭。这话说的，仿佛我可怜见的，他说，慢回身，你先不要回身，避免把菜洒在身上。对生活要从容不迫，有忍头，有耐性，有气度。

说完，他撩撩头发，多么地有气度。

当晚我们吃了挺多远东料理，菜系包括咸包括甜包括酸，刘一川说，这就是被侵略过的，融合的味道。说话时他情绪激昂，紧抓我手，眼泪含上眼圈。不得不承认，那是一种我从没在李旭东或其他人身上看到过的激动，他为什么呢？我不懂。刘一川叫女孩给拿上两打啤酒，没问我喝不喝，两打酒，都倒给自己，最后扶我肩膀上街，我仍清醒着。他大舌头说，拐弯，有个旅店，凑合一宿，不急回家。我说，先走，到了和你说。我熟悉这片儿的小旅店，开在城乡接合部的公寓楼，准确来讲，不算公寓，是片时髦的城中村。上学时候，自己来住过几晚，八十六十的都有，一把钥匙开一扇门，进门见床，空调从不生效。给刘一川搀去床上，我手机切换大号，看李旭东说他今晚在哪儿落宿。出差复出差，我俩夜晚少有同步，除了都在家的时候。在外，他有他的天南海北，我有我的招摇撞骗，他一定想不到，我还没停业，还想搞点儿事做。刘一川含羞带臊，扭成蛇形，一闪进了被子，窸窸窣窣，掏出一个方片儿，等我夸他办事儿稳健。我也一笑，盘腿在床，窗外大学生们一声吆喝，划破长空，连他们歌颂的青春万岁，也迅速而过。刘一川说，宝宝，抓紧，好不好？我说，你根本不认识我。知道我真名叫啥吗？他伸手够我，只够着腿，把我往身边按压，我一疼，彻底弹跳起来，于是他打开床头灯。不知道为什么，面对二十来岁的刘一川，我鼻子发酸。他疑惑是哪个步骤不对，约会，散步，吃饭，喝酒，进旅店——没有不对。他问，你是不觉得对孩子有伤害？宝宝，别这么想，你是母亲，也是个女人，你可以有感情生活。我点点头。他温柔极了，没事，真没事，孩子在家，有人看吧？我点点头。他抚摸我的膝盖，我抚摸他的手背，像给攒的盘子刷污垢，我不好意思着，说，孩子在这儿呢。说完我指住肚子，对峙他孤灯下的痤疮脸。这是某种立场上的最后一个夜晚。很快我提上包，走下旅店暗极了的走廊，抛下发蒙的刘一川，经过柜台后睡觉的老板娘时，她眯一只眼，没问我啥，用一只眼好好看了遍监控。到家是一点半。一点半，家很静，家外也没半点儿喧哗，我定定神，拿出剩下的拼图，慢慢拼下去。

3

难读的书，读不进，想出笨办法，用念的，一个字一个字针对，字我总是认识的。李旭东呼噜打着，打到憋气，惹我踢他一脚。他问几点，我说，五点半，你转过身。平时只要他转过去，声就能小，平时是指我也睡觉，今夜我睡不着，啃一本《王阳明传》到现在，床单都是皱的，辗转反侧试验过了，没一丝困意。李旭东提出让我给他挠后背。他转过去，露光背给我，我常和他玩这种游戏，他说左说右，说上说下，有趣在他说不出哪里痒的时候，我上手就给抓着，像一赌，经常能赌得对。他哼哼，半天没再打呼，到底坐了起来，拿靠枕枕着，细瞧我的脸。我眼睛没从字上离开，判断说，你有心事。他说，有，一直想怎么和你说。我笑话他，都想到打呼噜了，事儿够重的。他说，你不踢我就好了。看过一篇文章，台湾什么作家写的，文章建议人，重大事项隔夜再决定，本想天亮后和你商量。天快亮了，再有半个钟头，能影响事情从重大变得不重大吗？我和李旭东赤裸着肩头手臂，相互接触，他打出个带菜味儿的哈欠，碰碰我，不然，这个咱别要了。

床头放的矿泉水，我自己喝，也递给他一口，我想的是，今天熬夜都算罪过，不知肚子里小儿怎么能扛住，现在好歹喂他一口水，他是否跟着精神？也听见我和他爸爸这次谈话，关于送不送他死的问题。我说，你不能养活我们吗？你承诺过。李旭东说，事态在变，树挪死人挪活，不能干等事儿发展，不变化。我问真这么严重？自他失业，才一个月，一个月他便咬定主意，起不了春天？李旭东说，这是一个变因。其实你也变了，不用不承认。四月份第一个孩子来的时候，咱家兵肥马壮，你还不打精神呢。现在你就是想和我较劲。我问他说话过脑子吗？他说，过啊，说的实情。你和我较劲在其次，你其实想和所有人所有事较劲。除了你爹妈，数我最了解你，一马平川你从来觉着没劲，有沟有坎，才偏想试试。不这样吗？

  李旭东双眼向前，抱臂凝神，他思考时候就会如此，让我面对他鼻梁高挺的侧面，幻想我俩的下一代，至少也有能遗传的好基因。四月时，我俩第一个孩子来了，当时告诉给他，他快乐得要飞，一路小跑回家，进门抱我旋转，俩人又笑又哭，都不明白是怎么了，难道我们竟都把那么多的梦幻，寄托一个孩子身上，那孩子该有多累。李旭东很在意我不时揉肚子这件事，给我爸妈偷去电话，他们在我结婚一年之后，接纳了他，跟着接纳我们这段婚姻，最后总告诉他，没事别打电话。老两口会到实在想不明白，深感人生挫败的时候才手攥着手，一齐给我拨通，电话里，我说是总疼痛。我妈跟李旭东提了结婚至今第一个要求，即带我去医院看看。那天我扎着围巾，都没睡醒，不太精神，交李旭东取号，缴费，我躺下，被人一顿操作后，让李旭东去取片子，带片子和我一块儿见医生。医生建议，别保了。片子只被他扫一眼，说句染色体异常，便交代去做流产准备。我如蒙大赦，好哎。李旭东在走廊上来回兜旋，跟电影里演的一样，又是抽自己，又是跺地板，护士喊他出去跺去，他还跟人横。我慈眉善目的，都给劝和好，哄他说，咱俩年轻，再等一个。我简直欢天喜地去做了手术。术后也难受，但俩人里只我知道，为什么应该庆幸。又过两周，李旭东出差白城，我陪王彬最后一次出席酒局，喝到一半，我去厕所，肚子实在疼得受不了。回去的车上，我跟王彬告辞，说第一个孩子，已经常这么喝酒，喝到保不住了。我也挺侥幸的，不流产的话，怕这个生下来，生出一个畸形，来日李旭东当爸爸，怎么和他解释，说我是为你领导喝的，喝出这样一个孩子。王彬摇摇晃晃说，不会。我感受疼痛绵密如针，第一个孩子啊，妈妈对不住你。怪我们，想先生存下自己，再来生下你。

这是李旭东不必知道的事儿，和王彬约定，谁都不告诉他，后者给我拿了五千块钱，王彬个人出，算给我们一家赔偿，以后在工作上，他对李旭东定多照顾。随后我烟酒全戒，常有百爪挠心的时候，尤在倾听各方朋友电话诉苦时，替别人苦，替自己难堪。她们说的一些问题，我再不能理解，毕竟我和社会，自高考结束，相隔已远。林珍算最体谅我的一个，可仍不明白我为何不能独立生活，结婚不妨碍独立，上班怎么不行？我坦白，不想上。她问，李旭东能养你一辈子吗？我说现在看来行。这回我好好备孕了，要做个好母亲。她嗤之以鼻，好母亲，就是你的好夙愿。你不只是一个子宫，你是一个人。我没明白，是个人啊，怎么不是人了？有子宫，耽误我当人了？她说不是，是你把子宫替代成了你的全部价值。我说，没觉得，孩子掉了，李旭东也拿我当宝。何况我们现在又有一个。林珍说，千万别觉得我嫉妒你。我说，有这么点儿觉得。林珍说，你纯恋爱脑。这种时候，我就很想喝酒了，但我按住肚子，想妈妈现在要正义发言，也算一种胎教，我的孩子，你要听清。我说，林珍，问你，虽然我读书不多。她说，问。我说，谈恋爱不用恋爱脑，用什么脑，经济脑还是政治脑？你们是不都不相信人和人之间还能产生感情了，一加一等于二，但凡等于一点五等于二点五，都算出 bug，可事儿有那么规律运算吗？规律，就那么有意思。林珍沉默，不算她败阵，很大可能是她觉得不值一辩。她换了话题,你跟刘一川,当下咋样?我说,就那样。我其实舍不得把他放走。你舍得毕业前最后一次晚会吗,拉花在墙上挂着,八宝糖在天上扔着,男男女女都在起哄,易拉罐滚成了原木,托着一叶独木舟,舟上坐你一人,伸手,就从水里拽一个。林珍说,催我去开会了。我说,感谢现代通讯,我从水里拉上刘一川,他愿意和我走一程。走到什么时候叫不准,但老觉着他是下一个李旭东。李旭东给了我太多恩情,刘一川没有,没恩情的刘一川,能带我轻而盈之荡下去。林珍说,早晚你要告诉他,你有家,现在又知道自己怀了孩子。我说,是早晚。她说,又叫我了,现在得去,你好好的啊。我说我好好的,林珍?她说,在。我说,我其实和刘一川分手了,我把他留在旅店。没提自己结婚,但告诉他我在怀一个孩子。她说,嗯,保持真诚,不要再骗。你要真想好好做个母亲,这是我对你唯一的祝愿。

嫌热,我甩开李旭东的手,身后是广场舞的方阵,打头的新潮大妈,在迎来送往里张开彩扇,欻欻——给姿势定格。他始终沉默坚定地跟随我,不用回头,我有这个信心,丈夫只能跟我的足迹走下去,但凡他有个拐弯,算我俩缘分不深。我经过炸鸡柳的铺面,推销小酸奶的商户,掂着肚子,我伤春悲秋多愁善感,都想上个电视节目,面对采访，诉说自己是个多想保护孩子的母亲，只要别提及前头发生的事儿。走过刘一川家楼下时，我步子加快，很怕被谁捉到，自旅馆一夜，小号我注销了，刘一川活得咋样不在我忧心之列。如果他真像我了解的性格，大约会把人生不顺和历史转折进行结合，至多给我发上知乎，匿名回答一个关于杀猪盘走向或网恋翻车的问题，这都代表他走得出。我呢？我走啊走，又上江岸。家中经济岌岌可危，好在我们还有套房产，贷款可以拿存款去还，如果存款是米缸里的米，现在就剩下底儿。我压抑心潮的蹦跳，大步流星，越走越快，心说一定走得出。对江一片暗沉，几个隆起的山坡，离远瞧，像个卧倒女人的线条，李旭东曾经形容，那是观音在休息。

他从后拽上我的手，把我往相反方向带，回去吧，李旭东叹气。我说现在雨不下了，就这几天好时候，不愿意散散步吗？他耷拉着脑袋。晚上，一条沿江路，不是跑步就是骑车锻炼的，大人还是愿意带上孩子，跟带上自己的一个小复制品似的，追逐等候，跟江水并行。我和李旭东聊过不知多少回，关于日后有了孩子，在此地消夜的畅想。问他，小时候吃过最好食物是什么？他说，饼干渣。李旭东闷闷不乐，我问，饼干渣？他说因为饼干吃不着，被姥爷锁在盒子里,可却叫他看着了,是几个舅舅舅妈拿给姥爷的。他向姥爷讨吃的,不给就哭,哭了几个小时,最后姥爷给他一把饼干渣。我摸摸李旭东的扁后脑勺,爱怜地说,小东西。他说,都想不到我有现在,我能有你。说完他看着我,扶住我腰走路。应该承认,如果贫穷也是车道,我是后天愿意体验体验,走这一环,这注定我和李旭东看到的起落、转弯,并不在一张地图上。孩子的到来,或能让我俩真正实现命运统一,我挺期盼统一的,不论国家,还是个人。我期盼有一个人,把我划归进他的领土,哪怕戴上了恋爱脑的帽子,至少,让我来生下一个在父母恋爱状态里到来的小人儿。

跟李旭东表态,要定这个孩子。你养不了,我回老家,让父母帮,不行找份工作,仨大人养一小孩儿,能给养活了。李旭东深闭双眼,说我在埋汰他。天没亮,身边空荡荡的,我将着褶皱的被单,感觉肚子被踹一下,很轻,很突然。我回味着和李旭东的睡前对话,连续一阵,他因失业睡不安稳,我想出办法,给他讲故事听。昨晚他说,不要童话。我说,好,讲今日说法。你知道在我们老家——你们瞧不起的,怎么讲,北面人吧?李旭东呵呵着笑。我说,北方,很远的地方,我都没去过。有那么一个妻子,一觉醒来，发现丈夫不见了。李旭东说，被她杀了？我说闭嘴，她周围都找了个遍，又去男方老家，问了公公和婆婆。公公说，儿子昨晚给他发过条短信，说自己一直赌博，对不起亲人，感到非常愧疚。公公估计儿子是进城打工还债了，想给家减轻负担。但婆婆不信这个说辞，当即报警，儿媳跟她一块儿见的公安，说了男人什么时候消失不见，走前都有啥疑端。李旭东转过身，说他听过这个案子，人是妻子杀的。我闭上眼，仿佛能看见一个李旭东成长过的地方，在时间的凝胶里，数不尽的灰尘构成痕迹。一间间相隔不近的砖房，死水从门口流经，飘零着秋残的树叶和泥鳅的尸体，碎纸和着冰棍筷子埋进土缝，每户门前都堆有半人高的海蛎子碎壳。小小的李旭东，在这些碎壳与暗河间野狗一样寻找食物，按图索骥，寻到小卖店后面的草棚，村里不干活的男人全聚会于此，包括李旭东父亲。后者将黑色竖条甩在桌上，叼烟喊，顺门儿！李旭东抱住父亲的腿，怂恿说咱回家吧，妈指定做好饭了。他卑贱极了，努力把父亲往良家妇女、他妈妈门口里带。我公公那天给李旭东打了个好死，李旭东边挨打边吐，就那么点儿饼干渣儿，全给打了出来。我不确定他是不是也看到了我看到的，想告诉他，有比我们更惨的。李旭东想告诉我的是，他知道这个案子能被侦破,在哪个骨节。他说,毛病出在儿子给父亲发的信息上,那只能是妻子假托丈夫,她给公公发的。我问,为啥?他说,儿子一直赌博不假,但儿子从来不会愧疚。

后面的故事李旭东比我清楚,妻子给男人又分尸,又销毁,记者去看守所问,为什么非得碎尸?这话问得我当时都乐,妻子翻着眼睛,让你来帮我抬,你来吗?谁能来啊。一场人生的终结,除了个人无可奈何把它走完,能再跟着走一遍的,不是法官就是看客。我和李旭东默默无声,虽然我百般摩挲他的后背,还是很有底气。李旭东只是被贫穷吓怕了,但我们不会走一条重复的路,我们的孩子有自己的难关,一定无关饥饿与自尊,不好说哪种关更难过。我脑子里转着补课班和时兴的内卷话题,睡前似看见一个黑不溜秋的男孩儿,跳到我俩床上,踩我的肚子,踩李旭东的脑子。我说,乖。李旭东说,滚。我们说什么,都没有影响那个孩子的节奏,他在蹦跳中一下下长大,还是一副不管不顾的跩样。半夜李旭东说脑袋疼,我摸摸身上,也有十分难受。

天亮不见他了。我左思右想,预感和梦境一样在身上绕着,有点儿坐立难安,没吃饭,酒不想开,用两片儿胃药顶着，继续我的拼图。中午，我给李旭东发信息，问他早上出门，怎么没声儿。他没回，估计顾不上看手机，在一起年头深了，我很理解，对工作该有专注，像人回到了家，也该感觉轻松。我还会想到刘一川。那晚旅店一别，回来我猫了两天，跟蚯蚓似的，往洞穴扎，小号注销后，跟自己反复念结束了，结束，你现在完全清白。其实我还挺希望他能存活于我的生活的，像一部麻痹人的动画片，让人看见老鼠在笑，老鸭在叫，计算与定理，一切精准的东西都飘浮如烟，而笑声快乐声，叽叽喳喳，没断绝的一天。

给王彬打电话，对方按两次，我连环打，王彬发信息问，有事？我说，接。电话接通，逼近十点，王彬借口出去跑步，和我语重心长，上来说了句，他也不想。我问，够意思吧？这么长时间，我家李旭东辞职了，都没跟你问为什么。他说，嗨。我说，就问今天，现在，他到哪儿去了，你有没有信儿？王彬惊讶，失踪了？我说，不知道算了。刚要挂，王彬连说对不住，说他一直揣着担心，怕我兴师问罪。但事儿发生的时候，真就话赶话，他那天又喝多了。问他什么话，王彬吭哧瘪肚，说李旭东辞职当天一切都好好的。他们陪了江苏的客户、广州的客户，聚一块儿堆，一屋子人。配置真是非常高级,光那个野生黄鱼,你知多钱一斤……我说,别说了。他解释,缺一个能喝的。中午场,调谁,谁都忙业务。如他所说,当天高端宴请,级别里李旭东压底,坐到上菜口,全桌数他喝最多,多到上菜小妹连拍他几下肩膀,先生,让让,先生,慢回身——李旭东不知抽什么风,抡圆胳膊,给一道龙虾麻婆豆腐掀在了地上。王彬说,客户没有怪他。我问,你怪没怪?说话。王彬说,嗨,说多了两句。有一句吧,你都不赶你老婆会陪人。当时王彬说完,桌上一愣,后都笑开,有好奇心重的,趴他耳朵问,李工老婆,在哪儿高就?他不过又说了句,没就,有人养着。我于是完全明白,为什么吃苦耐劳的李旭东干不下去,铁心辞职,明白他为什么要把我给他擦眼泪的纸巾摔在我的脸上。王彬说,弟妹,骂我两句吧,咱自此公道,哥是领导,哥无心的。哥一直想帮李旭东一把,他去哪儿啦?我说,关他妈啥事。电话结束,我下楼,到小区门口等,这情景很像我大学时候,和李旭东谈着恋爱,过一辆车,便翘首辨认,等停靠了,又躲回墙后。我不想让李旭东知道我依赖他,希望我们的爱情是一场我单方面操控的惊喜,该什么时候失落,就什么时候失落,该什么时候感动,就什么时候开灯、撒花、拥抱……措手不及，一气呵成。

　　雨没个完，白天晦暗如夜，窗外不响车声，对楼也没有开灯的。我视线难受，把灯打亮，没如此矢志不渝，想打通李旭东电话，越忙音，越坚持，什么时候他能接通，怪我也好，至少告诉我为何突然感觉失落。有人在敲门了，问是谁？问归问，门一样被敲，跟我打电话一样那么有倔劲儿。透过猫眼，看到一对男女，他们身后，站着个穿黑西服的男人，仨人都很年轻。男人让这一对儿按兵不动，由他张口，说来看房子。我说，找错了。他看下手机，没错，金湖雅苑2幢，1701，不这户吗？他说得丝毫不差，我打开门缝，问对方从哪里找到这里。黑西服说网上有登记，你家不好租，地方偏，朝向一般，都挂一个月了。大姐，你开开门。我说，不可能。说完把门关死，还拧了锁扣。锁眼一直在转，我惊讶地发现对方拥有钥匙，如果我不是这么固执己见，一对小两口，提着行李，已能住进新房，下午就要开始大扫除了。我听见了清晰的隔门的动静，一个男声在和中介通着话。这下我迅速开门，把电话抢去，向对方吼，李旭东！那面没有声音。中介向我出示各种证件，我第一次看到我们的房本复印件，原件我没见过。黑西服带着男女走入，拍客厅，拍卧室，拍照我未及刷碗的厨房，留意到我，说，大姐，据我所知，房子不是你的，你也是租户吧？租户，租户，我天旋地转，连一个抱枕都不再属于我，年轻男的搂着年轻女的，走过一间间房，在我眼前指点，商量这里要改，那里要换。我对中介说，麻烦用下你的手机。他心知肚明，或处理过类似情况，让我进楼道里打，当我是不速之客，要借僻静地方处理我僻静的问题。电话通了，对方当然是李旭东。我说，喂？他说，喂。我说，你这房子挺好的。他支支吾吾，说在高铁，信号不好，不是带人去看了吗？月租七千六，没讲头，小吴你就这么办。我说，我是小吴。他说，喂，喂？刚过一个山洞。小吴，我也是跑业务的，你不要听人说什么，你维护甲方利益。我说，可没人告诉我，屋里还有个人。电话时断时续，或真穿过山洞，与远方同步，我眼前一闭一黑，盯着楼道里的监控，过去身为业主，这一设备给独居的我带来不少安全感，而李旭东才该是我下半辈子最坚固的指望。他身穿山脉，电话继续，没挂断，一定也明白了对面是我。我说，你真狠。他说，很多话，十来年一直想告诉你，每回我说，每回像进山洞，听不见你答复，你连好奇都没有。宝宝，其实就算打着呼噜，我也没睡实过，我一直等待有一天，你睡着能抱下我，你从没有。也是，我没要求，咱俩缘分已尽。养你这些年，我无愧，把这个孩子放下吧，这样，你也无悔了。嘟嘟嘟嘟，电话断线，我流着泪水拨回，哪怕他说得多真诚，我都无法相信。李旭东说，你不一直觉得我是废物嘛。我是，之前跟你装相来着，我一直是。我现在觉得非常自由，你再打，也不会打通。我非常自由，车刚过了沂蒙。

4

通知下周他人搬进，我这三天撤离，白天，我就躺沙发上睡。上厕所一带一过，撞着玻璃瓶声清脆，似走上保龄球场，球瓶纷纷倒下，我有时还添补一脚。林珍说我不用搬，虽然法律上李旭东这样不构成违法，但如果还有贷款，你想捍卫什么个人权益的话，有权得到相应补偿。你们应该协商，她说。她电话那头没安静过一刻，让我明白在个人渺小的视野和爱恨之外，世界原原本本运行，谁也不能将谁的节奏打断。我可以选择僵持，但有什么在破坏以前，就已断裂，僵在了断线上。她说，你也该听李旭东的。我说，他很多决策都对，除了娶我，是吧？林珍说这么理解也行，大错解决，后面就会容易。她也有想解决的问题，只是跟我说吧，得不到任何帮助。你没能力帮助人，林珍说，你让周围人都感觉他们待在救生筏上。我问，这又是什么比喻？她笑笑，什么比喻，不是，这是赤裸裸的羞辱。我在羞辱你，你需要这个。你希望每个人都对你施以援手，可谁伸手，都会被你拽下去，死沉到底。你明白这点，所以你还有点儿良心，你会用你的方式逼他们一一放手。现在知道你该逼谁吗？我说，你。她说，你的孩子。

有几次，我想过离家出走，婚姻里男人女人都动过的念头，要带上身份证和充电器，可别忘了充电器，夹在一堆平时也少用的东西里，相信自己能在其他地方有新开始。但真到收拾行李了，我发现没什么是不可丢失的，没有真正贵重的私人物品，甚至没有私人，没有可视为物品、无内涵的附件。我找出所有放在沙发下的拼图盒子（没别的空间放），想干脆就把它们留给那对小情侣，他们能用得上。总有些时候，他们会不想面对彼此，也无法走进独立的空间，无论思想还是物质上，拼图将是最好的选择。如果拼图时还不能放过脑袋里的情绪，那人大概永远也放不过自己了。几张废纸似的东西也留在沙发底，抹去上面的灰，我看到照片上的李旭东。只一眼，就明白为什么它们出现在这里。我当时一定想把它们埋于灰尘，这样的照片注定让我感慨至极。背景在一个盛大的舞台，几十家公司出席他们一年一度的行业会，李旭东为此准备很长时间，王彬点他去发言，当然王彬更想发言，但明白业务上，公司没人比李旭东更了解。李旭东是最好的技术员，第二好的销售，最差等的下属——他鲜明地站在一排男人里，背景PPT的蓝色把每张脸都打得发青。他站在最左，像一个小学生，阴差阳错安在了高中生队伍中，瘦弱单薄，不是他特别矮，是和其他人的比例完全不对。那只能是贫穷带来的发育问题，虽然他挺直腰板，那种姿势，多年来我总想纠正，可就像纠正一个不属于人类的人类，让他放弃自己的基因，实属苛责。李旭东习惯手向后板，将胸脯挺得高高的，学不会一点儿从容或松弛。他抓住每一个机会表现昂扬，穿最体面的衣裳，最板直的裤子，仿佛跟世界呼告，他，有最光明正大的资格站在这里。但凡有一个生人进入电梯，他两手都这样向外，做一只骄傲的鹅，硬张着翅膀，显示自己和鸡的不同类。但他是只灰扑扑的鹅，飞高飞低，找不见容身之地，除了一飞冲天——我摩挲相片里，他那个士兵样干净的小脑袋，认为正是一个想当鹰的愿望，坐实了李旭东比鹅像鸡。挺残忍的，想到这儿，我选择把这些照片带走，心知肚明，我很早便带走了我心爱的丈夫家禽般的勇气。

不知道该往哪儿去，会做这样的梦，醒来被我告诉给李旭东，他并不能提供分析，除了按我的头，用坚实的怀抱安慰我喃喃自语。大部分是好梦。梦中，我出现在一个很小的饭店，一个圆乎脸的小姑娘招待我，她扎着围裙，像老电影里的黑人女仆，憨厚热诚，随身带一个调色盘，在能给我容身的飘窗上头，不铺餐具，铺陈她个人的画作。她说外面正在下雪，你别走，在这儿留下，我刚生了火。我俩很快便抱在一起。还有一次是个老人。不知道我们在哪儿，周围跌跌撞撞，响声不绝，而风景一直在变。那么不是工厂的餐厅，而在火车的餐厅上，他衰老的一切都无法把我留住，可只要他提供笑和宽容，我们就会从彼此身上，发掘出一个隐秘世界的火种。它点燃在默契之中，心照不宣，由眼神相互把握。老人说，我经历过真正的战争。你可以看看我的手，茧子不在虎口上，在除了大拇指外，每根手指底下，它们是一个排列。是长期握住什么东西，握到痛苦了，养出来的茧。我说，未必是枪吧。他说，你不明白，我本来也不必要说。我梦里变得兴奋，作为一个受教的孩子，想求取他的认同，说我很信。我老公手上也有这样的茧，以为是你们那点儿小游戏造成的，李旭东告诉我是抓行李箱，抓出来的。当真吗？老人大笑，是，会有这样的小游戏。但你不会抓着那个，跟抓让自己活命下去的东西一样，那么失去退路。不行睡一会儿吧，感觉你非常糊涂。

作为下午四点第一个推门进的客人，我等待声音传来，通知我说，午休尚未结束。标准时间是四点半或五点，尤其这是个标榜做料理的地方，他们有门槛，有底气选择客人。坐下后，上次那个女孩儿过来招待，她似乎睡过一觉，见到我，完全清醒，敌意跟迅速戴上的面具一样，属于不可少的准备。她合上要给我看的菜单，抱臂问，找刘一川吧？我说，他不在的话，我来吃点儿东西，你家菜真不错。她却说，你不要再玩人。一川说了你们的事儿，你伤得他挺深，他才养好。我说，对不住，我的确玩儿心太重。可以点菜吗？女孩挑着眉毛，她生了对那么好的眉毛，野生，粗粝，往并不惊心动魄的脸上留下重彩，让人相信她在年轻的服务员身份之内，藏了副难忘的性格。能想象出刘一川后来怎么去和她形容我的欺骗，精神病般的语言一旦落进爱慕者眼中,会和诗句画等号,甚至超越辞色,是女孩从未听闻的言说,它们在油烟弥漫的小屋里播散,让人忘记现实中租房和社保带来的困难。她告诉我,远东料理不欢迎你。我恬不知耻,咱可能是老乡呢。她说老乡也不欢迎。说完,走到门口,对我拉开一扇可能伴随欢迎光临的玻璃门。刘一川说,琳,咱们冷静。他再出现我眼中,不知是记忆的问题,还是他真出了问题,那晚我们大概并不客观,都没好好接收彼此,吸收那些可能更带真实性的信息。毕竟我们当时都被远东的传奇迷住了,讲起"九·一八",义愤填膺,带着似有家人葬身其中的痛恨,遥望去同一方黑土。他朝我来,并不顺利,被叫琳的女孩中途拦住,傻啊你,还往上撞。他温柔地给她拨开,像拨开书里他完全了解的一页内容,坐到我的对面。当他不带怨恨地出现时,我觉得他更像个七八岁的男孩,对不了解的事情提供宽谅,还提供一种礼貌,是妈妈要求他这样做。

他许诺我是客人,我能被接待,他是朋友,对我也无别的信心。我们就这么安静坐一会儿吧,他一样没吃饭,整天都没,不觉得难受,肠胃空了,才能装进心的内容,后者等同一个垃圾焚烧厂,每次起火,都耗费大量的指望。我点了他上次点的菜,纸包大虾,红焖罐儿,软炸蔬菜,酸菜汤。菜吃得七零八落，店里渐渐上人，我盯着一些人，嫉妒刘一川有容身之地，更嫉妒的是，他还有个未对他产生绝望的信徒。李旭东没提离婚，是个让我绝望的判罪，夫妻俩该谁先说出那句话？刘一川说，过后他想了很多。承认对我不够了解，除了对我的腿。而我是不是也没那么想去了解他？他说自己最喜欢的书是《堂吉诃德》，动画片我看过，桑丘非常可爱。刘一川说，如果你看书，会发现桑丘绝顶聪明。他才是我们都希望成为的一种人，不是堂吉诃德，不是任何骑士或中国的将军，他安心做个卒子，没天大的本事，人更容易实现快乐。我说，我是一个普通人。他笑，我不是啊，不是凡人。我在安慰你，能听懂吗？我承认他是在安慰我。刘一川笑的时候，痤疮不耐寂寞，脸上一座座小火山，从死准备变活，在他庞大的躯体上，它们也是一个个卒子，不影响刘一川对生活的自信。我埋头喝酒，感受有个声音在体内呼叫，求求你，求求你妈妈。我狠心已极，再不能不狠，林珍说得对，只有这样，我才能不攀缘在一个救生筏上。当人长期溺爱着一个自我。摸去肚子，里面渐渐平静，也许早平静了，也许是个误会。刘一川拍我手背，这一个习惯性的动作，差点儿让我以为在别的地方，李旭东又一次出现，他示意我回神，结掉个人的账。喧哗鼎沸，买过单后，刘一川更愿意陪我待着，像他说的，一清二楚了，可以成为朋友。他说自己仍有很多困惑，仍希望有个天外来客，一个女人，陪他度过一夜，绝不能是个妈妈。说着他拨动我的下巴颏，宽容一旦出现，暧昧便消失掉，回吧，他说。我掏手机，叫了台车。换他扶我上街道，夜风吹拂，花红柳绿，当倚在他手臂环成的圈椅中，我看到所有时空。它们常让人感受挫败，而彼此连缀，一次挫败，是下一次开始的机会，人间必不可少，要有丑角陪衬。我们当然可以互相扶持。电影《欲望号街车》中，被生活摧枯拉朽了的布兰奇扮演者费雯丽，戏内戏外精神失常，乖顺地将手挽进大夫手臂时，也这样，说她总是借此依靠——一些来自陌生人的善意。刘一川把我交到后座，车门关上，我以为自己一直是一个人，到下车，却听见两个男人结账的声音。他和我告别，再见。我跟不知道谁说了晚安，走完小区的丛林，发现家里亮灯。但凡出门，我都留灯；但凡出门，我总习惯回到家后，接受自己是一个人。

这次手术，我自己进入，自己走出，林珍知道发展，没提供发展中的关怀。她知道我已经不可能责备她什么，作为密友，她陪我度过漫长一段涉水，她不必一直泡在当中，为实现漂亮的情义。我同样没勇气，和她道声再见。提上行李箱，我走出生活十来年的家，难免后望，一幢陌生高楼。我期许往后住进这里的人，如果能有好几批的话，不被里头的丧气感染，该常去买花，栽在玻璃瓶；常做饭，改变空气的情绪。李旭东打电话来，确认我是不是接下来回老家去。我回去，他安心些，他不想看到我一个人在我并不了解的社会上漂游，尤其还怀着孕。我说，不怀着了。他后来租了个国境线上的小房子，和我们最初在这座城市拼搏时一样，家里没有挂烫机和吸尘器，有生活中必需的配件，比如那个过去他在出租屋里依赖的洗衣机，每次洗衣，都需要把它从狭窄的厕所里搬出，另接上水管。当时我们一起到公共晾衣区，拿高高的竹竿，一件件取下衣服，跟批发市场里用竹竿取下墙面上打折衣服的妇女一样，我们缺乏选择，而爱透了这种缺乏，不添新衣服，除了增添彼此在生活里的分量。当时我们就会因为这一点儿附加，感到非常快乐。他问，肚子还疼吗？我说，不疼，轻好几斤，意外之喜。他说，协议发你邮箱了，你看看，有啥更改的。我问，要看吗？他说，别嫌麻烦，看一眼吧。我已经觉得坑了你。我在车站找到肯德基，吃久违的辣翅汉堡，邻桌坐个女人，给她脏兮兮的花脸孩子擦去脸上的泥尘，越擦越脏，她终于决定去蘸自己的口水。我对李旭东说，没人可以坑我。我愿意的事，我一直愿意。

我多久没坐过公共交通了，还是列绿皮火车，按理该选飞机，可只要想想自己的经济状况，飞机不可选，从陆地穿行，难忍的密度是种锻炼，我自此开始。上次坐火车，也是跟着李旭东，他比我还难，简直像个虎落平阳的贵族，对一切心生挑剔。他劝慰说，宝宝，忍耐。我扑哧一笑，不觉得新鲜的经历带来痛苦，我很少有机会看到形形色色的人。那次，我们坐一晚的硬座，到呼伦贝尔，他坚持坐飞机，我坚持坐火车，说想体会一下，很多人夜晚在一起共度，都睡不好。李旭东嘀咕说，够受罪的。我偎着他，他脸靠在车窗，到点儿便眯眼，而车厢里暗淡下的灯光，能让我看清那些没有座位，在走道上来回盘旋的脚步，男人们凑在车门，点亮一簇簇烟火，抱孩子的妇女，则安心枕上行李包，拍抚声中，呼吸着让人安心的一氧化碳。我跟李旭东耳语，说我们在东方快车上，信吗？我们快要到伊斯坦布尔，还有两站，一站齐齐哈尔，一站佳木斯。他没睁眼，但咯咯地笑。连闭眼的时候，他也摸我的手背，暗光下看，是一只瘦弱的黑爪子抓住只瘦弱的白爪子，越抓越紧，最后放到自己心口，来回搓动。窗外是阴黑山脉，他看到我的脸孔，因为年轻，我信仰他，如信仰一尊伪神。他说，你吃苦了。我说，你不配怜悯我。他说，我一辈子都这么怜悯着你。我说你是没别的办法。

我不能不想起更多，近的经历更容易闪回眼前，我们还说了什么？除了讲述那个没悬念的凶杀案，李旭东此前一定和我说了更多，关于他成长的内容，他学飞的经过，可失去后我才发现，波涛之下，一些藏有的河流。它们一齐构成了李旭东血管里的涌动，偏僻处的凶杀和无措，他更了解着，自己早恍惚过一回，所以选择在午夜，在预想好的诀别时刻，把真相说出。是妻子杀了丈夫。他平铺直叙，不谈谁对谁错，他说出谁是犯人，而犯人为什么被戳破。我想起李旭东的许多许多话，几乎每句，都藏匿别情，以我平庸的智力，一时怎么能懂。一个赌博的丈夫，一个绝望的妻子，一个无能的丈夫，一个慢慢接受了无能为力的妻子。我抹着眼泪，面对眼前下铺，一个百无聊赖的大哥。大哥啤酒就烧鸡，吃得相当带劲，这样的形象，会让我画等号给刘一川。另一场曾让我寄托希望的艳遇，最终像火车越过山丘，越过先被自己跨越了的麻木和平坦。我坚信刘一川,确实三十一岁,性别男,家有小饭店,会吟风弄月,好讲述远东,有历史有期望,能给一个女人带来罗曼蒂克,和麻醉下的至少五年安乐。五年过去,不能没有长进,刘一川会像送我回家一样,保持缄默,当他真正成为下一个李旭东,他还将学会残忍后的体面,那都不足以让一个女人生出绝症。女人会久久怀念他,在怀念中把自己全须全尾葬身,再缓缓学习,怎么自我分解。

过一站,我爸打来电话,问到哪儿了,车上吃没吃饭?我已经不太熟悉他的声音,虽然总是梦见老家,还没做好回归它的准备,即便此刻登上列车,要回去了,也很清楚,不过暂一落脚。李旭东说的,林珍说的,都是实情,我不能永远留在一个地方,就此接受死心。我跟爸说,快了。他说他们很高兴,话笨笨磕磕,说完这句,没别的能顺利输出,我借口信号不好,给电话挂掉,带着一个空荡荡的肚子,静望山群撤退后的平原。大哥看我,自己出来的?我点了头。他说,整一瓶啊。我说不了,戒了。大哥嗨嗨两声,仿佛我还没把自己看明白,而他看明白我,判断我在经历一个艰难时刻,人不会被时刻绊住的,绊不住,时间就是时间,会把人带走。他问老妹儿,三十几啊?我白他一眼，二十七。他很不好意思，摩拳擦掌，说自己不会看人，对不住对不住啊，不喝酒，这翅膀你吃？他动手去掰，我看他，他不掰了，大哥叨咕说他真不会看个人。我跟着笑，我知道自己三十一了。

掰下一块鸡肉，那的确是它的翅膀，我一生中分尸过几次生命，心灵的，动物的，自己肉里的，我并不作希望，有天能游出泥塘，畅快呼吸出一口。回家的风景里，和大哥做伴，大快朵颐，吃肉，搭配心里酒，聊天南海北。能感受，爱过的，还爱的人，和我坐在一起。他们是我的阅历和档案，当年在操场上薅草的时候，李旭东就跟大哥一样，带着讨厌出现，他出现时，我反感至极，球如在手，给他脸拍过去，可他那么绅士，温柔，还问了句，嗯……你薅草哪？我简直爱死了他。现在也没变，哪儿那么多改变，想想就乐，让大哥以为我趁他上厕所喝过他杯里的酒。回来后，他将瓶子抵在突出的额头上，由透明去观察我。他不知道，晕眩带我回到了和李旭东的蜜月，回到远东料理店里，一个精雕细琢的场合。刘一川给我拉出椅子，他居然戴着领结，是花色的，同我买的JK短裙布料没差，他化小丑的妆，行绅士的礼，让人如梦似幻，走吧，走进，走更深。看着我对一根鸡翅眼含热泪，大哥叫我，妹儿？

我说，别说话。他不说，自己搁一杯，一杯又一杯，终于倒在铺上，发出和李旭东不分上下的呼噜。我的确喝了他杯里剩的酒。戒律存在，为去打破，夕阳落在未及收成的地里，照出庄稼一个个挺胸抬头。有人对我轻声召唤。是男声，是女声，是一个成人，还是婴儿，他她知道，我在向落日走去，不大可能回头。因此他她操心，必须嘱咐说，要回就，慢回身吧 —— 去补习一个从容不迫。